TAKE
SHOBO

拾った地味メガネ男子はハイスペック王子！
いきなり結婚ってマジですか？

葉月クロル

ILLUSTRATION
田中 琳

拾った地味メガネ男子はハイスペック王子！
いきなり結婚ってマジですか？

CONTENTS

MITSU YUME

イラスト／田中琳

拾った地味メガネ男子はハイスペック王子！ いきなり結婚ってマジですか？

Haduki Chlor
Presents

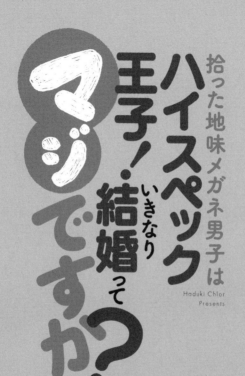

その1　カンナ、婚約者を拾う

「浅倉《あさくら》ぁ、お前はまだ彼氏のひとりもできないのか？」

会社の忘年会の席で、同期入社の遠山哲也《とおやまてつや》が言った。

「余計なお世話よ、酔っ払い」

いつのまにかチューハイのグラスを片手にわたしの隣に座って、にやにやしている同期を睨《にら》む。

この男、遠山は、持ち前のコミュニケーション能力と頭の回転の早さを活かし、営業部で好成績を収めている。いわゆる営業のエースというやつだ。背が高く、生まれつきらしい焦《こ》げ茶色の髪を後ろに流した彼は、爽やかなイケメンとして女性社員の評価も高い、いわゆるモテ男子なのだが、わたしに対する態度はどうにもよろしくない。

特に、飲んだ時がよろしくない。セクハラか！　と突っ込みたくなるほどプライベートなところを突いてくる……そう、わたしのイタいところを。

「総務の花も、そろそろしおれるぞ。もう28なんだからさ」

「あんた、しおれるとかマジ失礼ね！　自分だって28でしょうが」

「男の28は働き盛りなの。せめてお前が営業に来てればなあ」

遠山の言葉が聞こえたらしく、隣から割り込みが入った。

「やめてください！　総務からカンナ様を引き抜かないでください、うちにはカンナ様が必要なんです！」

同じく総務の後輩である繭《まゆ》ちゃんが、わたしの左腕にがしっとしがみついて言った。

「企画とか営業とか、どうしてみんなでカンナ様にちょっかいを出すんですか？」

「浅倉がどこでも使えそうだからだろ。うちの社内でも屈指の態度のでかさとか、ありえないくらいの発言力の強さとか、総務以外でも充分イケると思われてるんだから」

「あのさあ遠山、それって単にわたしがお局を極めてるって言いたいんでしょ」

わたしはグラスに入っていたカシスオレンジをあおった。

あー、美味い。

酒が美味いよ。

だけどなんだか空しいよ。

「……みんなきっと、わたしを慣れない部署に飛ばして仕事ができないとかいじめて追い詰めて、この会社から追いだそうとしているんだ」

わたしは低い声でうなるように言った。

同期の女性は、どういうわけかみんな寿退社してしまった。一般職で残ったのは、わたしひとりだけなのだ。会社としては、わたしのこともさっさと片付けたいに決まっている。

「いやいや、それって浅倉の被害妄想じゃね？」

遠山がわたしをなだめるように言ったけど、わたしはまるっと無視してテーブルにうつぶせになる。

「……そうよ、会社がいつまでも居座るお局にプレッシャーをかけてきてるの！　汚い、大人って汚いわ！　そうか、遠山、あんたも会社の手先なんだね？　妙にうるさいと思っていたんだよね、彼氏がいないとかしおれているとか枯れてるとか行き遅れているとか」

わたしは身体を起こして、遠山をぎりっと睨みつけた。

「違うって！　そんなわけないだろ、俺はそこまで言ってないし。全然枯れてないって、浅倉はまだまだ全然イケるさ、な？」

わたしの怒りの矛先が自分に向けられたと気づいた遠山は、猫なで声になった。

この、腫れ物にさわる感じが、わたしのデリケートなガラスのハートを逆撫《さかな》でするんだよ！

「ちょっと落ち着けよ浅倉。俺とお前は仲良しの同期だろ？　俺の気持ちを疑うなよ」

「じゃあ何なの、楽しい忘年会で彼氏ができないとか絡んでくるのは何なの、浅倉はどうしてとっとと寿退社しないのかっていう会社からのプレッシャーじゃないの？」

「いや、それはそういう意味じゃなくって……」

「寿退社上等！　してやろうじゃないの！」

わたしは困ったような顔になった遠山を睨みつけた。

「じゃ、浅倉帰ります！」

「おい待て！」

一軒目の店から出てさあ次は二次会だ、という時に、びしっと手を挙げて、そのまま社員の群れから離脱しようとしたわたしの腕を、遠山が摑《つか》んだ。

「なにすんの」

「……送っていこうか？」

「結構だ、情けはいらん。わたしは会社の手先とは馴《な》れ合わないからな！」

「だからさあ、手先じゃないって。頼むから機嫌を直してくれよ」

浅倉は怒りに燃えるわたしの腕から手を離して、「あー」と言いながら頭に手をやった。

「違うんだ。つまりだな、俺が言いたいのは……俺の気持ちは、だな」

向こうで「とおやまー」と呼ぶ声がした。

この同期は、男にも女にも好かれるというムカつく奴なのだ。

「ほら、わたしに構わなくていいから行きなよ」

「構うよ！　お前、今夜はかなり飲んでるだろ？」

「それはあんたが余計なことを言うからでしょ。お局のカンナには何を言っても大丈夫、傷つかない、なんて思ったら大間違いなんだからね」

そう言ったら、彼は急にしゅんとなり顔を歪《ゆが》めた。

「それは……悪かったよ。そうじゃなくって、つまり、俺が言いたかったのは……」

わたしは遠山に哀れまれるのがたまらなく嫌だったので、彼の言葉を遮《さえぎ》って言った。

「心配しないでよ、大丈夫、わたしにだってちゃーんと彼氏がいるから！」

わたしはやけになっていた。そして、酔っていた。

ちょうど通りかかった若い男性の腕をつかんで、ぐいっと引き寄せると、寝ぼけたような声がした。

「……はい？　なんですか？」

その彼の、真っ黒い、少しウェーブのかかった髪はボサボサで、長い前髪が目にかかっている。そして、いかにも安物っぽい黒ぶち眼鏡。わたしはグレーのスウェットの上下に黒のダウンコートを羽織っている彼のその腕をぎゅうっと抱きしめて言ってしまったのだ。

「ええと……この人が婚約者よ！」

「あー……」

静まりかえったところに、男が再び口を開いた。

あれ、この人、てっきりヒョロ男君かと思ったら、腕が結構たくましい。スポーツをやってるようには見えないけど、人は見かけによらないもんだね。

「俺、腹が減ってるんだけど」

「そうなのごめんねわかったよ！　じゃあ、婚約者のあなたにわたしの手料理を振るまっちゃおう！」

わたしは男の口をふさぐように叫んだ。

「じゃあね、遠山。そういうわけだから、彼と一緒に帰るね」

「浅倉、お前……酔うとホントに馬鹿なことするな……」

遠山は失礼なことを呟《つぶや》くと頭を振った。

「わかった。俺は消えるから、その気の毒な通りすがりの人を離してやれよ」

「通りすがりじゃなくて、これはわたしの」

「婚約者ね、はいはい」

向こうから「とーおーやーまー」と呼ぶ声がして、遠山は「今行く！」と返事をした。

「じゃあな、気をつけて帰れよ」

わたしは『婚約者』の腕をしっかりと摑みながら、遠山を見送った。


「さてと……」

『婚約者』は、去っていく遠山をぼーっと見ていたが、やがてわたしを見下ろした。

「あのさあ」

彼は、低く、少しかすれた声で言った。

うん、なかなか悪くない。

「俺もう眠くて限界なんだけど」

そう言うと男性はこてっと頭を落とし、わたしの肩に乗せた。

あれ？　なんか匂う。嫌な匂いじゃなくて、なんというか……男性の匂いがする。

なぜかその匂いに惹《ひ》かれてしまったわたしは、思わず彼の頭を〝くんくん〟し、やがて自分があまりに変態っぽいことに気づいてはっとする。

ヤバいよ、知らない男の頭の匂いを嗅ぐとか、女子として終わってるよ！

「ええと、すいません、大丈夫ですか？」

肩に乗っかった頭に声をかけた。

「さっさと飯食って寝ようと思ってたのに……俺眠くて死んじゃう」

彼が本当に死にそうな声で答えたので、わたしは焦《あせ》る。

「ちょっと待って、それってわたしのせい？　だからってわたしの肩で死なないでよ、ねえ」

「眠い……」

これはヤバい、寝そうになっているせいか、段々と重くなってきた。

「ど、どうしよう、しっかりしてよ、もう少しだけがんばれ！　男だろう！　気合いだ！　ほら！　ねえっ」

かけ声をかけながら男性の身体を支えて歩き、大通りに出た。運よくやってきたタクシーを拾い、そこへ彼を放り込むようにして乗せると、自分も乗り込む。そして運転手さんに自分の住むワンルームマンションの住所を告げた。

マンションに着いたので、運転手さんに手伝ってもらいながら男性を車から下ろし、エレベーターに乗った。

「大丈夫ですか？」

必死で彼を引きずるわたしに、運転手さんは心配そうに声をかけた。

「あとはなんとかします、ありがとうございます」

閉まるエレベーターのドアから「この人婚約者なんで」と手を振ると、親切な運転手さんは「お幸せに」と手を振り返してくれた。

「ほらー、もう少しだよ、がんばれ」

「んー、眠いよ……」

目がとろんとなって、今にも白目になってしまいそうな男性を引きずるようにして自分の部屋の前に行き、鍵を開けた。

「靴、脱いで！　脱げる？」

「脱げなーい」

「じゃあ、ひとりで立てる？」

「立てなーい」

なんてやる気のない返事なんだ。

協力する気がまったくないな！

「靴を脱がない人は、お家に入れません！」

わたしが言うと、彼はもぞもぞと足を動かして靴を脱いだ。

なんだ、やればできる子じゃん。

靴を脱いだ男性を部屋に上げて、ラグの上に座らせた。ベッドに寄り掛かればなんとか座っていられるようだ。

「お腹空いてるんだっけ」

「無理……眠くて食えねーよ……俺、二徹してんの……も、眠……」

男性はそのまま横に倒れると、すぴーすぴーと寝息をたてはじめた。

子どもか？

わたしは予備の毛布を出して、男性の身体にかけると、お風呂にお湯を張った。

「風邪ひかないでねー」

彼はどうやら起きそうにないので、明日の朝まで放置しておくことにした。

「わたしもお風呂に入ってメイクを落として寝ようっと」

わたしはお風呂に入って全身を綺麗《きれい》に洗うと、湯舟に浸かってよく温まった。寒い日のお風呂は最高である。ワンルームマンションの狭いお風呂に浸かりながら、わたしはなんだかワクワクしていた。犬や猫を拾ってきたようなワクワク感だ。まだ酔っているせいか、知らない男性をひとり暮らしの部屋に入れたというのに、なぜか怖さや不安を感じなかった。

「彼、二徹って言ってたな。おたくっぽい見かけだから、ゲームでもしてたのかな。明日起きたらまずお風呂に入れてあげよう。それから、ご飯を食べさせようっと。お腹を空かしてるっぽいから、なんでも食べるだろうな」

好き嫌いは許しませんよ。

わたしがお風呂から出ても、男性は変わらない姿勢で眠っている。彼のセンスのない眼鏡をそっと外し、テーブルに置いた。

わたしは髪を乾かすと、ベッドに潜り込んだ。

「お休み、ポチ」

その2　ポチのお目覚め

　翌朝、わたしはベッドの上で目を覚まし、全身の血の気が引くのを感じた。

「やっちまったわ……」

　おそるおそるラグの上を見る。

　毛布にくるまったポチ（仮名）がまだすやすやと寝ていた。

　いるわー、夢じゃなかったわー。

　うーん、これもお持ち帰りというのだろうか？

　後悔しても仕方がないので、台所スペースに行って冷凍しておいた塩鮭をレンジで解凍する。その間にお風呂の栓を抜いて浴槽を洗い、新しいお湯を入れる。ポチ（仮名）をお風呂に入れたいから。拾ったからにはちゃんと面倒をみなくてはね。

　茹《ゆ》でたオクラを刻み、おかかを乗せる。お味噌汁は、茹でて冷凍しておいたほうれん草とお豆腐にしよう。わたしは、寝る前に煮干しの頭とワタを取ったものを入れておいたお鍋の水を、火にかけた。

「ううー……」

ポチ（仮名）が、この辺りで目を覚ました模様です。さあ、どうしよう。

「おはようございます」

のろのろと起き上がって座り、周りを見回すポチ（仮名）に、わたしはとりあえず朝の挨拶をした。人間関係において、挨拶は大事だからね！

「おはようございます……あ……俺、拾われちゃった系？」

拾われるのに慣れているのか、爆発した頭をかき回しながら、ポチ（仮名）がそんなことを言った。きょろきょろと狭いマンションの中を見回し、ぼやーっとしてる。

「知らないところだ……おねえさん、ここ、あんたんちなの？」

「そうです。眠くて死にそうだっていうから、酔った勢いで連れて来ちゃいました」

「それはお世話になりました……あーっ、思い出したぞ！　あんた、俺のこと婚約者だのなんだの言って、コンビニに入れてくれなかった女だろ⁉」

ちっ、忘れててくれればよかったのに。

「あああ、そんなこともありましたっけねー」

にこやかに言って、なんとなくその場を誤魔化《ごまか》そうとしたけど、駄目だった。

「ねー、じゃねーよ！　あんたさあ……」

もさっとしたオタク君の割には強気である。わたしは二徹してお風呂に入ってなさそうな男と論争するつもりはなかったので、彼の言葉を遮《さえぎ》って言った。

「ねえ、それよりもお風呂に入ってきたら？　タオルと着替え、お風呂のところに置いてあるから」

「……はあ？　風呂だって？」

「二徹したんでしょ？　頭がさっぱりするから入ってきなさいよ、新しくお湯を張っといたから。出てきたらご飯を食べようよ、作っておくからさ、ほら、行って行って」

味噌汁用のお鍋が煮立ってきたので、わたしは鰹節をひとつかみ入れた。美味しそうな香りが部屋中に広がり、「なんで風呂まで……」と言いかけたポチ（仮名）が唾をごくりと飲み込んだ。

「めし……くれるんだ」

「ほら、早く入ってきなさいってば。あっちだからね」

出汁をざるでこしていると、ポチ（仮名）は立ち上がり、風呂場へ消えた。

「あんたさあ、彼氏がいるのに俺を連れ込んだの？」

男物の着替えが置いてあるのを見たらしいお風呂上がりのポチ（仮名）がお風呂場から顔を出して言った。わたしは誤解を解くために説明した。

「違いますー、この間、弟が泊まりに来たからいろいろ揃《そろ》ってるんですよー。別に彼氏のじゃないから気にしないで着てよ、パンツも新品だし。ねえ、ドライヤー使う？　使うならそこの上の棚にあるし」

「いや、いい」

ポチ（仮名）と話しながら、わたしはグリルで焼いた塩鮭をお皿に乗せた。鮭だけじゃ男性にはボリュームが足りないかなと思い、ベーコンエッグとプチトマトも付けておいた。

「ねえ、目玉焼きにはソース？　醤油？　塩？」

「ソース一択だろう」

「それがいろんな人がいるのよ。あ、マヨネーズの人もいるっけ」

「げー、マヨネーズはないな」

近くで声がしたので、冷蔵庫からソースを出して振り向いた。

「……あ……」

「なんだよ」

「いや、そういう顔をしていたんだなあって思っただけ。ふうん」

正直なところ、めがねを外して洗い髪をかきあげたポチ（仮名）の顔を見て、わたしはびっくりしていた。

あまりに整った顔だったから。

弟のジャージの上下を着たポチ（仮名）は、身長が180センチはありそうで、オタクにしては引き締まりすぎた体型だ。瞳は淡い茶とグリーンの混じったような榛色《はしばみ》で、くっきりとした二重瞼《ふたえまぶた》。鼻筋はすっと通っている。唇はほんの少し厚くて、セクシーだ。外国の血を引いているのだろうか、日本人にしては彫りが深めでエキゾチックな魅力がある。芸能人だと言われても頷《うなず》ける。

「……まあ、いいわ。その辺に座って。お腹空いてるんでしょう、まずは食べようよ」

わたしはおかずをテーブルに運ぶと味噌汁をよそい、さらに炊きたてご飯をお茶碗によそった。

「わーよく食べたね。びっくりしたよ。ご飯、三合炊いたのになくなっちゃった」

ポチ（仮名）は本当によく食べた。おかずが足りなそうなので、冷蔵庫に入っていたきゃら蕗のピリ辛煮を出してあげると「これは美味いな」と言いながらわしわしご飯を食べた。ここまでいい食べっぷりだと、何だか動物に餌付《えづ》けしているようないい気分になってくる。

「だって俺、腹が減ってたんだもん」

イケメンはどんな口をきいても許されると思ってるのか、『もん』とかあざとく言っちゃいながら、ポチ（仮名）は長い脚を折ってベッドによりかかり、さっきよりだいぶ人相が良くなった顔でお茶を啜《すす》った。

狭くてすいませんね。

「美味いな、このお茶」

「ふふん、お茶くらいは美味しいのが飲みたいから、お茶屋さんでいいのを買ってくるの。そのかわり、コーヒーはドリップパック入りのしかないよ」

「いいよ、コーヒーは。このお茶があればいい」

ヒゲも剃《そ》ったポチ（仮名）は昨夜とは違いすっきりしたイケメンになっている。見慣れた我が家でこんなイケメンがお茶を啜るとは、人生何があるかわからないものである。

「飯、美味かった。ごちそうさま。こんな朝飯食うの久しぶりで、マジ美味かったな」

「あら……よかった。なんか照れるな」

褒《ほ》められて嬉《うれ》しくなったわたしは、顔が熱くなったのを自覚した。

「で。腹もいっぱいになったことだし。状況を説明してくんない？　俺は木原政人《きはらまさと》。文章を書く仕事をしてる」

「わたしは浅倉カンナ。総務部のＯＬ」

「なんで俺はＯＬさんのうちにいるの？」

「ええと、それは……」

わたしはじっと見つめてくるイケメンから目をそらしながら、どうしてポチ改め木原政人氏がうちにいるのかを説明した。

「ありえねーわ」

木原氏はがっくりとうなだれ、額を手で覆った。

「なんつー危機感のない女。小学生かよ」

「えーと、酔っ払いが変なことしてすいませんでした」

素直なわたしは非を認めて頭を下げた。

「木原さんのことはですね、わたしが責任を持ってご自宅までお送りしますので、どうかご勘弁ください」

「うーん、どうしようかな……」

手で顔を覆っていた彼は、指の間から上目遣いでわたしを見た。心なしか、その瞳が底光りしているように見える。

いや別に、特にどうこうすることはないと思うんだけど。タクシーに乗せればいいし。

おやおや、木原氏は何かを考えている様子だ。しかも……気のせいか、段々と悪い感じの顔になってきた。

ま、まさか、わたしを襲う気なの？

「あの……」

「いいかもな」

「え？」

何がいいのかな？

呟《つぶや》いた木原氏は、わたしに向かって微笑んだ。イケメンの笑顔は、破壊力がヤバいことを知った。

「うん、俺たち婚約しよう」

「……え？　え？」

こん……やく、だと？

　わたしは口を開けて木原氏を見た。

「あんた、カンナちゃんだっけ、飯作るのうまいよね。うん、いいよ。俺たち婚約しようぜ」

「ええええええ!?　正気ですか？」

「こうして知り合ったのも何かの縁だ。今日……いや、昨日から俺たちは婚約者同士ってことでよろしくな」

　一気に血の気が引いたわたしは、口をぱくぱくとさせた。

「まずはお互いを知ろうぜ。カンナはOLってことは、土日は休みなんだろ？」

「はい、そうですけど」

「タメ口でいいよ。あ、カンナって歳いくつ？　俺は31だけど」

「28歳、よ。でも」

「みっつ下か、へえ、ちょうどいい感じじゃん。今日明日が会社休みならデートしようぜ。俺もちょうど仕事が終わったところだから少し遊べるし。これ片付けたら俺ん家に行こうね、カンナちゃん」

「木原、さん、待って」

「政人。俺のことは政人って呼べよ。カンナはもうすぐ木原カンナになるんだろ？　木原さんって呼んでるとあとで面倒だから、今から慣れとけ」

「木原カン……ええっ？」

「なんだよ、俺が浅倉政人になれっての？　浅倉政人、か。まあ、それもかっこいいけどな」

「いやいや、そんなことは言ってないし！」

「じゃあ木原カンナに決まりだな」

なんなのこの人、食器を下げて鼻歌交じりに洗い出して「ほら、カンナの分も洗ってやるからよこせ」って、どこの新婚家庭よ！

「どうした？　お前が飯を作ったんだから俺が洗うぞ？」

「あああありがありがありがとうございますじゃなくてえっ」

「そんなに気にすんな。拭いて食器棚に入れとくからさ、出かけられるようにお前は服を着替えてこいよ。どこ行く？　お家デートにするか、どこかに出かけるか。あ、俺車出せるから、好きなとこに連れてってやるよ」

すみません、事態が理解できずにわたしは涙目です！

その3　婚約者の部屋へ

　なんだか政人さんの勢いに流されてしまい、着替えたわたしは彼とふたりでタクシーに乗って政人さんの住むマンションに向かった。

「カンナ、可愛い格好だな」

あんまり気合いを入れておしゃれをするのはなんとなく嫌な気がしたので、わたしはアイボリーのモヘアのロングセーターにスキニージーンズを合わせ、茶のロングブーツを履いた。寒いので黒のロングコートを着ている。これはシンプルだけど、ボタンにスワロフスキーが使われて地味カワイイ感じが気に入ってるコートだ。28にもなると、かわいい服を着こなすのが難しいのだ。

　しかし、割とカジュアルなこの格好は、政人さんのお気に召したようだ。少し嬉しくなってしまう自分が悔しい。しかもしかも、いつのまにかわたしは馴れ馴れしくも「カンナ」などと呼び捨てにされるのを許していて、距離を縮めようという政人さんの思惑にまんまとはまっているのがまた悔しい。

やがてタクシーは、昨日の繁華街の近くにあるタワーマンションに着いた。

ここが政人さんの住んでいるところなの？

この辺、家賃がめちゃくちゃ高いような気がするんだけど……。

「ほら降りて。カンナ、こっちだ」

タクシーに運賃を払うと、政人さんがわたしの手を取った。そのまま恋人つなぎにされる。

「なっ、なんですかこれは！」

わたしはつないだ手を持ち上げて言った。

「手」

つまらないボケはやめて！

「だって、ちゃんとつないでないと、お前逃げるだろう？」

言いながら器用に指先でくすぐられ、わたしは手を振りほどこうとしたのに逆にぎゅうっと握られてしまう。

「……逃げませんよ」

「おーい敬語になってるぞー」

空いてる方の手で、「うりゃうりゃ」と言いながら唇をつねられた。

「痛い！　口紅がはげちゃうでしょ！」

文句を言って払いのけると、憎らしいことに楽しそうな顔をする。

「なんなら全部取ってやろうか……俺んちで」

耳元で低く囁《ささや》かれながら唇を指先でたどられて、わたしはびくっと身を引いた。しかし、握られた手で身体を引き寄せられてしまう。顔がめちゃくちゃ近い。

「カンナ、今、やらしいことを考えただろ？」

おでこがくっつきそうな距離で言われて、こういうことに免疫のないわたしは心臓がばくばくした。

「かっ、考えてない！」

「ほら、どうやって口紅を落とすと思ったのか、言ってみろよ、ん？」

整った顔があり得ないくらいに近くにあり、動揺したわたしは目をつぶった。

「考えてないってば」

「そうかそうか。いいんだよカンナ、俺やらしい女、好きだよ、それもかなり好き。だからカンナも大好き。早く一緒にやらしいことしたい」

「違うって言ってるでしょ！　全然考えてないってば！」

「うわあ、すげえ顔真っ赤。ヤバい可愛いなカンナ、俺、初心《うぶ》な女も好きなんだよね。今すぐかじってやりたい」

もうやだこの人、当初の印象とまったく違うし。

「わたしは口先ばっかりのチャラい男は嫌いなの」

「よかった、俺は堅実な男だから。さあ、部屋に行こう」

この嘘《うそ》つき！

「さあ、どうぞ」

「……すごいところだね」

政人さんが住むのは、都内の３ＬＤＫのタワーマンションだった。一階のエントランスを入るとそこはちょっとしたホテルのロビーのようになっていて、観葉植物が飾ってあり、専用コンシェルジュがいるコーナーまである。政人さんについていくと広々としたエレベーターホールがあり、高層階用って表示のあるエレベーターで上がり、カードキーで部屋に入った。

「うっわあ……」

大きな窓の外を見て、思わず声をあげる。

さすがタワーマンションの高層階だ、展望台並みの景色にびっくりした。都会の街が一望できるのだ。

「……こんなとこ、家賃、いくらくらいなんだろう……」

「わかんねー」

ひとり言だったのに、政人さんが答えた。

「ここ、買ったからさ」

「……買った？」

窓の外を見ていたわたしは、ギギギギギとロボットのように首をひねって振り向いた。

「ちょうどお金があったから」

お金が『あったから』タワーマンションを買うとか、この人、どこのお坊ちゃまなんだろう。こういうわけのわからない男とは深く関わらない方がいい。どんなトラブルに巻き込まれないとも限らない。うまく言いくるめられてついてきてしまったけど、隙を見て逃げ出すことを決心する。

わたしはお局カンナ様。お坊ちゃまとのラブストーリーを繰り広げるよりも、蛍光灯を抱えて廊下を歩く方が合っている。身の程知らずは身を滅ぼすのだ。

「そうだ、カンナ、スマホ出して。アドレス交換しておこう」

「えーと、SNSのメッセージ用でいい？」

「ケー番とメアド」

政人さんがにやりと笑う。

個人情報をがっつりもっていくのですね。

「逃げんなよ」

それは捕食者の笑みだった。

「カンナ、なんか飲む？」

「大丈夫、ありがとう」

「じゃあ、そこに座ってて。着替えて来るから」

政人さんはそう言うと、外した眼鏡をテーブルに置き、寝室らしい部屋に消えた。わたしはリビングに置かれたレザーのソファに腰掛ける。

部屋は片付いている。政人さんは、二徹したと言ってるくらいだから仕事が忙しいのだろう。ここは誰が片付けているのだろうか。もしかして、掃除をしてくれる彼女がいるのかもしれないな。

婚約者ごっこなどしていていいのだろうか？

「お待たせ」

政人さんが出てきた。

「ちょっ、なにその格好は！」

わたしは彼の姿を見て言葉を失う。

「なにか変かな？　似合ってない？」

わたしの反応が予想通りだったと見えて、わざとらしく言いながらにやりと笑う。

似合ってるよ、イケメンはそういうシンプルな格好も素敵に似合うよ！

だがしかし、だがしかしっ！

彼は、ぴったりしたブラックジーンズにアイボリーのセーターを着て、黒のコートを手に持ってきた。

これでブーツを履いたら、わたしとペアルックになっちゃうじゃん！

「そういう恥ずかしいことはやめてください」

「カンナは意識し過ぎだ。誰も俺たちの格好なんて気にしないから平気だ、ふたりでにやにや喜んでようぜ」

「にやにやしないし喜ばないし！」

「じゃあ俺がひとりでにやにやするからいい」

「気持ち悪いのでやめてください」

「カンナはフィアンセに対して冷たくないか？　もしや愛が冷めたのか？」

「冷める以前に芽生えてませんから」

「お前は俺を弄《もてあそ》んだのか！」

「ちーがーうーっ！」

やだもう、口が減らないイケメンって最高にたちが悪い！

その４　唇の危機

「カンナ、ちょっとこっちに来て」

キッチンから政人さんが手招きした。わたしはバッグとコートをソファに置いて立ち上がり、警戒しながら政人さんの近くに行く。

「なんですか」

「今度ここでご飯作って欲しいから、足りないものがないか見てよ。あと、お前、また敬語になってる。そんなによそよそしくするなよ、俺とカンナの仲じゃないか」

いやいや、あなたが馴れ馴れしすぎるのでしょう。

「わたしたちは昨日会ったばかりですからね、これくらいの距離感が適当かと」

そして、少しずつ距離を離してフェイドアウトするんだ。

政人さんは不満そうな顔をしていたが、やがてにやりと笑った。

絶対にろくなことを思いついていないな。

「今度から敬語使ったらカンナにキスすることにしよう」

「なっ！　きっ、きすぅ⁉」

わたしは思いきり後ずさり、アイランドキッチンに激突した。

「いったあっ！」

悲鳴をあげ、腰をさする。今のはかなり痛かった。

「ううううう、いたいよー」

「ああもう何やってんの！　アザができちゃうだろ」

「政人さんが変なこと言うからいけないんでしょ！」

心配そうに近寄ってくる政人さんにうっかり捕獲されないように、腰を押さえながら手が届かないところに逃げ出す。

女慣れしたイケメンと戦っても、全然勝てる気がしない。

「なんだよ、そんなにビビるなよ。恋人同士のちょっとした可愛い冗談だろ。……あーお前、もしかしてキスしたことない……とか？　え、マジで？　ええっ、キスしたことがないと！」

どうやら本気で驚いたらしい政人さんは、目を見開いて言った。

わたしが、28歳の女性が、キスしたこともないだと？　本気で思ったのか？

「そ、そんなわけないでしょ！　わたしがいくつだと思ってんの、キ、キスくらい全然たくさん、経験あるし！」

……悲しいことに、半分……いや、ほぼ嘘である。

大学の時にちょっと付き合った彼と、数回ちゅーしちゃったくらいの経験しかない。しかも、ぶつかったのかってくらいのあまり色気のない、素人さんのちゅーだ。

しかし、そんなことがバレたら、この見かけは良いが中身は性悪なイケメンに、大喜びでいじられてしまうこと間違いなしだ。

だいたいなんで楽しいお休みにこんなことをしているのだ。

あ、わたしが酔っ払ったのがいけなかったんだった……自業自得ってやつか。

「そうか……カンナにはたくさん経験があるのか」

政人さんは見栄をはったわたしの返事が気に入らなかったらしい。据《す》わった目が怖いよ。

「ほーう、なるほどね、そうか、そうなのか、カンナは婚約者である俺を差し置いて、俺以外の男とそんなにキスをしてるんだ、ほーう……」

「そそそれがどうしたんですか！　わたしだって、お付き合いのひとつやふたつや、いろいろありますよ！」

嘘が下手なわたしは、必死で言いつのる。

「それなりに経験のある大人の女ですから！」

「あ、今敬語使ったな」

「え……いや、待って、あれは可愛い冗談なんでしょ？」

ロックオンした獣のような目になった政人さんがじりじりと近づいてきたので、後ろに下がる。

「冗談でも約束は約束だぜ」

「キス、しないって言ったじゃないですか！」

「そんなことは言ってないし、お前また敬語」

逃げようとしたとたん、彼の手が腰に回る。

うわ、捕獲された！

「やめてよ。悪ふざけもいい加減にしてよね」

わたしは政人さんを睨《にら》んだ。

身長差があって、見下ろされているのがまた腹が立つ。

「俺たちは婚約してるんだからさ、キスをするくらいいいだろ？　それともカンナは
……」

政人さんは榛色の目を細めて笑う。

「怖いの？　キスするの」

図星をつかれて思わずいらっとしてしまい、つい言ってしまう。

「別に怖くないわよ！　キスくらいでこのわたしがビビるわけないでしょ！」

嘘《うそ》だけど。こうして身体を男性と密着させることからしてもうビビってる。

「なあカンナ。やっぱり俺たち、ちゃんと付き合わない？」

政人さんは、そんなわたしに口調を変えて言った。真剣な顔だ。

「……政人さんは彼女がいるんじゃないの？」

彼は意表をつかれたような表情をした。

「いや、いないけど。まったくのフリー。なんか気にしてたの？」

「だって、このうちすごく綺麗《きれい》だもん。女の人が掃除をしてるでしょ」

ああなるほどね、と政人さんは嬉しそうな顔をして、わたしの頬に手を当てて撫《な》でる。

「女の人は女の人だけど、ハウスキーパーの女性だ。俺は仕事が忙しいと掃除どころじゃなくなるし、飯も自分じゃ作んないから、ハウスキーパーを頼んでる。ああそうか、なんかそわそわしてると思ったら、それを気にしてたのか！　俺に女がいると誤解して……あ、ヤバい、お前、可愛い……」

政人さんは無駄に整った顔に甘い笑みを浮かべていった。うっかり本当に好意があるのかと思ってしまうような表情である。わたしは、油断してはダメだと自分に言い聞かせた。

「……別に、そんなんじゃないから誤解しないで」

そして、人の顔をすりすりするのもやめて欲しい。

「意地っ張りなとこも可愛いな。口で言っても信じてもらえないなら、態度で示すとするか」

政人さんはそういうとわたしの顎《あご》に指を引っ掛けて、くいっと上を向かせた。

「カンナ……」

彼の綺麗な瞳が近づいてくる。わたしは目をつぶった。

ちゅっ、と音がして、柔らかくて温かいものが触れた。

政人さんの唇は、あっという間に離れていった。あー、終わった、とわたしがほっとして目を開けると、まだ近くにある整った顔が言った。

「まずは一回」

「うわ」

そして、再び唇が重なる。久しぶりのキスは、ほわっとあったかくて、気持ち良かった。

「余裕だな」

ふふん。キスくらいなんてことないし。わたしは大人の女だからね。

そんなことを考えたのが良くなかったのかもしれない。

「じゃあ、次は本番な。カンナ、口開けろ」

「へ？　口？」

マヌケな声を出したその口が、政人さんに塞がれた。わたしの唇は政人さんのそれにすっぽりと覆われて、彼の舌でこねられた。

うぬぬ、ベロを使うとは卑怯《ひきょう》だ！

わたしの中では、キスとは唇と唇を合わせるものなので、これは反則である。

「口開けろ。あーん」

いやいや、この状態で口を開けたらとんでもないことになる。怖じ気づいて、すっかり腰が引けたわたしは顔を背けて、んーっと唇を引き結んだ。それを見た政人さんがくっくっくと笑う。

「ほら、こっち向け、小学生」

「誰が小学生……！」

　政人さんは片手でわたしの腰を引き寄せ、もう片方の手で後頭部をがしっと摑《つか》むと、わたしの唇に食らいついた。なんとか身体を引きはがそうとしたが、くっつき合った唇は全然離れてくれず、その場でじたばたするしかなかった。足の甲を踏んでやろうかと試みるが、逆に足と足の間に膝を入れられただけだった。

「んーっ、んーっ」

　抗議の声すらあげられない。

　政人さんの顔が離れた。

「あのさあ、ちょっとキスするだけで勘弁してやろうと思ってるんだから、無駄に煽《あお》るのやめてくんない？」

　への字の眉をして政人さんが言う。機嫌がいいのか悪いのかわからないけど、その表情が変にセクシーなところがヤバい。

「俺、すげーむらむらしてきちゃったんだけど。なにこれ、俺の純情が手玉に取られてるとこ？　カンナのスーパー煽りテクニック？」

「煽ってないから！　全部政人さんの勘違いだから！　さっきのキスでもうおしま……」

　はい、まともに答えたわたしが馬鹿でした。

　再び後頭部を押さえられたわたしの口にはまんまと政人さんの舌がねじ込まれた。彼は唇でわたしの唇を食みながら、口内のあらゆるところを舌で探っていく。最初は確かめるように、そして段々とワイルドに、激しく責めてくる。

テレビドラマのキスシーンは、まあ、俳優さんたちが演じているのだから当たり前だけど、唇と唇が合わさっておしまいであるし、会ったばかりの男女がするのは、そういうキスなのではないかと思う。

でも、わたしの事を婚約者だというこの人は、唇と唇どころか舌と舌を絡めようとしてくる。こんなの、エッチな洋画のラブシーンでしかやらないと思うよ！

「ちょ、たんま、ちょっとたんま」

このとんでもない事態から逃れようとしてもがいたら、政人さんはいったん唇を離したけど「逃がさない」と舌なめずりすると、さっき以上に熱烈に口腔《こうこう》内を求め、挙げ句の果てに自分の口の中にわたしの舌を引っ張り込むなどという暴挙に出た。

「んっ、んん……」

わたしは政人さんのシャツをぎゅっと摑み、何だか変な声が出てしまうのに気づいて恥ずかしくなる。恐ろしいことに、段々と気持ちがよくなってきてしまったのだ。

角度を変えて積極的に責める熱烈なキスで頭がぼうっとなってきた頃、ようやく唇が解放された。

「……かーわいいなぁ、気持ち良すぎて力が抜けちゃった？　おかしいな、カンナちゃんはいろいろ経験がある大人の女じゃなかったっけ？」

からかいながらさらにちゅっとしてくるイケメン、ムカつく！

「ひっ、卑怯者《ひきょうもの》……」

すっかり腰が砕けたわたしは、情けないことに政人さんに縋《すが》り付きながら罵《ののし》った。しかも、膝と膝の間に差し込まれた彼の足にまたがっている状態だ。ちょっと言うのがはばかられる場所に男性の体温が伝わってきて、非常にいたたまれない気分である。離れたくても、足に力がまったく入らないため、誠に遺憾《いかん》ながらこの手を離したらひとりで立っていられる自信がない。

「何が卑怯だって？」

にやりと笑う唇を見て、わたしはさっと目を逸らした。

だって、あの口が、あの口が、ああああっ！

恥ずかしくて死ぬわ！

「あ、あんなのキスじゃないし」

そうだ、あれはおかしい。他人の口の中に舌を突っ込むとか、人間のすることではない。少なくとも昼間っからやってはならないことだ。

「俺的には、あれは普通のキスだと認識しているんだけど……じゃあなんなの？」

「あれはキスではなくベロチューだ！」

「……」

ふたりの間に静寂が訪れた。

やがて、政人さんが震え出した。

「……くっ、……ベロチューね……あれはキスじゃないのね……ぶっ」

政人さんは吹き出すと、キッチンの床にしゃがみ込んで笑い出した。

政人さんという支えを失ったわたしも自動的にキッチンの床に座り込む事になり、涙を流して爆笑する失礼な男を非常にムカつきながら眺めた。

「あはははは、やっぱりカンナ最高！　結婚して！」

「断る！　絶対にお断り！　しないから！」

「ははは、ヤベーわ、こんな面白い女手放せないわ、他のヤローに渡したくないな」

「それ褒《ほ》め言葉じゃないからね！　それを聞いた女が結婚したくなると思ったら大間違いだからね！」

「結婚しろよー」

「やだーっ、来るなーっ！　ちょっと、それ以上来ないでったら、マジやめて、ひゃっ、やだ、触んないで」

「いいから力抜けよ、お兄さんが大人のキスの仕方をカンナちゃんに教えてあげるからさ」

お前はわたしの兄ではないし、そのようなものを教えて欲しいなどと頼んでないし！

わたしははた迷惑な自称婚約者から逃げようとしたけれど、この非常に不埒な男はわたしを床に押し倒すと上にのしかかってきて、両手を顔の両脇についた。

な、なんと、これは床ドンというやつなの？

「逃がさないからな」

「悪魔！　鬼！」

「鬼じゃなくて『お兄さん』ね」

「いや、全然面白くないし」

「……なんだよこのムードのなさ」

そう言いながらわたしの頬を撫《な》でて唇を指先でたどる政人さんの表情が、口調と裏腹に色っぽいものだったので、わたしは狼狽《うろた》えてしまう。

「カンナちゃん、もっと盛り上げていこうか。すごいベロチューしようぜ。じゃあ、最初に舌を出してみろよ、ほら、べーって」

「そんなこと絶対にしないってばって、やめっ……んん――――っ」

口を開けないからって鼻をつまむとか、卑怯だよ！

「そんなそそる涙目しやがって……」

別に盛り上げなくてもキスする気満々だった政人さんに、わたしはこの上なくいやらしいベロチューの仕方を教え込まれてしまったのだった。

その5　追い詰められるお局様

「……帰る……」

身の危険をひしひしと感じたわたしは、キッチンの床に仰向けに転がり、涙ぐみながら言った。

やはりイケメンというのは、世界が自分の思い通りになるせいで人間的にダメなんだ。

政人さんは宣言通りに、とんでもなくいやらしい大人のベロチューを懇切丁寧に教えてくれた。キッチンの床に縫いつけられて抵抗できないわたしは、まるで催眠術のように甘ーくやらしーく囁《ささや》く色気を垂れ流すイケメンのいいなりになって、唇をこすりあったり挟んだり舌を出して絡めたり、ありとあらゆるわけのわからない事をさせられた。

だいたい、ちゅーなんだからちゅっという音をさせるべきだというのに、なぜかぴちゃぴちゃなどという恥ずかしい音がしてしまうし、わたしは「んふうっ」なんて変な声が出ちゃうし、腰が抜けたようになって力が入らないし、なにもかももう勘弁してもらいたい！

散々政人さんに弄《もてあそ》ばれた唇ははれぼったいし、口の周りはべちょべちょしているし、口紅は全部はがれ落ちてしまったし、気分は最悪である。

「あれれ、お兄さんのキスは良くなかった？」

にやにやしながら上から見下ろすイケメン。

いいとか良くないとか、そんな判断できないよ！

「結婚に備えて、もっといろんなコトをカンナちゃんに教えておきたいんだけどな」

意味ありげに言う政人さんの目は、心なしかギラッとしている。獲物を前足でつんつんする肉食獣のようだ。

「お断りです。っていうか、婚約は破棄させていただきます。台所の床で婚約者を襲う男なんて願い下げだから！」

なんなの、床って。

百歩、いや千歩くらいゆずって、リビングのソファで夜景を見ながらの初心者向けの優しいキスだったら、もしかすると、もしかするとだけど、雰囲気でほだされたかもしれない。

しかし、現実は台所の床なのだ。

むきだしの床で背中が痛い。

いくら『やらしい』キスをしても、全然ロマンティックな気分になれない。

けれど、そんな背中の事情に気づかない政人さんは、目の笑っていない笑顔で言った。

「婚約破棄は却下。もっとちゃんと俺と付き合ってからどうするか決めろ。じゃないと」

榛色《はしばみ》の瞳が、夢に出てきそうなくらいに不穏に光った。

「……お前の会社に行って、浅倉カンナに弄《もてあそ》ばれたって訴えるからな。株式会社ＡＯＩだろ、カンナの勤め先」

「なんで知ってるの⁉」

飛び起きようとしたわたしを、政人さんは押さえ付けた。

だから、ここ、背中が痛いんだってば！

「お前んちのカレンダーがＡＯＩのだったし、この近くの会社だし」

「うわあああ」

床の上に転がったままで、両手で頭を抱えたわたしは絶望の声をあげた。

会社での評判を落としたら、わたしの居場所はなくなってしまう。しっかり勤め上げて、みんなに祝福されながら寿退社したいのに。

政人さんに住所を知られているだけでもかなりまずいのに、会社までバレているとか最悪だ。

「じゃあ、続きを」

「ちょっと、まだする気？」

「だって……カンナの味見してたら、俺勃っちゃった」

「勃っちゃった？　……ぎゃあああああ、変態！」

淑女に向かってなんてことを言うのだ！

そんなもんは寝かしといてよ！

っていうか、なんだかギラギラしたものが政人さんから出てると思ったのは、そういうことだったのか！

わたし、処女だから、そういうの全然わかんないよ！

あからさまな性的表現に、免疫のないわたしがのたうち回っていると、そんなわたしの醜態を見て「マジムードねーなー」などと言いながら、政人さんがまた急接近してきた。

覆い被さり、耳に口を寄せる。

「……ベッドに行こうか」

瞳の奥に、とろっとした光をたたえた政人さんが言った。

「俺たちは真剣につきあうんだからさ、いいだろ？」

「よくない！　背中痛い」

「は？」

「だから、背中が痛いの。こんな固い床の上で散々のしかかられて、ごりごりごりごり。こんなに痛いんじゃムードなんて出るわけがないじゃない！」

「マジか」

政人さんがきょとんとした顔で言った。

「そりゃあ、床だもんな……悪かった」

意外なことに、政人さんはすぐにわたしから離れて、背中に手を差し込んでそっと起こしてくれた。

「痛くするつもりはなかった。見せてみな」

「ひゃあっ」

遠慮という言葉を知らないイケメンに、いきなり下着ごとセーターをまくられる。おまけに、この人は手のひらでわたしの背中をさすりはじめた。

「わあ本当だ、ここんとこが赤くなってる。これじゃあ痛かったよな、気がつかなくてごめんな」

わたしの背中を指先でそっと触って、政人さんが言う。

男性の温かい手で素肌を撫《な》でられて、恥ずかしくてたまらない。でも、そんなことを口にしたらまた変に絡まれそうなので、身体をびくびくさせながら我慢する。

「なんか塗っておくか？　うちにはハンドクリームくらいしかないけど……ひとっ走り近くのドラッグストアに行って、打ち身の薬を買ってこようか」

「いいよ、大丈夫。皮がむけてるとかじゃないでしょ」

「ああ、皮はむけてない。……あー、ホントにごめんな。ちょっと調子にのってたわ。女に痛い思いさせるとか最低だな、俺」

反省するイケメン。

「カンナの反応が可愛くて、ついついいじめ過ぎちゃった。ごめんな」

そう言って、彼は軽くちゅっと口づけた。

「怒った？」

そういっておでこをくっつけるとか、この人の攻撃力は半端ないね！

動揺して「怒ってないよ」って言っちゃったじゃん！

「……起きてた方が治りそうだし、そろそろどっかに出かけるか。なんか俺、うちにいるとカンナにまた余計なことをしそうだからなあ」

政人さんはわたしのコートをソファから取り、着せてくれた。

「よし、まずはデートをしよう。距離を縮めるのはそれからだ」

いやいや、縮めなくて結構ですが。

しかし、このドSイケメンにそんなことをうっかり口走って、また変なスイッチが入るといけないので、「どこに行こうかな」なんて適当に合わせておく。

「海、山、街、どこにする？　この時間じゃ昼飯も考えないとな」

起きたのが遅かったから、もう11時だ。

「そうだね。車で行くんだっけ？」

「電車でもいいけど。それか、この辺をぶらぶらするか？　軽いフレンチのランチやってる店とかあるけど」

「あ、いいね」

「じゃあ、少し店でも見てから、昼飯食いに行こうか。できれば夕飯はうちで食いたいんだけど……」

言葉を途切れさせて、じっとわたしの目を見る。作ってくれないかなー、という無言のプレッシャーを感じる。しかも、じわじわと唇が近づいてくるので、わたしは早々に白旗をあげてしまった。

「……お鍋でもする？」

「お、いいな！　鍋食いたいな！」

にこにこ顔のイケメン。「土鍋買ってこようぜ」「あっ、コンロもか？」なんて妙に嬉しそうだ。

「ねえ、眼鏡を忘れてるよ」

わたしは立ち上がって玄関に向かおうとした政人さんに言った。

「ああ、これね」

政人さんはテーブルの上のダサい黒ぶち眼鏡を手に取り、渡してきた。なんでもっといいのを買わないいんだろう。せっかくの綺麗な瞳も台なしだ。

「あれ、これって……」

レンズを見て気づく。

「そう。伊達眼鏡」

度の入っていない、ただのガラスだ。

「外に行くときは、変装してるからさ」

なんで、と聞くだけ野暮というものだろう。性格はともかく、これだけ見た目が整っているのだ、こんな繁華街の近くで素顔をさらして歩いていたら、女の人が引っ掛かって仕方がないのだろう。家が近いのだから、つけられたりしたら危険だ。

「はい、どうぞ」

「今日はいらない」

「なんで？」

政人さんは眼鏡をテーブルに戻すと、わたしの耳元で囁いた。

「ガラス越しじゃないカンナを見ていたいから」

「！」

この、女たらし！

まんまとわたしを赤面させた政人さんは満足げに笑うと、わたしの手をとった。

その6　土曜日のデート

「さあ、どれがいい？　指輪か首輪か……おっと間違えた、ネックレスか」

「今のわざとでしょ！　人をペット扱いしないで！」

わたしたちはなぜかアクセサリーショップに来ていた。タワーマンションの外に出たとたんに政人さんにがっちりと腰を抱かれ、捕獲された動物かと突っ込みたくなるような状態で歩かされてから、まず最初にと、この店に連れ込まれたのだ。

「うわあ、これ素敵……」

人気のあるブランドらしくて結構お高い。わたしのボーナスが、ほとんど吹っ飛んでしまうくらいのお値段だ。

けれど、それだけのことはあってデザインがとても素敵だし、わたしくらいの歳の女性が身につけても甘すぎず、それでいて可愛さもあるため、わたしはすっかり気に入ってしまった。値段の問題がなければ欲しいものばかりで、ショーケースをのぞきこむわたしの目も自然とキラキラしてしまう。

しかし、謎のお金持ちである失礼なイケメンは、値札なんかに動じなかった。

「仕事の邪魔にならないなら、指輪にしろよ」

「なんで？」

「……それはボケか？　本気でわからないのか？　虫よけに決まってんだろ」

虫よけっていうと、あれですか、俺の女に手を出すなよ的なアピールですか。

「いやあ、ないない、それはないって」

わたしは笑いながら手を振った。

「政人さんじゃあるまいし。あのね、わたしにはそういうのはまったく必要ないからね。無駄にお金を使わなくていいよ。お気持ちだけいただいておきます、はい、ありがとう」

しかし、政人さんは変な生き物を見るような目でわたしを見て言った。

「なんでそんなことを言うんだ？」

「だって、わたしなんかを相手にする人なんていないもん。会社ではスーパーお局のカンナ様で通っているしね。誰も声なんてかけてこないよ」

すると、政人さんは完全におかしな生き物を見る目になった。

「……お前、それは間違った認識だから。お前に手を出す男がいないっていうのは、誰かが故意に、言い寄ってくる男を潰しにかかってるんじゃないか？」

「そんなことないと思うけど」

「無自覚かよ。まあいいか。俺と婚約しているからには、ちゃんと印を会社に付けていけよ。毎日つけるんだから、気に入ったやつを選べ」

「まあ、ご婚約されていらっしゃるのですね、おめでとうございます。それならば、こちらのシリーズはいかがですか？」

さっきから政人さんの顔をちらちら見ては顔を赤らめているショップのお姉さんが言った。

「イニシャルがデザインされた、ダイヤとプラチナのセットです。指輪とペンダントですが、どちらもシンプルなデザインで普段から身につけやすい物ですし、品がいいのでドレスアップした時にも見劣りしません」

「ああ、なかなかいいな。カンナ、つけてみろ、両方だ」

値段を見て「げっ」となったわたしに、政人さんが勧める。ためらっていると、店員さんが言った。

「イニシャルの方はいかがいたしますか？　旦那様のお名前でも、奥様のお名前でも、どちらでもよろしいかと存じますが」

ぎゃー、今旦那様と奥様って言った！

なんかすごい精神攻撃を受けた気がするんだけど！

「カンナのK、だな」

顔が火照ってあわあわしているわたしをしり目に、まったく動じない政人さんが言った。

「承知いたしました」

店員さんが、ショーケースの鍵を開けて、イニシャルのKがデザインされた指輪と、ペンダントを出してくれた。

「うわあ……」

政人さんの手でペンダントをつけられたわたしは、鏡を見て思わずうっとりした声をあげてしまった。

「すごく可愛い。上品で甘すぎないし、いいなあ、これ」

指輪も、すっと指に馴染《なじ》むから、仕事中につけていても大丈夫そうだ。

「ああ、いいな。なかなか似合ってるぞ？」

「とてもお似合いですね」

店員さんはわたしに鏡を向けて、笑顔でお勧めしてくる。本当に良いものなのだと思うし、わたしはとても気に入った。

しかし。

「……政人さん、これって婚約指輪……なの？」

「いや、婚約指輪はまた後にしよう。これは単なるプレゼントだ」

「でも」

単なるプレゼントにしては、高価過ぎるよ。

「虫よけは早めにしておきたいんだ」

わたしには必要ないと思うんだけどなあ。

「遠慮するな、半分は俺の自己満足だから」

「優しい彼氏様ですね、うらやましいです」

「あはは、どうも……」

「正式な婚約指輪をご用意される時には、ぜひまたお越しくださいね。素敵なデザインのものがございますので」

　ふたりとも押せ押せなので、わたしは苦笑する。

だって……わたしたちは本当の婚約者じゃないから。

「確かにこんなに可愛いらしい方ですと、彼氏様はご心配ですよね」

「まったくだ。やっぱり首輪もひとつ買うか」

　指輪を眺めていたわたしは、はっとして顔を上げる。

　この男ならやりかねない！

　わたしは首輪を付けられていたぶられる自分を想像してしまう。

『カンナ、ご主人様の言うことが聞けないのか？　なるほど、よっぽど俺にお仕置きをされたいんだな、悪い子だ……』

　鞭《むち》を持ったイケメンが、笑いながら近づいてきて……そして。

「これが気に入ったわ、首輪はやめて！」

　わたしが叫ぶと、店員さんと政人さんは笑顔で頷《うなず》いた。

「ありがとうございました」

アクセサリーショップの店員さんに見送られ、わたしたちは政人さんお勧めのフレンチのお店に向かった。もちろん、わたしの指には指輪が、首元にはペンダントが光っている。政人さんはとても満足そうだ。それにしても、よく政人のMにしろって言わなかったなあ、意外だわ。

「カンナ、よく似合ってるぞ」

そう言いながら、彼はつないだ手をぎゅっと握った。わたしはなんだか照れ臭くて、うつむきながら言った。

「ありがとう。でも、こんなに高い物を買ってもらって、悪い気がするんだけど……」

値段がわかっているから、指と首がずっしりと重い気がする。

「お前は真面目だな。でも、男にとって、女を着飾らせるのは自分のものだっていう気持ちの現れだからな。できることなら、上から下まで俺が買ったものを身に付けさせたい」

へえ、そういうものなのね。あまり……というか、男の人とほとんどつきあったことがないから、そういう男性の気持ちなんてさっぱりわからない。

そして彼はわたしの耳に口を近づけて小さな声で言った。

「ふたりきりになったら、上から下まで全部はぎ取りたい。いいか？」

わたしは思わず立ち止まってしまった。

「なっ、だっ、駄目に決まってるでしょ！」

まったく、この人は！

真昼間の道端でろくなことを言い出さないんだから！

わたしは顔が赤くなるのを感じる。

政人さんはわたしの首で光るKの文字にそっと触れ、わたしの目を見つめながら言った。

「今すぐとは言わないけどね。覚悟はしておいて」

そう囁《ささや》くと、政人さんは何事もなかったようにわたしの手を引いて、フレンチレストランへと案内したのだった。


フレンチレストランのランチは美味しかった。またとんでもない値段だったらどうしようとドキドキしていたけれど、常識的な価格だったのでほっとする。これなら自分でも払えそうだ。

アクセサリーを買ってもらったお礼にお昼代は払おうとしたけれど、政人さんは「今日は俺が連れてきたんだから、奢《おご》らせて。そのかわり、夕飯の鍋は任せるよ」と言って払わせてくれなかった。

「うん、わかった」

お鍋にカニでも入れないと釣り合わないかしら。

わたしたちは、話をしながらウインドウショッピングをした。

主に政人さんがわたしをからかい、ついつい言い返すわたしを今度は彼が「よしよし」となだめる。傍《はた》から見たらイチャイチャするバカップルだ。この年になってみっともないと思うんだけど、このイケメンは頭の回転が速いらしく、うまいことわたしが食いつくような事を言ってくるのだ。まったく腹立たしい。

「今夜はどうする？」

土鍋と卓上用コンロを抱えた政人さんが、長ネギや白菜やしゃぶしゃぶ肉の入ったスーパーの袋を下げたわたしに言った。

「どうするって？」

ちょっと遅くなってしまったので、今日のお鍋はパック入りの鍋スープに頼る事にしたのだが、それでも政人さんは嬉しそうだった。ひとりでは食べられないから久しぶりなのだそうだ。

ちなみに、カニは買わなかった。しかし、しゃぶしゃぶ肉は国産の牛肉を選んだので、美味しいはずだ。

お鍋の事しか考えていないわたしに、政人さんはじれったそうな顔で言った。

「泊まっていくの？」

「そんなわけないでしょ」

「……やっぱりそう言うか……」

なぜか遠くを見る政人さん。

「遊び馴《な》れた政人さんと違って、カンナさんは身持ちが固いんですよ。会ったばかりの男の人の家に泊まったりしません」

「……会ったばかりの男の人を自分のうちに泊めたくせに……」

うぐっ、イタいとこを突かれたな！

「あのさあ、泊まっていくならさ、このスーパーで下着とか化粧品とか買った方がいいんじゃないか？　お前、それくらいなら持てるだろ」

「いや、だから、泊まらないって」

人の話を聞かない男だね！

「お酒飲んだりしたら、うちに帰るのが面倒になったりして」

「じゃあ飲まない」

「今後もしかして泊まることがあるかもしれないから、ひとつ買っておいてもいいのかなと思うし」

「……」

この男は、どうしてもわたしにお着替えを買わせたいらしい。彼の目をがっちり見て、わたしははっきりと言った。

「わたしはね、たとえ付き合ってるとしても、昨日会ったばかりの男の人の家に泊まったりしません。わかる？　だから、夕飯を食べたら帰るからね」

「……カンナは変わり者過ぎて、俺にはうまく対応できねー」

政人さんはまだ納得がいかない顔をしていたけれど、そうこうしているうちにタワーマンションに着いた。

「お帰りなさい、木原さま」

親しみやすい笑顔で、男の人が言う。

「ただいま。カンナ、ちょっとこっちこいよ」

土鍋と卓上用コンロを抱えたままの政人さんが、わたしを顎《あご》で呼んだ。

「宮田さん、こいつは浅倉カンナ。俺の恋人だから覚えておいて」

「えっ、こ、こい、」

長ネギをぶら下げたわたしは、政人さんの言葉にうろたえる。

「あの、浅倉カンナです」

そして、とりあえず自己紹介してしまう。

「ご丁寧にありがとうございます。わたしは宮田亮一と申します」

マンションの一階に待機するコンシェルジュの宮田さんが頭を下げたので、わたしもスーパーのレジ袋をがさがささせながらお辞儀をした。

「この人と結婚するから、これからちょくちょく俺の部屋にくるよ」

「かしこまりました。お綺麗《きれい》な奥様ですね」

お、奥様！

しかも、『お綺麗な』って言った！

いやいや、まだ、まだそんなんじゃないから！

えっなに、わたし、まだとか言ってるけど、政人さんと、本気で結婚する気になってるの⁉

そしてわたしは、今顔が真っ赤になっているぞと思いながらも、結婚するとか他人に言っていいのだろうかと考える。

婚約ごっこに他人を巻き込んだら駄目でしょう。

「カンナも何かあったら宮田さんに相談しろよ」

「どんな事でも聞いてください。グルメや買い物についてもご案内できますよ」

「あ、はい、よろしくお願いします」

にこやかな宮田さんに見送られ、わたしたちはエレベーターに乗って政人さんの部屋に行った。

その7　夜景とお鍋

いろいろと政人さんに問い質《ただ》したいことがあったけれど、部屋に入って窓の外を見たら忘れてしまった。

「うわあ、すごい夜景！」

大きな一枚ガラスの窓の外には、素晴らしい夜景が広がっていた。車のテールランプが連なって、ルビーのネックレスのようだ。遠くには白い光に浮かび上がる橋も見えた。

「綺麗だね！　こんな夜景を見ながらお鍋を食べるのって最高だね！」

「鍋……そっちの方向に行くか」

政人さんが、わたしの反応を見て、なんとなくがっかりした様子で言った。

「え？　ほら、早く土鍋をちょうだい、洗うから。コンロの設置はお願いね」

もう遅くなっちゃったし、お腹もすいたし、30分で支度したいな。

「あ、わたし、電車で帰れるから、飲みたかったら飲んでもいいよ」

「夜道をひとりで帰すかよ」

政人さんは眉をしかめた。わたしは材料を広いカウンターの上に並べて、包丁とまな板を取り出した。よそのお宅のキッチンだけど、いつも使われているから使い勝手は良さそうだし、何よりうちの台所と比べて広くて使いやすい。ここなら楽しくお料理ができそうだ。

環境って大事よね。

わたしはお湯を沸かすと、鰹節をたっぷりと入れたカップの中に注いだ。簡単なお出汁の取り方だけど、市販の鍋つゆにこれを加えるとひと味違う。

そして、洗った土鍋にパックの鍋つゆをあけてコンロの弱火にかける。

「政人さん、お料理やってみる？」

「俺にもできることがあるの？」

「あるよ。そこのエプロン付けて、こっちに来て。袖をまくってよく手洗いしてね」

このうちにはエプロンがないということなので、今日は男女で兼用できる実用的なエプロンをふたつ買ってきたのだ。

わたしはボールに鶏ひき肉を入れ、刻んだ長ネギと椎茸を入れた。塩、酒、砂糖、コショウを入れて下味をつける。

「はい、これを大きいスプーンで混ぜてね」

青いエプロンを付けた政人さんは、テレビに出てくるイケメン料理人のように見えた。かっこいいと、どんな格好も似合うんだね。

わたしからボールを受け取った政人さんは、スプーンを出すと素直に混ぜ始めた。

「どのくらい混ぜるんだ？」

「粘りが出るまでよく混ぜて」

真剣な顔で混ぜ混ぜする政人さんは、ちょっと可愛かった。

わたしは素早く野菜を切ると、ダイニングテーブルの土鍋の脇に置いた。お肉もお皿に乗せて置く。簡単出汁をこしてお鍋に加え、煮立ったところで野菜を入れる。

「混ざったぞ」

鶏団子担当の政人さんが言ったので、スプーンを二本にしてこっちに来るように言う。

「見てて、こうやってお団子を作るの」

わたしはスプーンでひき肉をすくい、もうひとつのスプーンでこそげるようにして、お鍋に鶏団子を落とした。

「はい、全部入れて」

「俺がやんの？　できるかなー」

政人さんはスプーンを持つと、真剣にお団子を落としだした。その間にわたしは洗い物を済ませ、お箸や取りわけ用の小鉢を並べて支度をする。

「できたぞ」

「ありがとう。鶏団子が煮えたら食べられるよ」

エプロンを外した政人さんは、いそいそと鍋の前に座った。スプーンとボールも手早く洗ったわたしは、灰汁《あく》取りと水の入ったボールを持って席についた。

お鍋はとっても美味しくできた。仕上げにうどんを投入して食べたから、ふたりともお腹がいっぱいだ。欲を言えば日本酒が欲しかったけど、ここで酔うとろくでもない事態になりそうなので、あえてお酒は飲まなかった。

お金持ちで俺様な政人さんだけど、意外にも料理や後片付けを手伝ってくれる。そういえば、朝も洗い物をしてくれたっけ。お坊ちゃまではないのかな。

「じゃあ、わたしはそろそろ帰るわね」

「……もう帰るのか？」

政人さんが不満そうに言った。

「うん。遅くなっちゃうから。……泊まらないよ」

「お前って、本当に変わってるよな」

「どこが？」

「この部屋を見て、泊まりたがらない女はいないんだけど」

「……」

高級なタワーマンションの最上階の、豪華な部屋に素晴らしい夜景。部屋の持ち主は、会ったばかりの女に高価なアクセサリーをポンと買ってしまうお金持ちの男性。しかも、背はすらりと高く、引き締まった身体つきの美形だ。ブラウンとグリーンが混ざった不思議な色の瞳をした、黙っていれば王子様のような人。

「今まで女の人を泊めまくっていた……んだ？」

「泊めるかよ！」

政人さんは不機嫌な顔になった。

「そんなことしたら、面倒なことになるのが目に見えてるだろ。だから、ここに女を泊めたことねーよ」

柄の悪い王子様は、荒っぽく言った。

「じゃあ、なんでわたしのことは泊めてくれようとしてるの？」

「……お前が喜ぶかと思って……」

「え？」

政人さんは、目をそらしながら言った。

「だから！　女はみんな泊まりたがるから、お前を泊めたら喜ぶかと思ったんだよ！　それだけだ」

わたしは口を押さえて絶句した。

何その特別扱い。

なんかそれって、大事にされてるっぽくて、まるでわたしのことを好きみたいじゃないの。

「あの、ええと、その……ありがと」

思わずうつむいてしまう。

さっさと逃げ出そうとコートを取ろうとした手は、しかし政人さんに摑《つか》まれた。

「ホントに勘弁してください」

わけもなく謝るわたし。

「勘弁できないな」

理不尽に怒る暴君王子様。

「大事なものを忘れてるぞ」

「なんでしょうか」

「婚約者へのおやすみのキスだ」

「……」

わたしは今、終わりのないお化け屋敷にいるようである。歩いても歩いても、出口が見つからない。そして、「キスしろぉ、キスしろぉ」と言いながら物陰からお化けが襲いかかってくるのだ。

わたしはそんなことを頭の隅で考えながら、口元に一見優しそうな笑みを湛えている政人さんを見る。

お前のお腹の中が真っ黒なことはわかっているぞ！

しかしながら、か弱いお局ＯＬに過ぎないわたしは、若干へっぴり腰になりながらじりじりと後ずさるしかできない。

「あの、今夜はもう遅いですし、そろそろ」

「帰さないとは言っていないし、ちゃんとうちまで車で送ってやる。ただ、おやすみのキスがまだだと言ってるんだ」

　そう言うと、返事なんか待たずに政人さんはわたしをずるずると引きずるようにして、広いリビングに置かれたソファの前に連れていった。そして、そこに腰を下ろすとふんぞり返る。

「よし」

「ちょっと、犬に命令するような言い方、しないでくれる⁉」

　思わず言い返すと、政人さんはにやりと笑った。

「そりゃあ悪かったな。お前は犬じゃなくって大人の女だもんな、おやすみのキスくらい上手にできるよな」

「ったり前でしょ！」

　ぎゃー、わたしの馬鹿！

「それではお手並み拝見といくかな、カンナちゃん」

　誰か今すぐこのニヤニヤ王子を殴って気を失わせて欲しい。

　わたしは拳を握りしめて「ううううう」と唸った。

「ほら、早くしろ」

「しろ、ったって」

　考えてみて欲しい、男女のキスシーンの正しい姿を。こう、ふたりで寄り添い合いながら男性は下を向き、顔を近づけてくるのがデフォルトであると言えよう。偉そうにふんぞり返った男にどうやってキスしろと言うのだ？

「仕方ねえなー、教えてやるよ」

「きゃあっ」

政人さんは素早くわたしの腰に手を回すと、膝の上に座らせて、ためらいなく唇を合わせた。

「んーんーんー」

彼にのしかかる状態になったわたしは必死で身体を離そうとするけど、重力とがっしりと押さえ込む政人さんの腕力とで離れることができない。

「カンナ、可愛いな。エロい顔になってる」

「なあ、次は泊まっていけよ？　本当は帰したくない」

「いい子だ。ちゃんとキスの仕方を覚えたな。この先も俺が教えてやるよ」

このとんでもない王子様は、キスの合間に甘ったるい声で甘ったるい事を囁《ささや》いてくる。

本当に始末に負えない男だ。

結局、何度も角度を変えて深く口づけられ、ようやく解放された頃には政人さんの身体にぐったりと身体を預けてしまうわたしであった。

「俺ってすげえ忍耐強い男だよな」

「……」

「キスした後の、めっちゃエロい顔したカンナに手を出さないで送り届けるとか、紳士以外の何者でもないね」

「……」

「ほっぺた真っ赤にして、濡れ濡れの唇でぼんやりこっちを見られたら、普通の男じゃ我慢できないぜ」

「……」

「いいか、ああいう顔を他の男に見せるなよ。あっという間に食われちまうぞ」

「……」

「お前は抜けてるから心配なんだよなあ……。他の男に愛想のいい顔をするんじゃねえぞ。カンナ、聞いてるのか?」

聞いてるよ！

聞いてるけど、粋《いき》な返事をする気力がないんだよ！

わたしは、政人さんの車の助手席にぐったりと座って、おとなしくしていた。

そうこうしているうちに、車はわたしのマンションの下に着いた。

「じゃあな、カンナ。鍋、美味かったぞ……唇はもっと美味かったけどな」

もうすでに抵抗する気も失せたわたしの頬を撫《な》でながら、政人さんが言った。

今夜はお風呂に入って、とっとと寝よう。洗濯物は明日ゆっくりすればいいや……。今日はあまりにもいろんなことがあって、限界が来ている……。

そんな事を考えていたら、車を止めた政人さんがわたしの方に身体をむけて言った。

「明日は10時に迎えに来るからな」

「……え？　明日も会うの？」

洗濯しようと思ったのに。

そう思ってうっかり返事をしたら、政人さんの目が吊り上がった。

「……お前、この場で食われたいのか？　男心をもてあそぶとどうなるか、教えてやる」

「ひいっ！」

暴君王子が牙を剝《む》いた。


「理不尽だ……これは理不尽な暴力だ」

わたしは鏡を見ながら怒りに震えるのであった。

なぜなら。

「お気に入りのセーターがビローンてなっちゃったじゃない！」

まったく、悪ふざけにも程がある。

わたしのうっかりした発言で機嫌を損ねた王子は、セーターの襟を思い切り引っ張って、事もあろうにわたしの首元に噛《か》み付いたのだ！

思わず顔面を平手でひっぱたいちゃって、鼻を痛めた政人さんの「……おやすみ」は涙目で鼻声だったけど、自分が悪いんだから仕方ないよね。

そして今、くっきりと残った噛み跡に唇を噛み締めるわたし。

食べられずには済んだけど、こんなところに跡が付いたら服に隠れずに見えてしまってカッコ悪い。なんとか消す方法はないものだろうかと思い、軽い気持ちで繭ちゃんにメッセージを送った。

『繭ちゃーん、首んとこに歯型が付いて困ってるんだけど、早く消すいい方法を知らない？』

そうしたら、衝撃を受けた顔のスタンプが連続で押されてきた。

『マジですか⁉ カンナ様に男がいたとは知りませんでしたよ、どうして教えてくれなかったんですか、自分ショックで寝れませんよ！ まさかの寿退社ですかどうなんですか⁉』

そしてまた、衝撃スタンプの山。

「あれ、わたし、なんかヤバいこと……した？」

わたしはスマホに『噛む　男』と打ち込んで検索し、その結果を見て悶《もだ》えた。

「ぎゃあああ、何これ⁉ 食べたいくらいの執着だと⁉ 俺のものだという所有の印だと⁉」

マーキング！ これ、性的なマーキングだった！ キスマークしか知らなかったよ……噛むことは小学生レベルの嫌がらせじゃなかったよ……。

『カンナ様、なんとか言ってください！ その人と結婚するんですか⁉ 総務はどうなるんですか⁉　自分たちはカンナ様に捨てられるんですかーっ⁉』

「今のは嘘《うそ》です、忘れてください……」

メッセージを送ったけど、繭ちゃんからの着信音はいつまでも鳴りやまなかった。

その8　素敵なガチデート

「……確か10時って言いましたよね」

「ああ、言ったな」

朝っぱらからわたしの部屋のインターホンが鳴り、開けたドアの前に王子様が立っていた。ありえない。

「10時に迎えに来るって言いましたよね、確かに」

「くどいな」

なぜかドヤ顔をするこの王子様は、朝から変な色気を出しちゃって、ますますありえない。

「じゃあ、なんで9時20分現在の今、うちの玄関にいるんですか？」

「道が空いていて早く着いたからだ。車はコインパーキングに入れて来た。お茶淹れろよ」

ドアを閉めてとっとと靴を脱ぐイケメン。あれだね、一度家に入れちゃうと『ここは俺のテリトリーだ』とか思っちゃう犬と一緒だね。ポチ！　うちの子になりたかったら待てを覚えなさい！

「ここは政人さんのうちから車で30分の距離ですよね。なんで約束の40分前にうちに着くんですか。計算が合いませんよね。10時って言ったら、10時にマンションの下にいるでしょう普通は。って、ちょっと、少しは遠慮しなさいよ、妙齢の子女の一人暮らしのうちに勝手にあがらないの！」

「お前馬鹿か？」

人の話を聞かずに上がりこんだ政人さんは、素早くわたしの唇を奪ってから囁いた。

「カンナに早く会いたいからに決まってるだろ？　……あー、カンナの匂いがする……」

「匂いを嗅がないの！」

ふっ、悪いが、一日で大人の階段を上ったわたしには、そんな攻撃はきかないのだ。

「……すっぴんに部屋着のお局を見て楽しいの？」

「楽しいな。すっぽんぽんだともっと楽し……」

わたしは朝からセクハラ発言をする口を手のひらで塞いだ。

「ん――――」

うなるイケメン。

「黙らないとお茶出さないで追い出しますけど」

ポチはおとなしくなった。

「ねえ、昨日はちゃんと寝たの？」

わたしは、勝手に定位置にしたらしい昨日と同じ場所に座る政人さんに言った。

「大丈夫だ。寝た。カンナとデートするのが楽しみで早く目が覚めた」

タワーマンションに住む大金持ちの暴君王子様は、今日はスリムジーンズにモノクロボーダーのセーターを合わせ、黒のモッズコートを羽織っている。そして、狭いワンルームマンションのベッドに寄りかかり、くつろいだ様子でお茶を啜《すす》っている。

テーブルには、有名な和菓子屋さんの限定販売の羊羹《ようかん》。日曜の早朝に並ばないと手に入らないそれを手土産にして、政人さんが現れたのだ。売ってる店は政人さんの住むタワーマンションの近くだけれど……どうやら昨日わたしが言った「食べたいね」という何気ない一言を覚えていて、さっそく買ってきてくれたようなのだ。

こんなにしっぽを振られたら、追い返せないじゃない。

「カンナ、ボーダーのニット持ってるか？」

政人さんが言った。

お揃《そろ》いにしてたまるか！

わたしはピンクのニットを引っ張り出して、アイボリーのフレアースカートに合わせた。

政人さんがガン見してくるので、狭い洗面所で着替える。

これで茶色のブーツとベージュのコートを合わせれば、まったくお揃いにならないのだよ、ふふん。

お揃いじゃなくても政人さんは笑って言った。

「あ、可愛いじゃん。ピンクっていいよな」

「ありがとう」

誉められたらお礼は言っておく。

「ところで、俺が買った指輪とペンダントはどこにやったんだ？　風呂以外は付けておけよ」

「なくすといけないから、ちゃんとしまってあるわよ」

このうちで一番高いものだから厳重にね。

わたしは冷蔵庫を開けた。

「ほら」

グラスにハンカチを入れて、指輪とペンダントはそこに置いて庫内にしまったのだ。

「……なんで冷蔵庫だ？」

「だって、アクセサリーボックスに入れるには高過ぎるし、うちには金庫なんてないし」

「……で、冷蔵庫か……？」

「いいでしょ、ここならなくさないから……冷たいっ」

指輪をはめたら、超冷え冷えになってたよ！

わたしはプルプルと手を振った。

「そりゃあ冷たいだろうよ……ぶっ」

政人さんが吹き出した。

「冷蔵庫にしまうとか……夏でもおかしいし……」

ひっくり返って爆笑している。

「いいでしょ！　他にしまうとこないの！　どうせ貧乏人よ！」

「やベー、カンナ、ツボるー」

「うるさいうるさい、笑いすぎだっ！」

涙を流して笑い転げるイケメン王子に腹を立て、わたしは襟をつまむと政人さんの首元からよく冷えたペンダントを落としてやった。

「うわああ、冷てーっ！　酷い女だな！」

彼はその冷たさに転げ回って、乱れた髪型で恨めしそうにわたしを見た。涙目になっていて、ちょっと可愛い。

「政人さんの愛で温めてくださいませ」

サービスで、手のひらを合わせながらうふっと微笑んでみせる。

なにがお気に召したのか、彼はぽかんと口を開けてから、「そうだな……愛だな」と独り言を言いながらにやにやした。

「……よし、充分温めてやったから、首を出せ。ったく、生意気な女だ、もう一回噛《か》んでやろうかな」

政人さんは自分の体温で温めたペンダントを、ぶつぶつ文句を言っているくせに嬉しそうに笑いながら、わたしに付けてくれたのだった。

そんなこんなで、日曜日のデートが始まった。政人さんは、名前はわからないけれど、高そうな車に乗っていた。ＳＵＶっていうのかな？　スカートをはいていると、乗り込むのにちょっと摑《つか》まって「よっこらしょ」ってなる車高の高いやつだ。そして、正面には有名すぎるエンブレムが付いている。

「セダンじゃないから乗るのが大変で悪いな、女を乗せることは考えないで買ったから」

「ううん、こういう車だって知っててスカートをはいちゃったわたしも悪いしね」

昨日はジーンズだったから気にしなかったけど。

駐車場で、わたしが乗り込む様子を見守りながら政人さんが言った。

「結婚したら、ファミリーカーに買い替えるかな」

子どもも欲しいしな、なんて言ってるけど……この人、どこまで本気なの？

今日は時間が早いので、わたしたちは海に向かった。といっても、この寒い中、海辺の散歩をしたわけではない。近くにある水族館に行ったのだ。わたしがあまりデートの経験がないのを知って、政人さんは「じゃあ、思い切りガチのデートをしてやる」と計画してくれた。

政人さんは、いい大人のくせに乱暴な口をきくし俺様な感じなのに、ふとした時に優しかったり思いやりを見せたりする。ご飯を作れば「美味いな美味いな」と誉めてくれるし、片付けも手伝ってくれる。そして、ハンドルを握ると暴君ぶりはすっかり鳴りを潜めて、丁寧な運転をする。

助手席のわたしのことを気遣って、ちらちらと様子を窺《うかが》いながら「コンビニに寄りたくなったらすぐ言えよ」なんて声をかけてくれるので、これがあの暴君王子様なのかと目を疑った。

うーん、どっちが本当の政人さんなのだろうか？

わたしは総務課にいるから、仕事はほとんど社内である。だから、仕事中でさえ、こんな風に誰かの運転する車の助手席に乗せてもらう機会はない。ましてやプライベートときたら、数少ないお付き合いの歴史の中では車持ちの彼氏はいなかったので、こうして隣に座ってまじまじと運転する男の人を見た経験はなかった。

だから、政人さんが運転する姿を見るのが面白くてちょいちょい眺めていたら、視線が気になるのか彼もこっちを見てくる。最初は用事があって（トイレを我慢しているとかね！）見ているのかと思ったらしくていろいろ尋ねてきたけれど、単なる興味で見ていることに気づいてからは、ちらりと流し目をしてはふっと笑ってくるようになった。

「隣に犬を乗せているような気分だな。楽しそうでなによりだ」

「わん」

政人さんがびっくりしたようにこっちを見たので、わたしはあははははと笑った。

「ドライブってしたことがないからすごく楽しい」

海岸沿いの道は開放感があって景色もいい。海と政人さんを代わりばんこに見ていると全然飽きない。

「お嬢さまのお気に召して良かったよ」

そう言って、政人さんが意外なことに優しく笑ったので、わたしは「あわわ」と言って口を開けてしまい、目をそらした。

暴君王子様の笑顔に思わず見とれてしまったなんて、絶対に知られたくない！

水族館に着いても、政人さんは甘かった。いじわるをするよりも、甘やかされたわたしがうろたえる反応をするのを見る方が面白かったのか、はたまた『ガチのデート』を完璧にプロデュースしたかったのか、昨日の意地悪王子様ではなく恋人扱いをされる。

歩くときに手を繋ぐのは昨日と一緒だけどね。

「カンナ、今日は自分から恋人繋ぎにしろよ」

水族館の駐車場に着いて車から下りると政人さんはそう言って、手のひらをパーの形にしてわたしに差し出す。

「や、ちょっと、ハードル高いかも」

このわたしに、男の指に自分の指を絡めろと言っているのか⁉

恋愛経験が中学生レベルの、このわたしに？

政人さんの手と顔を見比べるわたしに、優しい笑顔で言う。

「俺たちは婚約者同士だし、今日はデートらしいデートをするって決めただろ？　だからこれくらい協力しろよ」

そう言われるとなるほどと思ってしまう。『婚約者同士』のくだりは意見のすり合わせが必要だと思われるけどね。

「あー、えーとー……ん」

わたしはそうっと右手を伸ばすと、自分の指と政人さんの指が互い違いになるように組み合わせた。

「よし、上手だ」

できた恋人繋ぎの手で、政人さんがぎゅっとわたしの手を握りしめた。

ぎゃあああ、恥ずかしい！


「しかし、この歳になって俺がこんなデートをするとは思わなかったな」

水族館へと手をつないで歩きながら、政人さんは言った。長い脚の持ち主だから、普通に歩かれたらわたしは小走りになりそうだが、彼はちゃんとわたしのスピードに合わせてくれる。優しいと言ったらいいのか、女慣れしていると言ったらいいのか。

わたしは、一昨日街で拾った『婚約者』のことをよく知らない。だけど、一緒にいることが全然苦痛じゃなくて、むしろわたしは素に近い姿をさらしていると思う。彼は、会った時はボサボサ頭のもっさりした姿だったからか、あまり警戒心を感じないのだ。そして、少しずつ政人さんのことを知っていくことが楽しいと思うし、もっとよく知りたいと思ってしまう。

いくら見た目がかっこよくても、素敵な色の瞳をしていても、どうして会ったばかりの男性にそんな気持ちを抱いてしまうのか……考えても、わたしには答えが見つからなかった。そして、こんな風におしゃれしたかっこいい政人さんもいいけど、ボサボサ頭でくーくー寝ているポチの政人さんにも惹《ひ》かれてしまう自分の気持ちに戸惑っていた。

こんな28歳のお局乙女の心の内など知らず、今日は定番カップルデートのお相手を務めてくれるらしい政人さんはわたしに「今日もいい天気で良かったな」「その指輪とネックレス、よく似合ってるな。いい女に見えるぞ」なんて声をかけてから、空を見上げて感慨深げに言ったのだ。

「俺がこんな風に、太陽の下で女の子と指を絡めて歩くなんてな……」

「そうなんだ」

結構意外だ。

このルックスにあのお金持ちっぷりであるからして、政人さんはモテそうだし、いろんな女性とデートしていると思った。

「いつもだったら、ネオンの光の下で、舌をからま……」

「ぎゃーやめてーっ！」

わたしは空いてる左手で政人さんの口を塞いだ。

「太陽の下で言うことじゃないでしょ！」

何を絡ませ合うのよ、大人って不潔！

わたしが睨《にら》むと政人さんはふがふがと何かを言って、その表情にあまり反省の色が見られなかったから、この手を離すのは危険だと思ったんだけど。

手のひらに、濡れた生温かい感触がして、わたしは「ひゃおっ」と変な声を上げて手を離した。

「なっ、舐《な》めたわね⁉」

「カンナの手、美味しい。あとはどこを味見させてくれるの？」

わざとらしく舌なめずりしながら、意地悪王子の顔になって言った。

させないし！　絶対させないし！

「ちなみに俺は、柔らかくて湿ったところが大好物だから」

手の早い王子様はそう言うと、一瞬夜の帝王みたいな顔になって、「今夜こそ味見させてくれよ」と囁《ささや》いた。

それってどこよ！

「さあ、あっちが入場券売り場だ。水族館に来るなんて久しぶりだな」

太陽に相応しくない大人の会話に狼狽《ろうばい》する、恋愛スキル中学生レベルのわたしの事なんて軽くスルーした政人さんは、何事もなかったようにわたしの手を引いて爽やかに笑った。

幸い水族館の中では、政人さんはいやらしいことを言ったりしたりすることなく、模範的な彼氏役を務めてくれたので、わたしたちは本当の恋人同士のように楽しくおしゃべりをしながら、水槽の中の生き物たちを見た。

水槽はひとつひとつが興味を引くように工夫が凝らされていたので、わたしたちは説明文を読んだりライトアップに感嘆したりしながら、カラフルでユニークな水中の生き物たちを堪能した。

「ねえ、ただ魚が水槽で飼われているわけじゃないのね。すごく面白いわ」

「そうだな、今日はずいぶんと魚に詳しくなったような気がする」

わたしたちはたっぷりと時間をかけて水族館を回った。

「イルカのショーまではまだ時間があるから、ここのカフェで少し休憩しないか？　ここでしか食べられない『おさかなみつ豆』と抹茶のセットがあるらしい」

「わあ、それなあに？」

「魚の形をした羊羹が泳いでるそうだ」

「美味しそうだね！　それ、食べたいな。……政人さん、調べてくれたの？」

「ま、ネットっていう便利なものがあるからな」

昨日、わたしを送ってから、デートのコースを考えたり下調べをしてくれたりしたんだ。

いやいや、ほだされないよ！　ほだされないけど、パソコンに向かって今日のデートの計画を立てている政人さんを想像すると、なんとも甘いようなくすぐったいような変な気持ちになっちゃった。

「あ、あのね……ありがとう。おさかなみつ豆、楽しみ」

わたしが少しもじもじしながらそう言ったら、政人さんはまた優しい笑顔をして「おう」って答えて、だから余計に……。

「ごめん、ちょっとトイレ行ってくる！」

赤くなった顔をごまかすために、わたしは一時退却を余儀なくされたのだった。

「あー、見事に囲まれてるわー」

トイレに行って、ついでにお化粧も直して出てきたら、政人さんが女性に囲まれていた。

芸能人だと思われたのかな。

スリムジーンズにボーダーニットというラフな格好でも、元々の見た目が整っている政人さんが着るととてもオシャレに見えてしまう。ラフと言っても、あれは多分ブランド品だ。品がいいし、生地もしっかりとしているから。

そんな政人さんとの水族館デートは、実は多くの人の目にさらされていた。すれ違う女性は政人さんの顔をガン見していたし、すれ違ったあとに振り返っていた人もいると思う。カップルなのに、見とれている人すらいたもの。

中には、男性でもこっちを見ている人がいた。かっこいいから、参考にでもしようと思っているのかな。

さすがに、明らかにデート中の政人さんに声をかけてくるつわものはいなかったけど、ちょっと目を離すとこの通りよ。

あそこに突っ込んでいく気力はないなあ。お土産屋さんでも見ていようかな。

そう思って目をそらしたら。

「おねえさん、俺たちにつきあわない？」

目の前に、若い男性のふたり連れが現れて、わたしの行く手を塞いだ。

その9　水族館のふたり

「すいません、連れがいるので……」

声をかけてきた男たちを穏便に断ろうとしたのに、ふたりは距離を詰めてきた。

「連れってあいつだろ？　女の子に囲まれて、よろしくやってるじゃん」

若い男が政人さんの方を顎《あご》でしゃくって示す。

関係がない人に言われたくないことを言われて、わたしは改めてムッとした。

「こんなに綺麗《きれい》なおねえさんを放っておいてあれはないよね。ああいうのって、ろくな奴じゃないよ」

「そうそう。俺たちならおねえさんを寂しくさせないよ」

ナンパしてくるお前たちが言うな！

「あんなやつは放っておいてさ、一緒にあっちのカフェでお茶でもしようよ」

「大丈夫、車を持っているから帰りは送るし。ほら、行こう」

全然大丈夫じゃなさそうなナンパ男たちはそう言うと、わたしの肩を抱こうとした。そのとたん、わたしの身体が強い力で引き戻される。

「きゃあっ」

後ろに倒れるかと思ったら、わたしは無事受け止められた。見上げると、政人さんが怖い顔をして前を見ている。彼は片手で後ろからわたしを抱きしめ、ハイネックのセーターの首元に光るダイヤのネックレスを指に絡めながら低い声で言った。

「俺の妻が何か？」

つ、妻⁉

今、確かに妻と言ったよこの人！

衝撃の発言に固まるわたし。

背中から政人さんの温もりが伝わってくるから、余計にドキドキしてしまう。

「……なんだよ、結婚してんのかよ」

「じゃあ、他の女とチャラいことしてんじゃねーよ、ったくまぎらわしい」

ぶつぶつと言いながら、ナンパの二人組は去っていった。

「政人さん」

彼はくるっとわたしを回して、向かい合わせにした。

「ちょっと目を離すとこれか。お前、もう少し警戒心を持った方がいいぞ」

うわあ、その言葉、そのまんま返したい！

わたしは膨れっ面になって言った。

「なによ、自分だって女の子に囲まれてデレデレしていたじゃないの」

「囲まれてはいたがデレデレなどしてないし、俺はあんなの自力で突破できるからいいの。でも、カンナは捕獲されそうになってただろうが」

「野生動物じゃないし！」

政人さんは、口をへの字に曲げて、眉根を寄せた。

おかしい。

この人、わたし以上に不機嫌になってる。

「野生動物の方がまだ勘がいい。お前、首輪とリードを付けられたいのか？　俺のものだって周りにわかるように、リード持って歩いてやろうか？　もちろんトイレも繋いだままだ」

「そんなのいや！」

「じゃあ、他の男に触られそうになるな。口もきくな」

そんな無茶な！

「……なんだよ。男を追い払うのは俺の役目って言いたいわけ？　俺がいたらないから男に絡まれたと？」

「言ってないけど……」

でも、政人さんが女性といたからわたしが絡まれたのかな、なんて少し思ってしまう。

「だいたい、さっきから男たちがカンナの事をちらちら見てるのに気づいていただろう？　あいうのは隙を見せたらすぐに食いついてくるんだからな、ちゃんと気をつけてろよ」

え？

わたしのことなんて、誰も見てないよ？

ぽかんとしたら、政人さんは頭を抱えた。

「お前、マジで気づいてなかったのかよ？　あんなに見られてたのに？」

「……政人さんの事を見てたんじゃないの？」

「……カンナって、本気で馬鹿だったんだな……」

頭を抱えていた政人さんは、かわいそうな子を見る目でわたしを見た。

「……よくわかった。そうだ、俺が悪かったんだ。周りへのアピールが足りていなかったし、経験値が中学生のカンナに期待などするべきではなかった、うん」

政人さんは、わたしの頭を撫《な》でながら、自分に言い聞かせるように言った。

なんだか軽く馬鹿にされているような気がするんだけど、『男性に優しく頭を撫でられる』なんて行為を受けたことのないわたしは、恥ずかしさといたたまれなさでただ真っ赤になっていた。

そして、この人は何がしたいのだろう、と涙目になって見上げていたわたしの方に身体をかがめると、政人さんは唇にキスをした。

「！」

触れるだけのキスをした政人さんは、最後にちゅっとリップ音を立てて離れた。

「こういう地道な活動が必要だったんだな」

「ま、政人さん、ここ、人前」

わたしは唇を両手で押さえると、うろたえて後ずさった。その腰に政人さんは手を回し、ぐいっと引き寄せて、結果としてさっきよりも身体が近くなってしまう。

「ああ、人前でイチャイチャする奴らのことを、何をやってるんだと呆れて見ていたが、あれは必要にかられてやっていたことが今日わかったぞ。普通のデートというのは奥が深いな、いろいろな事がわかってくる」

うんうん、と頷《うなず》くと、今度はわたしの腰を抱いたまま歩き出した。

手を繋ぐのもまだ照れるのに、これはハードル高いよ！

困って政人さんの顔を見上げると、彼は優しく笑った。

「カンナを誰にもさらわれないようにするのが今日の目標だ」

デートの目標設定、間違ってますよ！

「さあ、甘くて美味しいおやつを食べさせてやるからな」

政人さんの方が甘いんですけど！

水族館の中にあるちょっとお洒落なカフェのテーブルで、政人さんとわたしは隣り合って座っていた。どうやらここはカップルスペースらしい。外に向かって並んで座ると、ちょうど下にアシカのプールがあって、泳いでいるところが眺められる。そして、政人さんの左腕は、今度はわたしの肩に回っている。

「ねえ、重いんだけど」

「我慢しろ」

「なんで」

「言っただろ。こういう地道な活動が俺たちには必要なんだ」

義務？　それは義務なの？

「お待たせいたしました」

ウェイトレスのおねえさんが、小さなお盆をふたつ持ってきた。彼女は政人さんをちらっと見て、赤面してる。

仕方ないよね。

政人さんは、日本人離れした美形なのだ。鼻はすっと高いし、横顔ときたら美術室の彫像のように整って美しい。まさに王子様だ。こんな人がいたら、女性は条件反射で見とれてしまうだろう。

でも、わたしはうっかり見とれない。なぜならば。

「カンナ……」

この王子様は今現在も熱心に何かの活動をしているため、目が合っただけでキスしてくるからだ！

「わあ、可愛いね」

お盆の上には、立てられたお抹茶と『おさかなみつ豆』が置かれていた。

おさかなみつ豆は、透明な寒天の丸い固まりの中を、羊羹でできた小さなおさかなが数匹泳いでいるように見える。その周りをえんどう豆と生のパイナップルが囲んでいて、小さなガラスの容器には黒みつが入っている。どうやら寒天をスプーンで崩して、おさかなを救出してから食べるらしい。

「わーい、おさかな可愛いよ」

赤と白のマーブルの、めだかみたいなおさかながつるんと出てきた。かわいそうだけど、黒みつをかけて、スプーンですくって寒天と一緒に食べる。

「あ、味も美味しい」

ひんやりとした寒天の舌触りと、甘い羊羹の味、そして、ほんの少ししょっぱいえんどう豆が甘さを引き締めている。

「そうだな。それに、金魚すくいをしているようで面白いな」

つるんつるんと逃げるおさかなと寒天をすくいながら、政人さんは言った。

「缶詰のパイナップルじゃないから香りもいいし、酸味がさっぱりしていいよね。これは美味しいデザートだね」

最後に抹茶を飲むと、甘いみつ豆によって香りと苦みが引き立てられる。

「満足したか？」

「うん！　政人さん、ありがとう！」

いいものを探してくれて、ありがとう。

わたしが満面の笑みで答えると、政人さんはにっこりと笑って、「カンナは本当に可愛いな」と頭を撫《な》でた。

「一生懸命大人の女ぶってるけど、ボロボロ素が出てきてるぞ」

そう言って、政人さんは今度はわたしの頭をぐりぐりとした。

それは『撫でる』ではなく『かわいがり』という名の暴力だぞ！

「そんなことないよ」

そう言いながら、わたしは政人さんの手を両手でがしっとつかんで止めた。

「でも今、わーい、とか言ってたぜ」

「……気のせいじゃないかな？」

わたしは目をそらした。……言ってたかもしれない。どういうわけだか、政人さんの前だと気が緩んでしまうから。

「言ってた。子どもかよって思ったし」

「それはあれよ、ほら、あざとく可愛い子ぶったの！　ギャップ萌えの演出ってやつよ。ほほほ、大人の女の手管にまんまと騙《だま》されたわね」

「ほーう、そうだったのか。俺はまんまと騙されたのか。さすが大人の女だな」

そして、わたしの頬を手のひらで包んだ政人さんは、顔を近づけるとわたしの唇をそっとくわえた。

はむはむはむ。

「なっ、やっ」

顔を背けたら、ぐいっと頬を包んだ手で引き戻されて、今度は深くベロチューをされてしまう。

「んーんーんー」

必死で抵抗して、顔をひきはがす。

「こんなところで、何やってるのよ！」

政人さんは真面目な顔をして言った。

「口におさかなが付いていた」

「んなわけあるかーッ！」

思わず素が出る。

「あ、これもギャップ萌えの演出？」

「ぐうううっ」

このイケメンは、本当にたちが悪いわ！

「そろそろイルカのショーの時間だな。行こう」

切り替えの早い政人さんは言った。わたしばかりダメージを受けていて、非常に悔しい。

イルカショーの会場は、すでに半分くらいの席が埋まっていたけれど、わたしたちは前の方にふたつ空いていた席に座ることができた。

「すみません、前を失礼します」

座っている人に声をかけて前を通ると、足がぶつかった女の人が政人さんをぽおっとした顔で見てる。イケメンはなにをしても許されるからいいよね。

わたしたちは並んでイルカとアシカのショーを観覧した。よく訓練されたイルカたちのショーは、大人が見ても楽しくて、わたしはまた素のままの喋り方になって政人さんに話しかけてしまったけれど、彼はそんなわたしのはしゃぎっぷりを優しく見ていた。

「それでは、イルカとキスしてくださるお客様、どなたかいらっしゃいませんか」

「はい！」

「わあっ」

絶賛恋人繋ぎ中の手を高々と上げられ、わたしは変な声を出してしまった。司会のおねえさんが政人さんを見て……もう、以下同文。

わたしたちは見事に選ばれ、政人さんがイルカにお辞儀をさせる、という芸をさせてもらって異常な喝采を受け（女性客、ノリが良すぎだ）、わたしはイルカにキスされてムチ打ちになるかと思った。

「目の前で、俺以外の奴とキスするとはいい度胸だな」

「政人さんが手を挙げたんでしょ！　それに、あれはキスじゃなかったわよ！」

「なら、なんだ？」

「あれはビンタだ！」

政人さんは爆笑した。

「わたしみたいなのをチョロい女っていうのかな。見事に政人さんの思う壺にはまっているような気がするわ」

「それは俺に対する誉め言葉だな。女を思う壺にはめるのが男の甲斐性だ。ほら気をつけろ、落ちるなよ」

「きゃっ、大丈夫だから」

政人さんは、車の助手席を開けてわたしの乗り込むのを手伝った。

別にお尻を持ち上げてくれなくても、ひとりで乗れるんですけど。

両手のひらで支えられたところが熱くて、わたしは赤面してしまう。

「水族館、楽しかったね」

「そうだな。子どもの行くところだというイメージが、すっかり払拭されたぞ。まあ、お前は子ども並のはしゃぎっぷりだったけどな」

ハンドルを握った政人さんが、笑いながら言った。

「そんなことないわよ……たぶん」

心当たりがありすぎなので、小さな声で抗議する。彼は、そんなわたしをちらっと見て言った。

「別にいいじゃん、子どもで。……夜に大人の顔になってくれさえすれば」

「わーわー、そういうピンクなことを言うのはやめて！　まだ早いから！」

そういう発言に免疫がなくてわたわた慌てると、政人さんは楽しそうに笑った。

「ははは、じゃあ、もっと遅い時間になったら仕切り直す」

なにを仕切るの！

そして、わたしをからかう時には、なんでそんなに生き生きと楽しそうな顔をするの！

すっかり水族館を堪能したわたしたちは、政人さんが知っているという都内のホテルにあるレストランに向かう事になった。

「疲れたら寝ていてもいいぞ」

「大丈夫だよ、昨日はぐっすり眠ったし、そんなに疲れることをしていないから」

「なんだ、俺のことを考えて眠れなかったんじゃないのか」

色っぽい流し目をしていないで、ちゃんと前を向いて運転してください！


レストランに着いた頃は、もうすっかり日がくれていた。わたしたちは夜景の見えるテーブルに案内される。政人さんがあらかじめ予約を入れておいたのだ。さすがガチデートプロデューサーである。

「うわあ、可愛い」

このお店はカジュアルな感じのフレンチで、お箸で食べられるようになっていた。お肉もお魚も楽しめるというお勧めのコースを頼んだんだけど、食べやすく一口大にカットされたお料理が、可愛らしく盛りつけられていて、食べるのがもったいないくらいだ。

「さっきのスープもマーブル模様で綺麗だったし、目でも楽しめるお料理だね」

コーンと空豆のスープは、グリーンと黄色がパステルカラーのマーブル模様を描いていて美しかった。

「シェフが楽しんで作っているのが伝わってくるな」

「うん、そんな感じがしたね」

きっと、お客さんが「わあっ」って喜ぶ顔を想像しながら盛りつけているんだろうね。

そして、もちろん味も美味しかった。

こんなお店を知っているなんて、やっぱり政人さんは女性慣れしているんだろうな。

「遠慮しないで飲めばいいのに……なんなら部屋をリザーブするぞ？」

「泊まりません。明日は仕事だし」

わたしは柚子と七味でほんのり和テイストに味つけられたお肉を美味しくいただきながら言った。グラスに入っているのは、シャンパン風のノンアルコールドリンクだ。きりっと辛口のジンジャーエールベースなので、料理の邪魔にならない。

「……あとでバーに行かないか？」

「飲まないってば」

「大丈夫、ノンアルコールカクテルもあるところだ」

「もしかして、そこもデートプランに入っているの？」

「予約済みだ」

政人さんがにやりと笑った。この顔で誘われて、お酒なんか飲まされたら、落ちない女性はいないでしょうね。

……わたしは落ちないけど。

「水族館は楽しかったけど、カンナとゆっくり話していないからな」

「そうだよ！　婚約の話！」

「その件について、少し話し合う必要があると思わないか？」

「……思う」

わたしは指に光るイニシャルのリングを見た。

これ、冗談の婚約者に贈るものじゃない。

「そろそろデザートだな」

「え、うん、楽しみだね」

わたしはなんだか緊張しながら、宝石箱のように盛りつけられたデザートを食べた。緊張していても、それはとても美味しくて、プロってすごいと思った。

その10　わたしたちの過去

政人さんがデートの最後を締めくくるために選んでくれたバーは、ホテルの高層階にあった。

「こちらへどうぞ」

スタッフに案内されて、わたしは落ち着いた大人の雰囲気に少しビビりながら、政人さんの腕に手をかけて進んでいく。少し暗い店内に流れるのは、ピアノの生演奏だ。お客さんもエレガントな服装の人が多い。さすがガチデートプロデューサー、定番を外さない。

政人さんが予約してくれた席はまさにカップル向けだった。今さらながら恥ずかしくなる。だって、いかにも「これからふたりの世界に入っていちゃつきますよー」っていう感じなんだもん。

全面ガラス張りの向こうには、きらめく都内の夜景。そこに、背もたれが高くて周りから見られにくくなっている、ふたりがけのソファ。この絶景はふたりだけのものなのだ……。

うわあああっ、恥ずかしい！

「なんだよカンナ、照れるなよ」

なんとなくもじもじしてしまったわたしに、声を落として余計に甘さが増した口調で、政人さんが囁《ささや》く。

「いや、だって、無理でしょう、ここは照れるでしょう」

座ってもなお肩に回した手を離さない政人さんの顔をまともに見られなくて、わたしは必死で目をそらす。

「ガチデートだって言っただろう？　耐えろ。修業だと思って耐えろ」

「なんの修業？」

「俺に食われるための修業」

「そんな修業はお断りです！」

断っているのに、政人さんはわたしを逃がしてくれなかった。

「あのですね」

わたしは、バーのウエイターさんが運んできたピンクとオレンジの可愛らしい色合いのノンアルコールカクテルを持って、少し緊張しながら言った。

だって、身体の右半分が男の人とくっついているのよ？　そこからじわじわと体温が伝わってくるんだよ？　政人さんの熱で、わたしの精神もじわじわと溶けてしまいそうだよ。

「政人さんはモテるだろうから、こういうことに慣れているんだろうけどね。わたしは正直駄目なの、苦手なの。あんまりくっつかれると、その……張り倒したくなっちゃうの」

「……狂暴だな」

「男の人にはわからないよ」

こういう、本能的な恐さって、腕力的に優れている男性にはわからないと思う。

「だから、ちょっと離れてよ」

「わかった。カンナのプライベートスペースにはまだ入れてもらえないってことだな」

意外にも、政人さんはおとなしく身体を離してくれた。さすが、モテる男は余裕がある。きっとここにもいろんな女性を連れてきて、口説いて口説かれて、大人の夜を過ごしたのだろう。

そう考えたら、わたしはなんだか面白くない気持ちになってきた。

「政人さんは人生勝ち組なんでしょ。お金持ちだし、モテるし。女の人に囲まれて楽しくやってるんでしょう。なんでわたしなんかに構うの？　ひょっとしてわたしが……処女だから？　だとしたら、政人さんが期待しているようなことはできないよ」

「期待って……ああ、お前が俺をどう思っているのかわかったよ。やっぱりきちんと話し合う必要があるな」

政人さんは肩を落として髪をかき上げた。

「あー、わかってはいたけど、カンナに面と向かってそういう事を言われると結構キツイわ」

彼は、自分のノンアルコールカクテルを一口飲むと、話しだした。

「俺は、自分が女に好かれる外見をしてるのは知ってる。じいさんが欧米人で、俺はクォーターになるからな、目の色も日本の中では見られない色だし、顔も少し違う。子どもの頃はよく仲間外れにされたりもしたんだ」

政人さんは夜景を見下ろしながら言った。

「でも、高校生くらいになったら、背が急に伸びて、同時にやたらと女に声をかけられるようになった。年上の女が多かったな……俺もそういうのに興味があるから、付き合ったりもした」

彼はわたしの反応を見るためか、こちらにちらっと視線を寄越したけれど、また窓の外に戻した。

「だから、チャラいことはしてないなんて言わねーよ。でも、俺なりにちゃんと恋してるつもりだった。学生時代はまだよかった。……俺、今は在宅で文章を書く仕事をしてるけど、前はカンナみたいに会社勤めをしてたんだ。割と大手の会社の営業に配属されて……」

政人さんは口ごもった。何か言いにくい話なのだろうか。

「俺は、実力でやっていけると思ってたんだけど……」

「うん」

「上司に、顔で採用したんだから、もっと仕事に生かせって言われて……」

「なにそれ、ひっど……」

「取引先の、女と寝ろって言われたりした。枕営業っていうの？　水商売だよな、こういうの。俺は嫌だったんだけど、なんか知らないうちにお膳立てされて、酔い潰されて、気がついたらホテルの部屋で裸にむかれて、女が乗っかって腰振ってた」

「……」

腰を振ってたって、つまり、そういうことよね？

こういう話に免疫のないわたしは、動揺して政人さんの顔から視線をそらしてしまった。

「……ごめん。カンナはこういうの、聞きたくないよな。汚い話だからな」

政人さんがびっくりするくらいに弱々しく言ったので、わたしははっとして彼の顔を見る。

「そういうのってさ、俺は顔と身体しか能がないって言われるのと一緒じゃん？　だから、気持ちが荒れて、仕事なんかしたくなくなって……で、その時在宅の仕事を始めていてさ、あまり収入はなかったけど、このままじゃ俺は駄目になるって思って会社をやめた」

政人さんはそう言うと、カクテルを飲み干した。

「で、カンナに会った時みたいによれよれになりながら働いて食ってるわけよ。会社をやめてからは特定の彼女は作ってなかった。なんか、俺の上辺しか見てない気がするんだよね、女って」

「……だって、上辺以外に何を見るのよ？」

「え？」

わたしの言葉に、政人さんはぽかんと口を開けた。

「だからね、政人さんが『女ってくだらねー、上辺しか見ねー』ってやさぐれて、本気で女の人と付き合わないんだったら、結局中身なんてわかんないじゃない」

「……お前、キッツいなあ」

彼は苦笑しながら言った。

「キツくなきゃスーパーお局なんてやってらんないもん」

わたしもノンアルコールカクテルを飲み干すと、今度はちゃんとお酒の入ったカクテルを注文した。モスコミュールだ。

政人さんがくらーくなって窓の外を眺めている間に、景気付けにゴクッと飲む。

「でも、政人さんはがすごく嫌な思いをしたのはわかるよ。気持ち悪かったし、怖かったよね。そのまま女嫌いになってもおかしくないよ。意識がないときにそんな、その、変なこと、されて……」

わたしも似たようなことがあったから、少しわかる。

「もうずいぶん前のことなんだけどね。会社に入って、2年くらいした時かな、当時の営業部長に接待に出ろって言われたんだ。わたし、まだ新人のしっぽを引きずってたから、上司の言うことは聞かないといけないと思ってて」

これも仕事だって言われて、ついて行った。

「そうしたらね、取引先の人に食事の席で身体を触られて、その後、ホテルに連れ込まれそうになったの……会社に来たときに、わたしに目をつけていたって言ってた」

思い出すだけで、嫌悪と恐怖と怒りで身体が震えてくる。

政人さんは驚いて、ぽかんとした顔でわたしを見ていた。

「言うことを聞かないと会社にダメージを与えるって脅されて、ホテルの入り口に引きずり込まれて……でも、わたしは会社よりも自分が大切だから、振りきって逃げ出したの」

そう、股間にヒールを蹴り込んで。

「その翌日、営業部長に呼び出されて、取引先とうまくいかなくなったから責任を取って会社をやめろって脅されたんだ。そして、このことは誰にも言うな、お前が傷モノ扱いされるだけだから、って。でも、わたしは上司に訴えたの」

たまたま開かれていた重役会議の中に飛び込んで「この会社は女性社員の処女を売って儲けてるんですか！」って怒鳴ったんだよね。わたしも若かったな。

それで、びっくりした社長をはじめとする重役連中が詳しい実態を調べたのだ。

「会社が調査して、他にも女性社員にセクハラ接待を強要したことがわかって、部長はクビになったし、取引先の人も左遷されたって言ってた」

ちなみにこの顛末は『カンナ様の乱』って呼ばれる社内でも有名な事件になったけど、そんなことを言ったら政人さんに爆笑されること間違いなしだから、絶対に言わない。

「わたしの場合は未遂だったから、政人さん程じゃないけど、でも政人さんが感じた気持ち悪さとか、恐さとか、絶望感とかが少しだけわかる……」

わたしはそう言って、政人さんに慰めるように笑いかけた。

「政人さん、辛い思いをしたんだね。それじゃあ女性不信になっても仕方ないね」

「カンナ……」

「ん？　なに？」

いつも自信たっぷりな政人さんが、恐る恐るといった風情で左手をわたしの方に伸ばしてきたので、その手をじっと見てしまう。

政人さんの手は、ゆっくりとわたしの肩にまわるとそのまま身体を引き寄せた。わたしは彼の胸にことんと頭を落とす。

「どうしたの？」

「……嫌じゃないか？」

「うん、平気だけど」

そこにはいつものような欲の熱が感じられなくて、妙に居心地が良かったので、わたしは彼に身体を預けてしまう。

「俺程、なんてもんじゃねえだろ。お前、それはものすごく怖くて嫌で辛かったろう」

政人さんは、わたしの頭を両手で抱きしめた。

「でも、未遂だったし……」

「ヤローの俺でも、あんなに気持ちが悪かったのに、お前は女じゃねえか……逃げられなかったら、気持ち悪い男にヤられるところだったんだろ？　しかも、会社の上司に売られて……脅されて……」

「ま、さと、さ……」

わたしの喉は引きつって、うまく声が出せなかった。

「怖くて怖くてたまんなかっただろう。カンナ、お前は泣いて怒っていいんだ」

……そうだ。

わたしは、すごく怖かったのだ。

気味の悪い笑い方をする男に無理矢理に引きずられて、細い路地にあるホテルの入り口で脅されて……。

「我慢すんなよ……くそっ、その男共、殺してやりてーよ……」

誰も助けてくれる人がいなくて。

「我慢しなくていいから泣けよ。ほら、我慢すんなって言ってんの、唇噛んでこらえるな。お前、その事をちゃんと親に言ったのか」

「心配、す……から、言ってな……」

言えなかった。

心配をかけるから、わたしが我慢して忘れればいいから、言わなかった。

でも、忘れられなかった。

「バカ。カンナは……ホントにバカだ」

「違う、もん、バカじゃな……」

「バカじゃないなら今泣けよ」

「うううううーっ」

わたしは政人さんのニットに顔をこすりつけて、うなりながら泣いた。

みんなには笑って大丈夫な振りをしていたけど、本当はすごく怖くて悔しくて気持ち悪くてたまらなかった事を思い出して、政人さんにぎゅうっと抱きしめられながら、わたしはずいぶん長い間泣いていた。

　政人さんはわたしが泣きやむまで抱きしめて、頭を優しく撫《な》でてくれていた。

　泣きつかれてぐったりとしてしまったわたしは、ようやくそこで自分がどういう状態なのかに気づく。

　うきゃあああ、これはイチャイチャべったりバカップルだ！

　周りからどう見られていたかを考えると、めちゃめちゃ恥ずかしいんですけど！

　急に頭をあげてきょろきょろと周りを見回す挙動不審なわたし。

「どうした？」

「見られてた？　他のお客さんに見られてた？　わあああ、これゴメン！」

　わたしは政人さんの高そうなニットを涙とメイクで汚してしまった事に気づいて慌てる。

「別に構わない、クリーニングに出せば落ちるさ」

「でも、でも」

なんかどろどろになってるよ。たぶんわたしの顔もどろどろだよ。

「何をパニックになってるんだ？　落ち着けカンナ」

そういうと、政人さんはわたしを再び抱きしめた。

「もう泣き足りたか？」

「んー」

「じゃあ、一杯飲んで落ち着こうか」

政人さんはウエイターに合図して、水色のロングタイプのカクテルを頼んでくれた。

「ほら、ソーダで割ってあるからそんなに強くない。酔っても俺が家まで送るから、安心して飲め」

わたしは海の色みたいな綺麗《きれい》なカクテルを飲んだ。

「美味いか？」

「んー」

「んーしか言わないな。猫みたいで可愛い」

政人さんにおでこにキスされて、わたしはお酒のせいではなく真っ赤になった。

「カンナ、その、いろいろと悪かったな」

化粧室で顔を直し、一息ついてからラブラブカップルソファに戻り、なんだか恥ずかしくてちょっぴり間を空けて座ったわたしに、政人さんが言った。

この俺様王子が謝ってる……？

「いろいろって、なに？」

悪かったのは、上等なニットを汚してしまったわたしの方だよ。

首を傾げていると、政人さんは少したらってからそっとわたしの腰に手をまわし、身体を引き寄せた。またしても彼にぴとっと密着してしまい、せっかく冷却されたはずのわたしの頬が熱くなってしまう。

「……こうしても嫌じゃない？」

「え……？　えっ、あの、その」

うろたえるわたし。

「嫌、じゃないけど、恥ずかしい、よ」

「そうか、良かった」

彼がわたしの頭に頬を寄せたので、余計に恥ずかしくなる。

「男に嫌な目に合わされたことがあるのに、カンナには強引なことをしちゃったからな。ごめんな」

「う、うん」

「……俺にキスされても、平気か？」

「平気だけど」

すると、政人さんはわたしにちゅっと口づけた。

「もっと触ってもいい？」

「！　触る場所によります！」

　果てしなく甘くなりそうな雰囲気にわたしがピキッと固まると、政人さんは「また敬語」と笑った。

「なあ、何度も言うようだけどさ、俺たちちゃんと付き合おうぜ？　マジで言わせてもらうと、俺はカンナのことが気に入っているし、これからの人生で一緒にいても楽しいんじゃないかと思えるんだよな。そういう女に会ったのは初めてだから、絶対に逃したくない。本当ならさっさと既成事実でも作って俺に縛り付けておきたい」

「既成事実⁉」

　ざっ、と身を引くわたしはすぐにがっ、と引き戻された。

　捕まった野生動物のようにもがくわたしの身体を、政人さんは安心させるように手のひらで撫《な》でた。

「まだしない。カンナが大丈夫になるまで、無理矢理なことはしないからさ、付き合おう。な？　ほら、付き合うって言えよ。言わないと」

「ちょっと、それ、脅しになってるよ！」

　そして、手がお尻を撫でているよ！

「違うって。これは口説いてんの」

　あまりに未知の事態なもんで、わからなかったよ！

政人さんはわたしの腰にまわした手に力を入れ、顎《あご》に指をかけて上向かせて言った。

「浅倉カンナ、好きだ。俺の女になれ。ここまで言ってもわからないのか？」

「わ、わかるよ、わかるから」

「それならちゃんと返事しろよ。ほら、『はい』は？」

ごく間近な距離で、榛色《はしばみ》の瞳でわたしをじっと見つめながら、低い声で囁く。

「返事しろ」

「……はい」

こうして、わたしは俺様強引王子である木原政人さんと、結婚を前提とするお付き合いをすることになったのだった。


その晩は、少しお酒に酔ったのか、それとも状況についていけなくてキャパオーバーになったのか、ふらつくわたしを政人さんはマンションまで送ってくれた。彼は途中でベーカリーに寄って、わたしの分のパンまで買って持たせてくれた。

「しっかり寝ろよ。そして、会社には必ずイニシャルKのついた指輪とペンダントを、いいか、必ず、付けていけよ」

「うん、わかった」

パンの袋を抱えたわたしは素直にこくこくと頷《うなず》き、政人さんの車を見送った。

一昨日の夜から長い時間を一緒に過ごしたせいなのか、テールランプを見送りながらとても寂しい気持ちになってしまったので、自分でもびっくりした。

「やだな、どうしちゃったんだろう」

ひとりの部屋が、いつになく静かで冷たく感じる。

アクセサリーを外してお風呂に入った。お湯に浸かってぼんやりしているときも、思い出すのは政人さんのことだ。

「本物の婚約者になっちゃうなんて……」

わたしはまだ政人さんをよく知らない。どんな仕事をしているのかもわからないし、あのタワーマンションを買うほどのお金はどうしたのかもわからない。まさか、犯罪に関わっているとは思えないけど、億を越えるお金を動かすなんて普通の人とは思えない。

そういう事も、これからひとつひとつ知っていくのだろう。

「なるようにしかならないよね」

今言えることは、あの人にまた会いたいということだけだが、きっとそれで充分なのだろう。

わたしは考えるのをやめるとお風呂からあがり、その夜も夢も見ないでぐっすりと眠った。

その11　イニシャルはK

昨日はハイネックのニットを着ていたから良かった。しかし、うちの会社は制服だ。当たり前だが、ごく一般的な事務員の着る服なので、ハイネックではない。

なんのことかって？

首のところについた、政人さんに噛み付かれた跡のことです！

今日は月曜日。出勤の日である。しかし、土曜日の夜に噛まれた跡はまだ消えていない。しかも、アホなわたしは繭ちゃんに歯型を消す方法を尋ねてしまっているのだ。

「あーもう、わたしのバカ！　その前に、政人さんのバカ！」

これではどう考えてもブラウスの襟ぐりから歯型が見えてしまう。この、ちょっとチラ見えするところが「意味ありげよねうふふ」みたいな感じがして、いやらしい。

わたしは苦肉の策で、絆創膏《ばんそうこう》を三枚並べて貼った。めちゃくちゃ不自然だけど、これでとにかく歯型は見えない。わたしはスマホを手に持ち、政人さんにメッセージを送った。

『土曜日に噛まれた跡がまだ消えないんだけど！　こういうことは二度としないで！』

怒り顔のスタンプを五つほど並べておく。

『ごめん』

土下座のスタンプの後に。

『カンナは俺のものだっていう印だ』

どや顔のスタンプがついてきた。

『バカものがっ！　許さん！』

怒り顔を10個並べてやった。

「ったく、ふざけんなっての！」

メッセージの着信音が鳴った。

『カンナ、愛してる。早く会いたい』

ラブラブマークが10個並べてあった。

「う――っ！　バカ！　朝から何を言ってんのよ！　愛してるって言えば何でも許されると思ったら大間違いなんだからねーっ！」

ほんとだよ？

そんなにすごく嬉しくなんてなってないよ？

わたしは顔を赤くしながら既読スルーをした。

「あ、あら、おはよう繭ちゃん」

「おはようございます」

会社についたら案の定、繭ちゃんが微妙な顔をして近づいてきた。そして、首に貼った絆創膏を見ると渋い顔になる。

「カンナ様、それが例の……」

「そうなの、虫に刺されちゃって。季節外れの虫ってたちが悪いわよね」

「虫ですか」

「虫よ」

「……万一、寿退社するときには、わたしに一番に教えてくださいね？」

「……わかったわ、万一のときにはね」

わたしは繭ちゃんに重々しく頷《うなず》いてみせた。

「では、詳しくはお昼休みということで手を打ちましょう。その、セットで数十万するめちゃめちゃお高いアクセサリーについてもね」

「詳しいのね！　ええと、社食でいいかな」

「Bセットで」

「奢《おご》らせていただきます」

かわいい後輩の繭ちゃんはかろうじて納得したように頷くと、仕事の準備に取りかかった。わたしはお昼休みのことを思って、ため息をついた。

目利きの繭ちゃんが目を付けたアクセサリーは、他の女子にも気づかれたようだ。

みんな、よく知ってるよね。彼氏に買ってもらうために調べているのかな。

「浅倉さん、そのペンダント……」

「いいでしょ。カンナのKよ」

政人のMにされなくて良かったと心から思う！

どうやらこのアクセサリーは、お局のわたしが清水の舞台から飛び下りて買ったと思われたようだ。どれだけ貯め込んでいると思われているのやら。


月曜日は総務の仕事は多いけれど、トラブルもなく片付いて時間通りにお昼に入れることになった。繭ちゃんと社食に行こうとしたら、面倒なのがひとり、現れた。

遠山哲也だ。

「浅倉、飯か？」

「うん、社食だよ」

「俺も一緒に行くからな」

決定事項ですか。

「ごめんね、繭ちゃんと内輪な話があるんだけど」

「それ、たぶん俺も聞きたい話だから。行くぞ」

この強引さが、仕事をもぎ取るコツなのかしら。総務の花ではとてもかないませんわ。

わたしは二度目のため息をつき、今日のお昼は消化が悪そうだなあ、と思いながら社食に向かった。

「それが噂《うわさ》のペンダントと指輪か」

「なに、もう噂になってんの？　みんな暇だね」

「ああ、お前は有名人だからな。カンナ様が結婚をあきらめて貯金を崩した説と、とうとう男を見つけた説が流れてるぞ」

わたしと繭ちゃんはBランチを、遠山はカツカレーセットを持って、テーブルについた。

「へえ、そうなんだ。お局の結婚なんて楽しい話題じゃないだろうに。あ、それとも、モテないお局の悪あがきを観察して楽しんでるとか？　うわー、腹立つわー」

「……お前、自覚ないの？」

「へ？」

わたしは鶏のヘルシーソテーをつつきながら聞いた。

「自覚って、なに？」

「カンナ様、それってあざとい作戦ですか、本気で鈍いんですか？」

「……俺は本気で鈍い方に一票。マジかよって思うけど」

「そうですよねー。あざといんだったら、カンナ様はとっくにハーレム築いてますよね」

「ハーレム？　何それ、美味しそうね」

後輩男子がかしずいてくれるのかな？　いいねいいね。

「お前に男ができたら、少なからずショックを受ける奴がいるってことだよ」

「……それはないでしょ」

わたしはほうれん草のミニグラタンを食べながら言った。

「そんな人がいたら、とっくに寿退社してるわ」

ふふん、と笑う。

もうすぐ本当にするかもしれないけどねー。

「カンナ様、正直に答えてください」

「あら、わたしはいつも正直よ」

「そのアクセサリーセットは誰が買ったんですか？」

ふたりがじっとこっちを見ていて、ご飯を食べにくい。

非常に食べにくい。

「……彼氏、です」

言いながら、顔が熱を持ってくるのを感じる。遠山は額を手で覆って声もなく俯いた。

「うわあ、とうとうカンナ様がわたしたちをお見捨てになるのですね！」

「ちょっと繭ちゃん、大声で人聞きの悪いことを言わないでよ」

わたしは慌てて繭ちゃんに注意した。

「だって、その彼氏って、カンナ様に歯型をつけた人でしょ？」

「まあ、そうだけど」

「そういう関係で、そんな婚約指輪も真っ青な高いアクセサリーをプレゼントするとか、もう結婚は秒読みじゃないですか」

「そんなことないよ」

「でも、結婚を意識してますよね？」

「……それは、そうだけど……一応婚約者？　みたいな？」

婚約者と聞いて、遠山は顔を上げた。

「婚約しているのか」

「うん、まあね」

「歯型、って言ったな」

「うん」

「これがそうなのか？」

「うわ、やだ、遠山！」

遠山のアホが手を伸ばして、絆創膏を剝ぎ取った。

「いったあい、酷いじゃない！」

わたしは涙目になって首を押さえた。

「皮が剝がれたらどう……痛い痛い、遠山、痛いってば」

押さえた手を握られ、引きはがされる。

「……浅倉、これはつまり、男とそういうことをしたっていうこと……だよな」

「違います！　してないから！」

大声で否定してから、はっと息をのむ。周りの視線を感じたのだ。

みんなに首の歯型を見られているような気がする。

「本当に違うの。これは……そう、ふざけて付けられたの」

「ふざけてこんなところに噛み付く奴がいるかよ」

「それがいるのよ。遠山はもっと世間を知った方がいいよ」

「お前に言われたくない」

そう言って、遠山が指で歯型をなぞったので、わたしは身をよじった。

「やだ、やめてよ、くすぐったい」

「……お前は隙がありすぎるんだよ」

遠山が政人さんと同じような事を言った。

「いったいどこのどいつと付き合ってるんだ？　俺の知ってる奴か？」

「ええと……」

知ってると言えば知ってると言うか……。コンビニ前で拉致した通りがかりの男性です、とは言いにくい。

「会社員か？」

「ううん、今は違うって言ってた」

「じゃあ、何やってる奴だ？」

「文章を書く仕事って言ってたけど……」

詳しくはまだ知らないのよね。今度聞いてみようっと。

「なんだ、まさかフリーターじゃないよな？　それほどのものを買うだけの財力があるんだろ？」

「うん……たぶん」

「たぶんて何だよ。お前、婚約者の仕事も知らないのか？」

遠山に思いきり不審な顔をされた。

「いろいろと、その、事情があるのよ」

しどろもどろになるわたしに、遠山が真剣な顔で言った。

「浅倉、お前、その男に騙されてるんじゃないのか？　結婚を餌に、いいように弄《もてあそ》ばれているんじゃないのか」

「違うわよ、政人さんはそんな人じゃないわ」

「へーえ、政人さんていうんですか」

繭ちゃんがのほほんと言った。

「かっこいい人ですか？」

「浅倉、そいつの家は知ってるのか？」

もう、質問責めだなあ。

「かっこいいと思うよ。あと、家は知ってる。行ったから」

「……泊まったのか？」

「泊まってないよ、って、なんで遠山にそこまで聞かれるわけ？　なんなの、あんたはわたしのおかんなの？」

「……カンナ様、鈍過ぎです」

なぜか繭ちゃんにじろっと睨《にら》まれた。

その時、スマホが震えた。仕事中はバイブにしてある。

『今夜は昨日話したラーメン屋に行こうぜ。会社に迎えに行く。玄関で待つから』

「わあ」

やったあ、ラーメン屋だ！　美味しいチャーシュー麺のあるラーメン屋を知ってるって言ってたのよね。分厚いチャーシューがとろけていてお箸で切れるんだって。楽しみだなあ。

「カンナ様、超ニコニコしてますが、まさかの彼氏メールですか？」

ワーイスタンプを送ったわたしは、今の状況を思い出した。チャーシュー麺で浮かれている場合ではなかった。

「ええと、うん、そう。夕飯を食べる約束をしたんだ」

「ふうん。仲がいいんだな」

「婚約してるんだから、ご飯くらい食べるよ」

「どこで待ち合わせるんですか？」

「会社の玄関に来てくれるって……なんで？」

「紹介してくれますよね？」

有無を言わせず、といった様子で、繭ちゃんがにっこり笑った。

その12　わたしの婚約者、です

「カンナ様、行きましょうか」

帰る支度をした繭ちゃんが言った。

「……本当に見に来るの？」

「もちろんですよ。イケメンなんですよね？」

「ええと……うーん……」

政人さんは普段は前髪で顔を隠して、ダサ眼鏡をしている。

「見ようによってはイケメンだけど、微妙な時もある、感じ？　あ、でも、わたしは好きな顔かな」

そう、もさっとしたポチの姿の時もわたしは嫌いではない。むしろかわいい、かも。

「ちょっとちょっと、わたしだけにはかっこよく見えるの、はーと、ってやつですか！

いきなり惚気《のろけ》をかましてくれますか！　さすがカンナ様、寂しい独り身の後輩にも容赦がありませんね！　ま、いいです。わたしはイケメンを期待しているわけじゃないですから。カンナ様の婚約者が見たいんです」

藺ちゃんにきっぱりと言われて、苦笑する。

「待たせたな！」

後ろから声をかけられて、びっくりして振り向く。

「待ってないよ！　え、遠山もくるの？」

急いで来たらしく、彼ははあはあいっている。

「良かった、間に合った。俺は同期として、浅倉が結婚詐欺に合っていないかを見極める役割があるからな」

それはそれはご親切にありがとう。しかし、そんな役割など誰もふってない。

強引な遠山を振り切る自信がないので、わたしはふたりに囲まれるようにして玄関に向かった。


「カンナ」

玄関の外には、すでに政人さんがいた。眼鏡をかけた、ポチバージョンだ。着ているものは気取らないニットにジーンズなので、眼鏡をかけてもスウェットの時のようなもっさり感はあまりない。わたしは彼のところに駆け寄って、髪の毛に指を突っ込んでぼさぼさにした。

「なんだよ」

「駄目、かっこよく見えちゃう」

「……バカ。可愛すぎだ」

政人さんが優しく笑い、お返しに頭をぐりぐりと撫《な》でられてしまった。

「ごめんね、かなり待たせちゃった？」

「いや、本当に今来たとこ。腹減ってるか？　ラーメン入りそう？　そんなに減っていなかったら服でも見に行かないか？　俺、お前のニットをひとつ駄目にしちゃったんだよな」

政人さんは、わたしの首の絆創膏を指でつついた。あ、襟をびろーんてしちゃったニットね。

「気にしてたんだ」

「まあな……なあ、これ、はがしていい？」

「駄目！　絶対に駄目！」

はがしたら、噛んだ人と噛まれた人が並ぶことになるじゃないの、恥ずかしい！

「昨日は服で隠してたよな、もったいない。見せて歩けばいいのにって思ってた」

冗談じゃないわ。

「カンナ様ー」

あっ、忘れてた。

「あのね、同期の遠山と、後輩の繭ちゃん。指輪とネックレスの贈り主を、どうしても見たいって言うから」

「それはどーも。カンナの婚約者です」

笑顔を見せずに、政人さんが会釈する。

「あんた、飲み会の時の……なんで？　浅倉、あの時お持ち帰りされたのか？」

遠山が、いぶかしげな顔で言った。

「いや、俺がお持ち帰りされたんだけど」

「ちょっと、人聞き悪い事を言わないでよ。政人さんが立ったまま寝ちゃったから、仕方なく連れて帰ったんじゃない」

「意識が戻ったらカンナの家にいたんで、責任をとってもらって婚約しました」

「嘘《うそ》！　嘘だからね！　わたし、なんにもしてないからね！」

「……さすがカンナ様、仕事の手際がいいですね」

「繭ちゃん、お願いだから真に受けないでー」

この事態をどう収拾したら良いのだ。

わたしは肩を落とした。

「行こうぜ、カンナ」

俺様男の政人さんはこの状況を放置して行こうとした。手を繋がれて、わたしは赤くなる。

「政人さんったら」

「ちょっと待て」

遠山が言った。

「あんたは本気でカンナと結婚する気なのか？」

「遠山、って言ったっけ。なるほどな、あんたがカンナの虫よけ係をやってたのか？　悪いな、横からお姫様をかっさらっちまって。でも、さっさとものにしないのが悪いんだぜ？　俺のために今までカンナを守ってくれていたのはありがたいと思ってるよ」

「なっ」

政人さんは、悪役のような顔でにやりと笑った。

「でも、カンナはもう俺のものだし、あんたに渡す気はないから、絶対に手を出すなよ？　カンナに妙な真似をしたら、それなりの対処はさせてもらうからな。さ、行こうぜカンナ」

「政人さんてば、何を言ってるの？　あ、ごめんね、ふたりともまた明日！」

なんだか怒った顔の遠山と、眉をしかめた繭ちゃんに手を振る。わたしは政人さんにしっかりと手をつながれて、街へと引きずられて行った。

「政人さんてば！　なんで会社の人に喧嘩を売るようなことを言うの？」

「俺はライバルを潰しておきたかっただけだ。でも、あれで潰れたかなあ……カンナ、あの遠山という男には気をつけろよ」

「なんで？　遠山は単なる仲のいい同期だよ。意地悪したりしないよ」

「この鈍感女め」

政人さんは、首の絆創膏《ばんそうこう》を指先で撫《な》でた。そのまま爪をかりかり立てて、はがそうとする。

「はがしちゃ駄目って言ってるでしょ！」

「ペンダントと指輪も、必ず毎日つけていけよ」

「ちゃんと会話してよ」

政人さんは立ち止まると、わたしの顎《あご》を持ち上げてキスをした。人前でやたらとキスするのは、政人さんの悪いくせだと思う。

「カンナ、いいか。あの男はお前に惚《ほ》れてる。だから、今までお前に近づく男を追い払ってきたんだ」

「まさか！　遠山はただの同期だよ、そんなそぶり、全然なかったもん」

「……こういう事って説明してもわからないからな。とにかく、あいつには気をつけておけ。わかったな？」

わたしは納得できずに政人さんを見上げた。

「ねえ、政人さん。さっきの態度は良くないと思うの」

「態度？」

政人さんは怪訝《けげん》な顔をした。

「急に会社の人を紹介したのも良くなかったけどね、政人さんの態度は社会人としてちょっとないかなって思うよ。言葉使いは乱暴だし、愛想笑いをしろとは言わないけど、顔も怖かった」

「……あの遠山って奴の態度もどうかと思うぞ」

「うん、そうだね。でも、遠山はどうでもいいんだ。だって、あれはただの同期だし」

だけど、政人さんは婚約者だから、と言うと、彼は妙な顔をしてから吹き出した。

「あの男も浮かばれねーなー」

「何よ、人が真面目に話してるのに！」

わたしが膨れると、政人さんは笑いながらわたしの髪をわしゃわしゃとかき回した。

「悪い。そうだな、もう少し気を使うべきだった。プライベートだといつもこうだからさ。もしかして、俺はカンナを怖がらせてるか？」

「ん、最初は乱暴な人かなって思ったよ。でも、政人さんは優しい人だとわかったから、今は平気」

そういうと、彼はとても優しい顔をした。

「自分の彼女を怖がらせる奴なんて、ちっとも優しくねーよ。……ああ、ごめんな。俺のこういう喋《しゃべ》り方が良くないんだな。これからは気をつけるよ。あのふたりにも謝っておいてくれ」

「うん」

年下の女にこんな注意をされて、ちゃんと話を聞いてくれるんだから、政人さんはやっぱり優しい人だと思う。

「俺は、あんまり友達がいないんだ」

政人さんはぽつんと言った。

「近づいてくる奴は、俺の身体か金が目当ての奴ばかりに思えてさ……気が許せなくて」

「……そっか」

説得力あるわー。

それにしても、身体がって……。かっこいい人にも悩みがあるのね。

「だから、仕事以外の付き合いはほとんどしてないから、コミュニケーション能力が低下してるのかもな。でも、仕事の時はちゃんと社会人してるぜ？　これでも元営業だからな」

「うん」

「これからは、プライベートでも気をつけるわ。カンナの顔を潰すのも嫌だし」

「わたしのことはいいのよ。潰れて困るようなたいした顔じゃないし、わたしも乱暴な女だから、これはどうかなっていう態度になることも多々あるしね。だけど、政人さんの事を誤解されたくないの、こんなに優しい人なのに」

「優しくないって」

「優しいよ。わたしにはすごく優しいよ」

「……そうか」

政人さんは手を離すと、わたしの肩を抱え込んだ。

「じゃあ、これからはもっとちゃんと優しくできるようにがんばるかな。カンナに見放されたら俺はおしまいだから」

「見放さないよ」

「……キスしていい？」

「駄目……」

やっぱりわたしの言うことを聞くつもりのない暴君王子は、歩道の端っこに寄るとわたしにキスした。


「俺、明日は仕事で金沢に行くんだ。一泊してくる」

美味しいチャーシュー麺を食べた後、政人さんが言った。わたしはティッシュで顔の汗を押さえる。

「そうなの。がんばってね」

「土産は何がいいかな？　金沢って何が名産品なんだ？」

コップの水を一気飲みして、政人さんはスマホを取り出して調べる。わたしは氷水を空になったコップに注いであげた。

「カンナは甘いもの好きか？　和菓子が名産品らしいぞ」

「甘いものはなんでも食べるよ」

「じゃあ、試食して美味いものを買ってくるよ。明後日、カンナの仕事が終わるまでに帰ってきて渡すから」

「無理をしなくていいのに」

「俺がカンナに会いたいの」

うわあ、甘い！　和菓子より甘い！

ラーメン屋でここまで甘くなれる人はなかなかいないと思う！

「カンナ、少し俺ん家に寄っていけよ。帰りはちゃんと送るから」

「……うん。じゃあ、ちょっとだけ」

「なんなら、泊まって行ってもいいからな」

わたしは政人さんの脇に置いてあるショップバッグを見る。

ラーメン屋に入る前に、政人さんが衿をびろーんて伸ばしちゃったニットの代わりとか、ちょっとおしゃれなスーツとか、部屋着とか、おまけに下着までたくさん服を買ってくれた。泊まらせる気満々なのかな。

「会社に近いから、朝楽だぞ。徒歩10分だぞ」

「ううう、でも、明日は政人さんは金沢に行くんでしょ？」

「俺は10時に家を出れば余裕で新幹線に乗れる。どうする？」

「でも……」

「とりあえず、家に帰ろうか。な？」

たくさんの荷物を持って、わたしたちは政人さんのマンションに向かった。

その13　とある羊の話

「カンナ、ちょっと来いよ」

政人さんの住むタワーマンションに着き、荷物をおろして夜景に見とれていたわたしを、政人さんが呼んだ。しかも、猫を呼ぶように人差し指でちょいちょいしている。

「なあに？」

「これなーんだ？」

ダサ眼鏡の奥の榛《はしばみ》色の瞳を子どものようにキラキラさせて、政人さんがボトルに入ったものを見せた。わたしはグリーンのそれを手に取った。

「バブルバス？」

「ほら、匂いを嗅いでみて」

「……青りんごだ。いい匂い」

「だろ？　カンナが好きかと思って」

お土産にくれるのかな？

「で、これを持ってこっちに来て」

　わたしは政人さんに連れられて、部屋の探検をする。

「……お風呂？」

「夜景の見える展望バスだぞ」

「うっわあ」

　窓が大きなガラス張りのそこは、見事な夜景を見ながら入れるお風呂だった。ジャグジーでお湯がぼっこぼっこと沸いている。

　お金さえあれば、自宅が高級ホテル並の素晴らしさになるのね！

「これをここに入れる、と？」

「ふわあああっ！」

　もこもこの泡のお風呂になったよ！

「すごーい、映画に出てくるお風呂みたい。それに、青りんごのいい匂い……」

「だろ？　気に入ったか？」

「うん！」

「よし、入っていけ」

「うん！　いや、ちょっと待って！」

　勢いに乗ってうっかり返事をしちゃったけど、男の人の家でお風呂に入ってはまずいでしょう。

「大丈夫、着替えは買ってあるし、風呂から出たらそのままお前のマンションに送ってやるからさ。帰ったらすぐに寝られて楽だぞ」

さすが元営業マン、いかにも心をくすぐるプレゼンテーションをしてくる。

ごはんも済んだし、確かにお風呂も入って着がえたら、あとは楽ちんだなあ。泡のお風呂は気持ちよさそうだなあ。

「でも……」

わたしは政人さんの顔をちらっと見た。

「俺は一緒に入らないし」

「当たり前でしょ！」

「今はな」

「将来は入るの⁉」

「それに、このスイッチを入れて明かりを消すと」

「きゃあああ、お風呂が光ってる！」

照明を落としてスイッチを入れたら、暗いお風呂場で、浴槽がライトアップされて青く光っていて、なんだかめちゃめちゃ楽しそう。

どうしよう、すごく入りたくなってきた。

「どうだ、なかなか綺麗《きれい》なものだろう。しかも、暗い中で窓から見る夜景がとても雰囲気があるんだぞ。温かいお湯につかってゆっくりしているのは極楽だぞー」

「うう……なるほど、ここに極楽があるね……」

「気持ちいいぞー、あったまるぞー、幸せな気持ちになって、仕事の疲れが取れるぞー」

「……覗《のぞ》かない？」

「ああ、覗かない！　さあ、着替えはこれだ」

うわあ、すでに買った服のタグが外されてる！

政人さんは予想以上にデキる男のようである。わたしは誘惑に負けて、脱衣所でいそいそと服を脱いでしまうのであった。


夜景の見えるお風呂は、とっても気持ちがいい。光る湯舟の中で手足を伸ばしてのんびり浸かると、ジャグジーの泡がちょうどいいマッサージになって極楽過ぎる。しかも、壁のスイッチを触ってみたら、お風呂の光がレインボーカラーになったり、バックミュージックが流れたりするのだ。

「なんて賢いお風呂なの」

政人さんチョイスの、青りんごとフローラルがほんのりと香るバブルバスは、アロマ効果があるのか身体の力がくたっと抜けてくる。髪も身体もしっかりと洗い、わたしはムードたっぷりなジャズが流れる中でリラックスした。もうでろんでろんに溶けてしまいそうだ。

「……男性の家にお邪魔して、わたしは何をやってるんだろ」

リラクゼーション効果に浸っている場合じゃないよね。

「カンナー」

お風呂の前で、政人さんの声がした。

「いいか？」

「覗かないって言ったのに」

「うん、覗かない。だからちょっと泡に沈んで」

わたしが肩まで泡の中に浸かると、扉が開いて、ロンググラスを持った政人さんの手が現れた。

「喉渇いただろ？　お前、しゅわっとするカクテルが好きだから、これがいいかなと思って。じゃあな、ゆっくりしてていいからな」

コトンとグラスを置くと、扉が閉まった。それは、紫色のバイオレットフィズだった。見事にわたしのツボを押さえたチョイスだ。飲んでみると、かなり炭酸水が多めで軽くなっている。

「うわあ、もう、ヤバいなあの人は！　たらしだ、女たらし！」

喉が渇いていたわたしは、そう言いながらゴクゴクと美味しいカクテルを飲んだ。

すっかり長風呂してしまったわたしは、ほかほかになってモコモコした上下セットの部屋着を着た。

「わあ、気持ちがいい」

ふわモコに頬ずりする。羊になった気分だ。人を羊にする服は、28歳お局様が着るには可愛すぎるかと思うけど、誰にも見られないからいいことにする。

「出たか？　おお、羊だ」

しまった、見る人がいた。

政人さんはお風呂上がりのわたしを抱きしめた。

「このままうちの羊になれ」

「なりません」

わたしは笑いながら言った。

「お風呂ありがとう。あと、カクテルも美味しかった！」

「いい風呂だろう？　毎日入りに来いよ」

「あはは、また入れてね。すごく気持ちがいいから」

「そうかそうか、じゃあ、羊の毛を乾かすぞ」

政人さんはドライヤーを取り出して、わたしの髪を乾かし始める。

「いいよ、自分でやるから政人さんもお風呂に入ってきてよ」

「いいから、羊はおとなしくしてろ」

美容院に行った時がそうだけど、誰かに髪を乾かしてもらうのって気持ちがいい。わたしはおとなしく政人さんの羊プレイに付き合った。髪を乾かしてもらいながら、わたしはあくびをかみ殺した。お腹がいっぱいで、お風呂でのんびり温まり、ついでにアルコールなんて入っちゃったものだから、眠くて仕方がない。

「ほら、歯ブラシ使えよ」

髪が乾くと新品の歯ブラシとコップを渡される。

「えっ、いつ買ったの？　なんで」

「甘いカクテルを飲んだから、虫歯にならないようにちゃんと磨けよ」

微妙に論点をずらされるが、せっかくなので磨かせてもらう。

「トイレは大丈夫か？」

「うん、さっき借りたし。トイレも光るんだね」

「この部屋、なんでも光る仕様なんだぜ。見て驚け、寝室も光るぞ」

「寝室も？　本当？」

「こっちに来いよ」

政人さんの後に続いて、ベットルームに入ると、クイーンサイズらしいベッドが広い部屋にどかんと置かれていた。

「ここに寝てみろ」

少しドキドキしながら寝室を覗き込むと、政人さんが高そうなマットレスの上をぽんと叩《たた》いた。

このベッドで毎日寝てるのね。さらにドキドキしてきた。

「今ライトアップしてやるから、横になれよ。面白いぞー」

ためらいながらわたしが仰向けに寝転ぶと、政人さんは「湯冷めしないようにな」と軽くて温かな羽毛布団をかけてくれた。彼は寝室の電気を消して、壁のスイッチを入れた。

「わあ、プラネタリウム！」

なんと天井に星空が映し出されたのだ。

「すごいだろ？　ちゃんとした星空だぜ、いったい何を考えて設計したんだろうなって思うよ。ちなみに、音楽も流れる」

ヒーリングミュージックが静かに流れ出した。

「タイマーも付いているから、寝落ちしても平気な仕様だ」

こんな星空を見ながら寝たら、いい夢が見られそうだ。

「わー安らぐねー……これは……いいか……も……」

星空を眺めながら瞬《まばた》きをしたつもりが、まぶたが重くて落ちたまま戻らない。

とろりとした眠気がすごく気持ちがいい。

わたしはそのまま、夢の中に入ってしまった。

その14　おはよう羊

段々と意識が浮上してきた。

でも、まだ半分眠りの中にとどまった頭は、水に沈んでいるようにぼやっとしている。

ふわふわして温かいところにいる。

温かいものが身体を包んでいて、なんだかとても安心できる。それに、ここはいい匂いだ。

「んー……」

わたしは少し身じろぎをしたけれど、そのまま温かいものに包まれている。気持ちがよくて、そのままままたうとうとする。

「う……」

声がして、温かいものがもそりと動いた。

ぎゅっと身体を包まれる。

……これは生き物なのか？

わたしは目を開けた。

見えたのは、長い睫毛に通った鼻筋の、綺麗《きれい》な顔だった。長い前髪が額に影を落とす。

眠り姫？

「……ええっ？」

姫はゆっくりと目を開けると、美しい唇を綻ばせた。

「おはよう、カンナ」

「ええええええっ！」

わたしは一気に覚醒し、飛び起きようとしたけれど、身体には腕が、脚には別の長い脚が絡み付いていて身動きが取れなかった。

「おは、おはようって、ええっ？」

わたしはなんと、政人さんに抱きしめられて寝ていたのだ！

これは朝チュンというやつなのか？

いや、落ち着け。落ち着くんだ。

ただ一緒のベッドに寝ているだけだ。

……男と一緒のベッドに寝ているだとおおおおっ⁉

「すっぴんの寝起きがかわいー」

「いや、すっぴんについて言及している場合じゃない！　マジ？　この状況、現実？」

「よく寝てたな。可愛すぎて起こせなかったぞ、羊」

わたしはふわモコをちゃんと着ていた！　良かったーっ！　ほんとに良かったーっ！

そして、政人さんもパジャマがわりらしいスウェットの上下を着ているようだ。

これですっぽんぽんで寝られた日には、わたしはその場で爆発するわ！

「念のために聞くけど、もちろん、何もしてないよね？」

「俺、最初は意識のあるカンナを抱きたいん……」

「わーわーわー聞こえませーん！」

わたしは両手で政人さんの口を封じた。政人さんは首をぶんぶん振って手を外すと「羊は可愛いのに冷たいなー」と言いながらわたしを抱きしめる腕に力を込めた。

日をまたいで羊プレイは続いているようだ。

「なあ羊、俺と一緒に金沢旅行に行かないか？」

「羊はお勤めがあるので行きません」

「ええー、連れていきたいのに。羊と金沢ー」

駄々っ子か？

「……じゃあ、充電させろ」

政人さんはわたしをぎゅうぎゅう抱きしめる。

「そんなに羊が好きだなんて知らなかったよ」

「羊の皮を脱いだカンナが一番好き。脱がせていい？」

「駄目っ！」

朝から色気たっぷりな目で見つめられて、わたしは慌てて腕から抜けだそうとする。

「うそうそ、俺はカンナがいいって言うまでは何にもしないからな」

「してるじゃない！」

「羊が俺のベッドで寝ちゃったんだから、仕方がないじゃん。別に変なことはしてない。一緒に寝てただけだ。俺の理性を褒《ほ》めたたえろよ」

笑いながら、政人さんは起き上がった。

「朝メシ準備するから、お前はもう少しゴロゴロしてろよ。会社が近いっていいよな」

わたしは枕元にあった時計を見た。

「……まだ早いんだね」

「カンナの下着、俺が洗ってもいいか？」

「やっ、駄目！」

「じゃあ、後で洗ってドライルームにかけておけよ。他の服はコンシェルジュに頼んでクリーニングに出すから大丈夫だ」

政人さんは髪をかき上げてベッドから下りたが、すぐに向き直ってわたしの上にのしかかった。

「時間に余裕があると、カンナに手を出したくなるのが困る」

そう言ってわたしの額にチュッと音を立てて口づけると、「このくらいで勘弁してやる」と俺様なことを言いながら寝室を出て行った。

政人さんの策にまんまとはまってタワーマンションにお泊りしてしまったわたしは、広いベッドでごろごろする。8時にここを出ても余裕で会社に着いてしまうなんて、立地条件が良すぎである。

「羊、ご飯だぞー」

「めー」

わたしは返事をして、政人さんが用意したふわモコのスリッパを履いてダイニングキッチンに行った。まったく仕込みが良すぎるイケメンである。さすが元営業マンである。テーブルにはホットコーヒーとインスタントのスープ、それからこの前も帰りに買ってくれた美味しいパン屋さんのパンが置いてある。

「コンビニサラダだけどいいか?」

「買ってきてくれたの?」

パンもまだ温かい。焼きたてをわざわざ買ってきてくれたようだ。ベーグルもクロワッサンもほかほかでいい匂いがする。

「まあな。ここのパン、当たり前だけど特に焼きたては美味いんだ。だからけっこう朝に買いに行ったりもする」

「ありがとう」

わたしは羊飼いが用意してくれた朝食を美味しくいただき、羊飼いが用意してくれた服を着た。

「あと、絆創膏《ばんそうこう》をください」

「隠さなくても」

「駄目！」

狼《おおかみ》に噛まれた跡に絆創膏を三枚張る。

「それが消えたら、また跡をつけてもいいか？」

「駄目です。噛まれるとすごく痛いのよ。やられたい？」

「やられたい！　ここ！　ほら！　噛め！」

しまった。

男心を今ひとつ理解できないわたしは、地雷を踏んでしまったようだ。

政人さんは喜々としてスウェットを脱ぎ、Tシャツ一枚になって襟を伸ばしてわたしが噛むのを待っている。

断りにくい状況になり、涙目になるわたし。

「……やっぱり今のなし」

「駄目だ、やると言ったからにはやり通せ。羊、いつまでも草食でいるな」

「羊は一生草食だよ」

「駄目。噛め。噛むと言ったんだから、責任を持て、社会人だろう」

社会人は関係ないよ！

ええ、がんばって噛みましたよ！

羊は肉食になったよ！

なんで朝から男の首を噛まなくちゃならないんだろうと思いながら、跡が着くまで一生懸命に政人さんの首を噛んだわたしは、満足した政人さんに指輪と首輪を、じゃなくてネックレスをつけられて会社に出勤したのだった。


「おはようございます、カンナ様。今日は早いですね」

繭ちゃんが挨拶した。

そう、お局であるわたしは本来はもっと遅い出社なんだけど、今日はあまりにも近いので早く来てしまったのだ。

「そして、その服すごく可愛いですね！　あ、まさか、昨日買ったんですか？」

このデキる後輩は、人の顔色を読むのが上手いのだ。隠しておきたいことも、一発でばれてしまう。

「例の婚約者に買ってもらったとか？　ラーメン屋の後で？」

「ううん、前に、あ」

そして簡単に誘導尋問にひっかかるチョロいわたし。

「婚約者を誘ってラーメン屋とか、なんつー男だって思いましたけど、さらっと服を買ってくれちゃうんですね。しかも、かなりお値段のいいやつ」

「このブランド、知ってるの？」

「知ってます。センスいいからお金を貯めて買いたいなと思ってます」

「そ、そっか」

「貢がせてますね、さすがカンナ様です」

人聞きの悪いことを言わないで欲しい。

そこに、陽気なおっさんが現れた。

「やあ、おはようカンナ様。君、婚約したそうだね、おめでとう」

「おはようございます専務、そして、平社員に様をつけるのはやめてください、変に思われますから」

この飄々《ひょうひょう》としたおっさんはこの会社の専務で、『おじさん』とか『おじさま』ではなくあくまでも『おっさん』だと女子社員の間で評判なのである。『カンナ様の乱』で飛び込んだ重役会議にも出席していたのだが、この専務はあれ以来、なぜかわたしを様呼びするのだ。

「はっはっは、様をつけないと会社でのわたしの地位が危うくなるからな」

この会社はいろいろと間違っていると思う。

「さらに、なんでわたしの婚約のことを知ってるんですか？　確か昨日は午後から出張でお留守でしたよね」

「さすがはカンナ様、重役の動向まで把握済みだね。ＳＮＳのグループチャットで知ったんだよ。帰りに玄関で三角関係のもつれがあったんだって？　いやあ、たいしたもんだね、グループで盛り上がったよ」

誰だよ、専務とSNSで通じてる奴は。

しかも、グループができてるの？

どういうメンバーなのか知りたいものである。

「そうそう、その男がカンナ様にふさわしい男かどうかわたしが見極めてあげることになったから、そのうち連れてきなさい」

どうしてそうなった？

「専務」

「業務命令だ」

ふっ、と笑いながら、職権濫用《らんよう》するおっさんは、じゃ、と片手を上げて立ち去った。

「……親戚のおっさんじゃないんだから、平社員の婚約者まで気にしなくていいのに……」

もしかして、結婚式に呼んで欲しいのだろうか？

「専務としては、遠山さんとくっついて欲しいんじゃないですか？」

「遠山と？　わたしが？　それはないわー」

わたしは笑いながらないないと手を振った。

あれはただの同僚だから、付き合うとか考えられないんだけど、政人さんといい藺ちゃんといいなんで変なことを考えるんだろう。

「うわあ……残酷なのか鈍感なのか……」

「繭ちゃん、朝から先輩をディスるのはやめなさい」

わたしは先輩らしくキリッとした表情で言う。

「それにしても、カンナ様の婚約者の人って……」

完全にスルーされた。

「ごめんね、彼の昨日の態度は良くなかったよね。よく言っておいたからね、彼も反省して、ふたりに謝っておいてくれって言ってたから」

「さすがはカンナ様、調教もお得意なんですね！」

「わたしのキャラを歪《ゆが》めるのはやめてー」

会社の経営状態はとてもいいのだけれど、社員に問題があるかもしれない。

その15　血迷った遠山

「カンナ、話がある」

その日の午後、会社の廊下で顔を合わせた遠山から声をかけられた。なんだか繭ちゃんが変なことを言うから、遠山とは何となく距離をおきたいなと思っていたので、あっさりお断りさせてもらう。

「仕事のこと？　じゃないなら、わたしは別に話すことはないから。あ、政人さんが、昨日は態度悪くてごめんねって言ってたよ。でも、遠山の態度も悪かったと思うからおあいこね」

遠山はただの同僚なので、特に調教……注意はしない。

「じゃあね」

「ちょっとだけ顔貸せ」

「仕事中なんだけど」

「いいから！　大事な話だから」

業務中だというのに近くの部屋に連れ込まれる。使われていないため、暖房がついていないので寒い。

わたしは身をすくめて言った。

「大事なことなら仕事が終わってから話さない？」

「またあいつが来るんじゃないのか？」

「政人さんなら今日は出張でいないよ。繭ちゃんも誘って夕ごはんを食べに行く？」

「そうか、いないのか。なら……いや待て」

部屋を出て行こうとしたわたしの腕を遠山が摑《つか》む。

「なによ、寒いんだってば。あとにしてよ」

「なかなかふたりきりで話せないから、今にする。カンナ」

腕を摑んだまま、遠山が言った。

「俺と結婚してくれ」

「……え？」

「だから、俺と結婚しろよ、あんな奴じゃなくて、俺と」

「はあ？　ええ？」

突然の話に、わたしは理解できずに瞬きばかりを繰り返す。

「遠山……あんた頭、大丈夫？　誰と話してるかわかってるの？　何がどうなると単なる同僚同士がいきなり結婚の話になるのよ」

単なる同僚、という言葉で眉をしかめた遠山が言った。

「金曜日の飲み会の時、本当なら俺はお前に付き合ってくれと言おうと思っていたんだ。結婚を前提に」

　金曜日というと、わたしが政人さんを拾った日だ。

　で、遠山が？　わたしと？

「いやいや、ちょっと待ってよ。そんな気配はまったくなかったじゃない。……わかった、からかってるんだ。変なこと思いつかないでよ、あんたと遊んでる暇はないの。じゃ」

　なんだか嫌な予感がするので冗談で済ませて部屋から出て行こうとしたのだが、腕を離してもらえない。

「……お前は信じられないくらいに鈍感だからなあ。俺のアプローチを全スルーした上に、変な奴に捕まってくれて」

　変な奴って、政人さんのこと？

　失礼ね！

　……まあ、ちょっとは変だけど。

「あんなのと結婚するより俺と結婚しろ。俺たちは付き合いが長いし、お互いの仕事のことだってよくわかっているだろう？　あいつの仕事よりも俺の方が安定しているよ」

　確かに経済的な安定性を言えば、遠山は結婚市場の優良物件なのである。政人さんはお金はあるけど謎の自由業（？）だし、お金の出所がわからないからいつまで羽振りがいいかわからない。

「ま、政人さんだってちゃんと仕事してるし。わたしは共働きでもいいと思ってるし」

少し力の入らない口調になってしまう。

「それなら子どもはどうするつもりだ？　どこかに預けて働くのか？　俺と結婚するなら、ゆっくり子育てさせてやれるよ」

「そこまでは考えてないけど……」

えー、でも、遠山と結婚するなんて考えられない。

「わたしはもう政人さんと婚約してるんだから」

「そんなの別れればいい。まだ親にも会わせてないんだろう？」

その通りだけど。

「結納もしてなければ式場も決めてない。婚約しているとはいえまだ口約束に過ぎないんだから、すぐに別れられるだろう。その指輪とネックレスを返してこいよ」

「ええっ？　何を言ってるのよ、勝手に決めないでよ。わたしがいつ遠山と結婚するって言ったのよ！」

いくら押しの強い営業のエースの言うことでも、それは聞けない。

「自分で言えないなら俺が」

「遠山、自分の言ってることがわかってるの？　おかしいよ。わたしは政人さんと婚約しているの！　悪いけど、そういう話なら聞けない。じゃあ」

「待てよ！」

「きゃあっ」

わたしが出て行こうとすると、遠山はわたしの腕を再び掴《つか》んで引き戻し、そのまま抱き込んだ。

何、この展開？

ものすごくまずいことになってない？

「遠山、離してよ！　どうしちゃったのよ⁉」

もがいたけれど、体格のいい遠山の腕から抜け出せない。コロンの香りがして、それが政人さんの匂いと違うので、なんだか気持ちが悪い。

「離せ！　馬鹿！　馬鹿遠山！」

「お前は誰でもいいから結婚したくて、会ったばかりのあんな男の口車に乗せられて婚約したんだろう」

「違うよ、やだってば！　離して！」

「おかしな行動をしてるのはお前の方だ。目を覚ませ」

「何を勝手なことを言ってるのよ。確かに会ったばかりだけど、わたしは政人さんとちゃんとお付き合いすることに決めたの。変な横やりを入れないで。離せって言ってんの！」

暴れても蹴飛ばしても、男の力には敵わない。わたしは豹変した遠山のことが本気で怖くなってきた。

政人さんにぎゅっとされても怖くないのは、彼はわたしの気持ちを考えて、様子を窺《うかが》いながら接してくれるからだ。こんな風に自分の思いを通そうとして力任せに振る舞われると、恐怖しか感じない。

どうしよう。

怖いよ。

政人さん、助けて。

「カンナ、お前のことが好きなんだ。ずっと前から好きだった。あいつには渡したくない」

もがくわたしの首元に顔を埋めた遠山が言った。わたしが遠慮なく彼の後頭部の髪の毛を掴むと、遠山は顔を歪《ゆが》めて頭を上げた。

「いてて。本当に遠慮のない女だな。人が愛の告白をしてるのにムードのかけらもない」

「間に合ってるし！　こんな女に告らなくても、遠山にふさわしい可愛い女の子がいっぱいいるでしょうが。とにかく、わたしは政人さんと付き合ってるんだし、遠山とは付き合う気はないから離してちょうだい。今なら何もなかったことにするから」

「何もないことにはさせない。あいつには渡さない。俺はカンナがいいし、誰にも渡さない」

「わたしはモノじゃないわよ。さあ、離して」

「離さない。もうなりふり構ってらんねえんだよ！」

そう言って、遠山は男の顔をしてわたしを見た。

「カンナ、好きだ！　本気で、ずっとカンナのことが好きだったんだ。お前が他の男のものになるなんて……耐えられないんだよ……」

「……離し……！」

あくまでも拒否する言葉の途中で、遠山は唇でわたしの口をふさいだ。

「んーっ、んーっ！」

わたしはきつく唇を引き結んで、遠山にそれ以上侵入させないようにする。舌で探られて気持ちが悪いけれど、絶対に屈しない。

「カンナ……」

顔が離れたその瞬間に遠山の体を押しやる。

「あんたねえ、長い付き合いなんだから、わたしがこういうのは駄目なこと知ってるでしょう？」

「でも、あの男にはさせたんだろう」

「なっ、なにを」

「こんなところに跡を付けられやがって」

遠山は首の絆創膏を剝がすと、こともあろうにそこに嚙み付いた！

「痛いっ！　馬鹿、何するの！」

わたしは遠山を突き飛ばすとその顔に思い切り手のひらを叩き込んだ。バチンといい音がして、遠山の顔が横に飛んだ。

「最低！　遠山はわたしの事を好きだと言いながら、嫌がることばかりしてるじゃないの！　政人さんはわたしが嫌がることはしないよ。だから好きなの」

言ってから驚く。

わたし、政人さんが好きなの？

「もうわたしに近づかないで。仕事以外では口をきかないで。あんたとは絶交！」

わたしは呆然《ぼうぜん》と立ちすくむ遠山にそう言うと、部屋を飛び出した。

そのまま、外の非常階段の踊り場まで走る。ここなら誰も来ない。特に、今日みたいな寒い日には。わたしは手すりにつかまり、そのまま膝から力がへにゃりと抜けるのを感じた。スカートだというのに、その場にしゃがみこんでしまう。

「こ……怖くない、怖くない」

このまま遠山とは絶交して、顔を合わせないようにする。さっきのことは全部忘れるんだ。もう大丈夫、こんなの平気、怖くなんかないよ。

そう自分に言い聞かせるけど、手すりをしっかり握った手は細かく震えている。

これはきっと、寒いからだ。

怖くなんかない。

こんなことで泣いたりしない。

しばらくそうして息を落ち着かせてから建物の中に戻り、トイレに行って自分の顔色を確認した。

「大丈夫だ、カンナ、怖くない、まだいける！」

その日は、どうやって仕事を終わらせたのかよく覚えていない。冷えきった身体はいつまでたっても冷たくて、わたしは政人さんのうちのお風呂の温かさを思い出した。

政人さんたら、なんで今日はいないの……。

自分のデスクでパソコンを操作しながら、わたしは八つ当たりのようにそんなことを思った。

終業時間になると、わたしは遠山に会わないように急いで会社を出て、電車に飛び乗った。スマホが震えたので見ると、政人さんからのメッセージだった。

『こっちはすごく寒いんだけど。カンナ、温めてよ』

ばーか、あったまりたいのはこっちだよ。

『風邪をひかないでね』

わたしはメッセージを送った。

『カンナが優しい。余計に雪が降りそうで怖い』

失礼な。

『わたしはいつでも優しいし！　夜遊びしないでちゃんと寝なさい』

『羊を数えながら寝る』

そして、添えられた写真を見て、電車の中だというのに悲鳴を上げそうになる。それは、部屋着を着て眠るわたしの写真だったのだ。

「いつの間に……ちょっと変態ぽいよ、政人さん……」

でも、政人さんとメッセージ交換していたら、胸の中でぎゅっとしていたところが少し柔らかくなった。

駅から15分の距離を歩くのが今日はなぜか少し辛かったけど、なんとか家に帰り着いたわたしは一番にお風呂にお湯を張り、あまり食欲がないのでゼリー飲料を飲んで夕飯がわりにする。身体がだるいけどお風呂に入り、ベッドに横になった。

「政人さん、もう寝ちゃったかな?」

スマホを持って、少し連絡を期待していたけれど、そのまま睡魔に襲われてわたしは朝まで寝てしまった。


起きたら、まだ身体がだるかった。やっぱり食欲がないので、朝はカップスープを飲んで済ませる。昨日の遠山のことがショックなのか、今朝はどうにも身体が辛い。

政人さんには心配かけないように、当たり障りのないおはようメッセージを送っておいた。何だか頭痛までしてきたので鎮痛剤を口に放り込み、お昼の分の薬も持って会社に向かった。


「繭ちゃん、おはよう」

「おはようございます、カンナ様」

薬が効いたのか、会社に着いたら足元がふわふわするものの頭の痛みはなくなったので、いつものように仕事に取りかかる。社内中から持ち込まれる、簡単な雑用から無理難題、手続き書類の相談など、今日もありとあらゆる業務をこなしていく。会社の福利厚生施設である結婚式場の見学会への申し込みとか、おめでたい仕事もあった。内心『また寿か⁉』と突っ込んだけど、今のわたしには婚約者がいるもんね、ふふん。

我が婚約者の俺様王子様は仕事が忙しいのか、今日は音沙汰がない。

不埒者の遠山からの接触もない。

わたしはお昼も食欲がないので、自販機のココアを飲み、また鎮痛剤を飲んだ。

うん、大丈夫。まだいける。

スマホを眺めながら思う。

……今日は何時に帰ってくるのかな。

眺めているだけでは返事は来ないけど、わたしはうっかり変なことを政人さんに告げてしまうのが怖くて、連絡することはできなかった。

……例えば、『今すぐ会いたい』とか。

会社が終わる頃、政人さんからメッセージが来た。

『今うちに着いたぞ。羊、来い』

「わたしはペットかい」

文句をいいつつも、顔がにやけてしまう。仕事を片付けて、帰る仕度をした。

絶交中なので無視すると、腕を掴《つか》まれた。

「話がある」

頭がぼんやりして、油断をしていたようだ。気がついたら目の前に遠山が立っていた。

「浅倉」

「触るな！　あんたの話は二度と聞かない。手を離して、絶交だって言ったでしょ」

「俺にもチャンスをくれないか？　一度でいいから、頼む」

営業のエースは、しつこく食い下がる。さすがだね。

でも、わたしはもう遠山と関わりたくない。

「あげない。わたしは政人さんと付き合っているの。真剣な気持ちなの。邪魔しないで」

「俺も真剣な気持ちで言っているんだ」

「もしもわたしがフリーだったら、ほんっとにもしかしたらだけど、考えたかもしれないけれどね、今は政人さんがいるから。だからもう諦めてよ」

こんな上から目線のことを言いたくないけれど、はっきり言わないと遠山は引かない。

「俺たち、もっときちんと話し合おう。今夜食事をしようよ」

こいつ、はっきり言っても引かない！

その時、スマホが震えた。政人さんからの着信だ。

わたしは遠山の手を振りきって離れると、電話に出た。

「もしもし」

「羊ー、早くうちに来いよ。美味しい和菓子を買ってきたぞ。あと、美味そうな駅弁も買ってみた。ひもを引くと熱くなるんだぞ、すげーぞ。一緒に食べようぜ。もう仕事は終わったんだろ？」

嬉しさを隠しきれていない政人さんの声を聞いたら、何だかほっとして涙が出そうになった。いや、実際に目が潤《うる》んできてしまう。

「政人さ……」

途中で声がかすれる。

「ん？　カンナ？　どうした？」

耳元で、優しい声がする。

「来て……」

「なに？」

「迎えに来て」

「今、会社だろ？」

「うん」

「すぐ行く」

わたしの様子に、異変を感じ取ったのだろう。政人さんがきっぱりと言い、通話が切れた。

「そういうことだから。じゃあ」

「行くなよ」

諦めの悪い営業のエースはわたしを捕まえようとしたが、わたしは彼の手からうまく逃げた。そのままエレベーターホールまで走ると、ちょうどそこにいた社員たちに混じってエレベーターに乗る。遠山もついて来たけれど、他人の目があるからめったな事はできない。

走ったら、頭がガンガンした。どうやら薬が切れたらしい。

そしてわたしは、一階に着くとエレベーターを降り、遠山を無視して足早に玄関の外へと向かった。通りの向こうを見ると、普段着にコートを引っ掛けた政人さんが、すごい勢いで走りながらやってくるところだった。電話を切るなり、マンションを飛び出したのだろう。

「カンナ！」

ぼさぼさ頭にダサ眼鏡で、この格好だと相変わらずもさっとしているけど、わたしは彼のその姿を見て涙が出るほど嬉しかった。

「浅倉、行くなよ！」

後ろから遠山の声がしたけれど、スルーする。

「政人さん！」

駆け寄りたいのに、足が前に進まない。そんなわたしの所に全速力で駆ける政人さんが来てくれた。

「カンナ、お前、どうした？」

わたしは政人さんの腕に飛びこんだ……よろよろしていて、飛びこむというより倒れこむと言った方がいいかもしれないけど。

彼はわたしを抱きしめて、そして驚いたように身体を離した。

「熱いぞ！」

額に手を当てられる。

「かなり熱がある。どうも様子が変だと思ったら……。お前、今立ってるのも辛いだろう？」

「……薬を飲んだんだけど、ふわふわするの」

涙目のわたしは、政人さんにぐったりと身体をあずけた。

「頭痛いの。……政人さん……いたいの……」

もう限界だった。

意思に反して、涙が勝手に転がり落ちてくる。

「……さてはなにかあったんだな。変な虫がついて来ている」

政人さんが、遠山を見て言った。

「かわいそうに、こんなに弱って……俺んちに来い」

政人さんはコートを脱ぐとわたしをくるみ、そのまま抱き上げた。お姫様抱っこというやつだ。見ていた女子社員たちの「きゃあああ」と言う声が聞こえたけど、もう頭がクラクラしているわたしはそんなことはどうでもよかった。

「俺につかまれよ」

わたしは重い腕を上げて、政人さんの首につかまった。

政人さんの匂いがして安心したわたしは、つぶった目からぽろぽろと涙がこぼれ続けるのを感じた。

その16　素晴らしき羊飼い

「ごめんなさい、政人さん。重いよね」

頭が痛いしめまいもするという最悪のコンディションのわたしを抱きかかえて、政人さんはそのままマンションまで連れて行ってくれた。申し訳ないけど、降ろされたら一歩も歩けなくなりそうで怖い。

「俺がただの引きこもりだと思ったら、大間違いだぞ。このマンションはスポーツジムもついている、これくらい余裕だから安心しろ」

政人さんは、わたしを抱っこしたままコンシェルジュのカウンターに行き、宮田さんに声をかけた。

「木原様、浅倉様に何か？」

「カンナに熱があるんだ。医者の手配を頼む」

「承知いたしました」

宮田さんが電話を手に取ると、政人さんはわたしを抱えたままエレベーターに乗り、部屋まで抱っこで連れていってくれた。鍵を取り出せるのかと心配したけど、ドアについた機械に政人さんが指を当ててから、ナンバーに触れるとドアが開いた。

「……重くてごめんね」

腕に力が入らず、首にすがりつくことすらできなくなったわたしは言った。

「全然平気だって。それより吐き気はないか？」

「大丈夫」

政人さんはわたしをベッドに下ろすと、パンプスを脱がせてくれた。ついでにくるんでいた政人さんのコートと、わたしのコートとジャケットを脱がせる。

「寒気がするか？」

「うん」

目の前がぐらぐら揺れる感じで気持ちが悪い。

「ああもう、かわいそうに。こんな高熱があるのに誰も気がつかないのかよ」

眉をしかめながら布団をかけてくるんでくれる。

わたしはお行儀が悪いけど、布団の中でもぞもぞとスカートを脱いだ。ストッキングはどうしようかと思ったけど、「俺に破かれるのとどっちにする？」と恐ろしいことを言われたので、遠慮なく脱いだ。

そうこうしていると、宮田さんが呼んでくれたお医者さんが来た。診察中は政人さんは後ろを向いていた。どうやら心配しすぎて、部屋から出て行けないらしい。

体温計がピピッと鳴った。

「38度5分……かなり高いですね。風邪と疲れでしょうか。最近身体を冷やしましたか？」

めちゃめちゃ思い当たる。あの非常階段は寒かった。

お医者さんは注射を一本打つと、薬を出してくれた。

「関節痛がないし、全身のだるさもないとすると、インフルエンザではなさそうですが、熱が下がらないようでしたら検査をしましょう。温かくして熱を出しきったら、水分をしっかり取りながら安静にしてください。食事は、消化のよいものを食べられたら食べてもらって大丈夫ですが、無理に食べなくてもいいですよ。熱が落ち着いて、食欲が出てからで充分です。くれぐれも水分補給だけは忘れずに」

「政人さん、旅行帰りで疲れているのにごめんね。ベッドまで取っちゃって」

わたしは、お湯が詰められてタオルで巻かれたペットボトルを抱えながら言った。寒気がするわたしのために、政人さんが簡易湯たんぽを作ってくれたのだ。

「馬鹿だな、具合が悪いんだから遠慮すんなよ」

かいがいしい王子様は拭き取るメイク落とし（この前のお泊りの時に買ってきた）でわたしのメイクを落として、温かいタオルで顔を拭いてくれた。とてもさっぱりしてありがたい。

その上ご丁寧に、化粧水までつけてくれた。

政人さんの手のひらで顔にぱたぱたと化粧水がつけられるのはなんだかくすぐったい気

がしたけど、お肌を気にするお年頃のわたしにはますますありがたい。王子様は意外とまめな性格のようだ。これなら営業だって実力でかなりいいところまで行けたのではないだろうか？

「これ、飲めるか？」

「うん。今起きるね」

注射が効いてきたのか、政人さんに会って安心したせいか、身体がかなり楽になってきた。

お医者さんは、電解質ドリンクも置いていった。脱水防止に飲むといいらしいので、ふらつくわたしは政人さんに支えてもらいながら飲んだ。

実は、顔を拭いたときに首もついでに拭いてもらい、その時に絆創膏をはがしたんだけど、一瞬政人さんの動きが止まった。

ああ、遠山に噛まれたんだっけ、と思い出して、涙がぽろんと出た。

政人さんは何も言わずにわたしの頭を撫《な》でると、そのまま首を拭いてくれたのだった。

「気分は悪くないか？」

「大丈夫。注射が効いたみたい」

「そうか。顔色がさっきよりずっとよくなったな。俺は風呂に入ってくるから」

「うん」

旅行から帰ったばかりで、すぐに迎えに来てもらっちゃったんだな。悪いことしたな。

後でお礼をしよう。

　そんなことを考えながらうとうとしていると、政人さんがお風呂から出てきた。

「ほら、あったかいだろ」

　ほかほかになった政人さんがベッドに入り、後ろから抱きついた。

「どうだ、人間湯たんぽだぞ？」

　妙にイケメンの湯たんぽはとても温かくて気持ちがよかったので、わたしはそのまま朝までぐっすりと眠ってしまったのだった。


「おはよう。調子はどうだ？」

　朝目が覚めると、いきなりイケメン王子の顔が視界に入るというのはなかなか贅沢なものである。しかもこの王子様は、暴君俺様のはずなのに、わたしの額に優しく手を当てて、おまけに自分のおでこをくっつけたりするものだから、朝っぱらから大変心臓に悪い存在だ。

「まだ熱っぽいな。計ってみろ」

　体温計は、37度2分という数字を示していた。

「だいぶ下がってはきたけれど、会社は休みだな」

「えー」

「お前飯もろくに食べてないだろ？　今日はおとなしくしてろ。会社には俺が電話するか？」

「自分でする！」

なんたる過保護っぷり。

「ついでに婚約者として上司に挨拶をしておこうと思ったのに」

「そんなことしたら、専務に電話を回されちゃうからやめて！」

「専務でも社長でも、挨拶するぞ？」

いやいや、やめようよ。またSNSのグループで盛り上がられちゃうよ。

「さっきコンビニでレトルトのたまご粥を買ってきたんだけど、食べられそう？」

「うん、ありがとう」

「あと、ゼリーとプリンとアイスも買ったけど。野菜ジュースもあるぞ」

「あっ、アイスも食べたいです」

「敬語」

ちゅっ、と唇にキスされて、わたしは慌てた。

「駄目よ、風邪がうつっちゃったらどうするの」

「そうしたらカンナに看病してもらうさ。……身体で温めてね」

朝から色気たっぷりに耳元で囁《ささや》かないで欲しい！　また熱が上がっちゃう！

政人さんは、俺様ドS様だったはずなのに、今朝は一段と甘い。いくらわたしが病気だからといっても甘すぎだ。

「……ねえ、自分で食べられるから」

「あーん」

「いや、だから、恥ずかしいし」

「誰も見てないから問題ない。あーん」

わたしの目の前には、グレーのスウェットを着た極上のイケメンが、たまご粥をすくったスプーンを笑顔で構えている。

だから、政人さんに見られるのが恥ずかしいんですけど。

「ほら、俺の羊、可愛いな、いい子だな、お口を開けような、あーん」

「ねえ」

「病人はおとなしく看護師さんの言うことをききなさい。あーん」

これではいつまでたってもお粥が食べられない。おまけに精神力がガリガリと削られて、体力まで消耗しそうである。

スプーンを持って迫ってくる政人さんは、まことしやかに言った。

「仕方ないな。じゃあ、俺が熱を出したら、お前が俺に食べさせていいことにしようぜ。それならいいだろう？　はい、あーん」

「ちょっと待て！」

「あーん」

押しの強い男がここにもいた。

わたしはため息をついて口を開け、たまご粥も高級アイスも非常にご機嫌な政人さんに食べさせてもらったのだった。


「……」

ちなみに、わたしは今政人さんの服を着ている。長袖Tシャツにハーフパンツだ。下着は、幸い前回のお泊りの時のものがあったので、それをつけている。ごはんを食べる前に、汗をかいたので着替えた。

政人さんは『発熱時のこどもの看病』をネットで調べたらしい。気が利くイケメンである。

彼が着替えを持ってきた時には非常に恥ずかしかった（一番上に下着が乗っていたし！）。蒸しタオルを手に「身体を拭いてやる」と言われたときにはどうしようかと思った。

確かに昨日は汗をたくさんかいたので、さっぱりさせたい。しかし、婚約者といえどもまだ肌を見せていない関係の男性に身体を拭いてもらうわけにはいかない。

「看護師さんプレイだと思えば」

「プレイつけるな！」

わたしはタオルを受け取り、政人さんには丁寧にお引き取り願った。

そして、脱いだ物の処置についてまた一悶着あった。

「服くらい洗ってやるよ」

「駄目よ、この下着は渡せない」

使用済みの下着は死守！

「でも、汗びっしょりの服をそのままにしておくと、ものすごい臭いになるぜ？　学生時代に経験したけど」

「それはそうだけど……でも……」

「ほら、よこせ。大丈夫、匂いを嗅いだりしないから」

「えええええっ！　当たり前です！　……でも渡せない」

「結婚したら、在宅仕事の俺が洗濯することもあるんだからさ、今から……わかった、泣くな、そんなに嫌なのか、ごめん」

わたしが泣きべそをかくと、政人さんは慌てて言った。

「じゃあ、こうしよう。お前が洗濯機に入れろ。干すのはやってやるから。な？」

と、言うわけで。

まだふらふらするわたしは心配した政人さんに洗濯機のところまでお姫様抱っこされ、下着とブラウスとついでにはがしてきた汗で湿ったシーツを洗濯機に入れて回したのだった。さすがにこの状態だと下着を手洗いする根性はなかった。

「じゃあ、俺はあっちの部屋で昼まで少し仕事してくるから」

ごはんを食べ終わると、眼鏡をかけていないので部屋着を着ていてもとってもかっこよく見える政人さんは言った。

「ここにアルカリイオン飲料を置いておくからな、こまめに飲めよ。トイレに行きたかったらスマホを鳴らせ。他にも用事があったら遠慮しないで言えよ。絶対にひとりで起きるな」

ベッドサイドのテーブルには、ペットボトルとコップとわたしのスマホが置かれた。

「トイレくらいひとりで歩いて行けるよ」

「駄目だ、連れていく。お前はすぐに無理してコケる女だってことはもうわかってるんだからな。勝手に行ったら次はトイレの中まで見張るから覚悟しろ」

「それは嫌です！」

わたしは震え上がった。

「……ごめんね、政人さん。仕事の邪魔をしちゃってるね、わたし。早く治して帰るから」

「全然邪魔じゃない。完全に治るまでゆっくりしていけよ。むしろひとりにする方が心配で仕事に支障をきたすからな、俺がいいと言うまでここにいろ。カンナはいい子だから、ちゃんと言うことを聞けるよな？」

俺様な政人さんはそう言うと、優しく頭を撫でてから寝室を出て仕事部屋に行った。

甘い。

甘すぎる。

でも、体調が悪くて心細くなっている今は、甘やかされるのがことさら嬉しい。

わたしはシーツを換えてもらった温かい布団に潜って、にこにこした。

薬を飲んだらまた眠くなってきてしまったので、そのままうとうとする。微熱があってふわふわするけど、近くに政人さんがいるから安心だし、着替えて温かい物も食べたし、気分は悪くない。むしろ、昔風邪をひいてお母さんに看病されたことを思い出して、ほわんと温かい気持ちになる。

「政人さん、いい人だなあ」

本当はいい人以上のことを思ったんだけど、それは照れくさくて口には出せなかった。

その17　甘やかされる羊

「よし、下がってきたな」

気持ちよくうとうとしていたら政人さんがやってきて、お昼前にもう一度熱を計らされた。イケメンでまめなお金持ちの王子様は、体温計を見て満足げに頷《うなず》いた。あまりにも真剣な顔なので、思わず「はい先生」とか返事をしてしまいそうだ。

そう、わたしはめでたく36度台まで熱が下がったのだ。

「ねえ、もう歩いてトイレに行っていいよね？」

「……ふらふらしないか？」

「ゆっくり行けば大丈夫だよ、ありがとう」

「昼はうどんを作るけどベッドで……」

「ダイニングキッチンで食べます」

「無理しないでベッドで食べろよ。俺が食べさせてやるし」

「お布団におつゆが飛んじゃうよ！　もう熱がないんだから、普通にテーブルで食べられるよ」

「……ちっ、食べさせたかったのに。羊の餌付けは楽しいのに」

ペットじゃありませんよ！

政人さんはコンビニで買ってきた、コンロにかけるとできるという鍋焼きうどんを作ってくれた。できたてのうどんは熱々で美味しかったので、わたしは一人前を食べることができた。

「よしよし、全部食べられたな。おりこうな羊はご褒美《ほうび》にアイスも食べていいぞ。レアチーズケーキ味とラムレーズンとマンゴーと苺ミルクとどれがいい？」

「わあ、すごく増えてるね！　みんな美味しそう。苺ミルクがいいけど……太りそうだなあ」

食べては寝てを繰り返したあげくの、その結果が恐ろしい。

「大丈夫、食えば病気は治るし、もしも太ったら運動すればいいし。俺が一緒に楽しい運動してやってもいいぞ？　楽しいからきっとすぐに痩せるぞ」

「え、本当？　じゃあ、お休みの日に一緒にアクタスポットとか行こうよ」

わたしはスポーツアミューズメント施設に行くのかと思ったんだけど。それはとっても楽しみだなって思ったんだけど。

「カンナはそういうの好きなのか。いいよ、元気になったら行こう。でも、俺が言ってるのは……」

アイスとスプーンを持ってきてくれた政人さんは、それをわたしの手に握らせながら耳元で囁いた。

「夜・の・運・動」

「？……ぎゃあああっ！」

わたしはアイスをテーブルに放り出して耳を押さえ、真っ赤になって叫んだ。

また熱が上がったらどうするの！

「政人さんは下ネタが多すぎると思います。そんなことでは真剣なお付き合いはできません」

わたしは真っ赤になりながら苺ミルクアイスを食べる。

「カンナさんは少しお子様すぎると思います。結婚するまでに免疫をつけるのが婚約者としての俺の役目だと思います」

あっさり切り返された。

「それとも……不言実行、実力行使してもいいならそうするが？」

「駄目！　結婚するまではなにも実行しないでください」

「ええっ、結婚まで駄目なのか？　マジかよー、なんて酷い羊なんだ」

政人さんはソファに転がった。わたしは恨めしげにこっちを見ている彼を無視して美味しいアイスを食べて、歯を磨いた。政人さんも歯磨きに行ったようなので、食後の薬を飲んだわたしは再びベッドに潜り込む。

「まだ眠れるかなあ」

お布団をかぶる。よそのベッドなのに、すっかり自分のもの扱いである。

このベッドは高級品らしくてとても寝心地がいいんだよね。

「カンナ、ちょっと待て」

「え？　寝ちゃ駄目なの？　え？　うわあ」

歯磨きから戻ってきた政人さんにベッドから引きずり出されて、わたしは彼の膝の上に乗せられた。

「何？　まだ調子が戻ってないから変なことしないで」

「……すまないが、どうしても聞いておきたいんだ。気になって仕方がないから……首、あいつに噛まれたのか？」

わたしははっとして、首の噛み跡を押さえた。

すっかり忘れていたけど……遠山のことがあったんだ。

わたしの動揺を見て取った政人さんは、膝に乗ったわたしを抱く手に力を入れた。

「カンナ、何があったか話せるか？」

「……うん」

わたしはうつむいて、昨日のことを話した。話しているうちに、なんだかとても怖くなった。心臓がばくばくする。

「遠山のことは、本当にただの同期としか思わなかったし、今までふたりでごはんを食べに行ったり飲みに行ったりしたけど、全然そんな雰囲気じゃなくて。だから、あんなことされてびっくりしたし、わたしはちゃんと断ってるのに遠山が引いてくれないから、もうどうしたらいいのかわからなくて……政人さんに気をつけろって言われてたのに。ごめんなさい」

膝の上で、しょんぼりする。

「反省してるのか」

「うん」

「ならいい。これからは警戒心をしっかり持てよ」

政人さんはわたしの頭をぐしゃっと撫《な》でて言った。

「その遠山ってやつが、予想以上に強引でしつこいってのもあったしな……いや、長年カンナを囲い込もうと画策してたんだろう。そこを俺が横からさらっていったもんだから、焦《あせ》って我を忘れていて、カンナを取り返そうと必死なんだな。そいつはかなりしつこそうだから、そう簡単には引かないだろう」

「どうしたらいいの」

同期としての遠山のことは嫌いじゃなかったけど、男の顔をむき出しに迫られるとすごく怖くて。力では敵わないし、会社で誰もいないところに引きずりこまれたら逃げられないかもしれない。

どうしよう。

遠山が怖い。

わたしは政人さんにしがみついた。

「会社、辞めるか？」

「え？」

予想外の事を言われて、わたしは政人さんの顔を見た。

「そうすれば、遠山って奴から逃げられるぞ。会社を辞めて、すぐに俺と結婚するっていう手がある」

「それは……できないよ」

逃げ出したいのはやまやまだけど、そうすると他のみんなに迷惑をかけてしまう。それに、政人さんの仕事は会社員みたいに安定してなさそうだから、わたしもなるべく働いていたい。

「俺にだって、カンナひとりくらい養う甲斐性はあるぜ？　どうする？」

「……辞めたくない」

「そうか。ま、そういうと思ったよ、スーパーお局のカンナ様」

政人さんは笑いながらわたしを抱きしめた。

「そいつは俺に任せろ。お姫様につく悪い虫は俺が追い払ってやるからな」

「……大丈夫？　遠山は、ラグビーやってたらしいから、腕力あるよ？」

「拳では話さねーよ！　まあ、任せておけ。他の男が誰もカンナに近づけなくなるように、完璧に虫よけするから」

ちょっとちょっと、政人さんの笑顔が怖いよ！

「とにかく、もうお前を怖い目に遭わせないから安心しろ。お前は俺のものだからな」

なぜか寝るときも外してくれなかったペンダントをもてあそびながら言う。

「じゃあ、また少し仕事してくるかな。あんまりここにいると、違う仕事がしたくなってくるし」

どんな仕事かは聞かないよ！

「今度、政人さんの仕事について教えてね」

「あ、今知っとくか？　俺の仕事場、見たいか？」

「それは見たいよ」

だって、婚約者がどんな仕事をしているか、知っておかなきゃおかしいでしょう。

「じゃあ来いよ」

「歩ける！　歩けるから下ろして！」

そのまま抱っこで連れていかれそうになり、わたしは慌てて言った。そして、さっきから密着状態なのを改めて意識して、恥ずかしくなる。

「ごめん、わたし、汗くさいよね」

汗をかいてお風呂に入っていないのに、政人さんにくっついてしまった。

変な臭いがしていたらどうしよう。髪とか絶対ヤバいわ！

「全然くさくないから。むしろ、カンナの匂いが……濃くて……そそられる方がヤバいというか……」

「うわあああ、仕事部屋に行こう、仕事部屋！」

わたしは首の匂いをくんくん嗅ぎ出した政人さんを押しやると言った。せっかく押しやったのに、政人さんはすぐにわたしの首に戻ってきた。

「何？　仕事部屋に行きましょう、ね？」

「……結構強く嚙まれてる」

政人さんは首の歯型をまじまじと見ていた。

「単なる同僚の男にいきなりこんなことされて、すげえ怖いを思いしたな」

最初に嚙んだお前が言うか！　と思ったけど、なぜか政人さんに嚙まれたときと遠山に嚙まれたときの気持ちが違っていたのを思い出して口をつぐむ。

どうして遠山の時だけ震えるほどショックだったんだろう。

「あ、えっと、うん、びっくりしたわ。でも、お返しに思いっきりひっぱたいたし、大丈夫、もう平気」

「嘘《うそ》だ。お前、びくびくしてる」

「してないよ」

「してる。身体が強張ってるのがわかるぞ」

「……」

政人さんはもう一度ベッドに座って、わたしの髪を撫でながら言った。

「悪いが俺には丸わかりだ。どうせまた我慢して忘れればいいとか思ってんだろ」

「ちが……」

「正直に言ってみな。俺には我慢すんなよ。ほら」

「大丈夫だって……言って……」

「強がるな。怖かった、ほら、言え、強情な羊」

ほっぺたをひっぱられる。結構痛いんですけど。

「やめてよ」

「やめてほしけりゃ言ってみろ」

ぐにぐにとほっぺたを揉《も》まれる。

「……こわ……」

「もう一回」

「こわ、かった」

「まだまだ」

「怖かっ、……うう、ううううう」

「馬鹿カンナ、我慢しないで泣け」

「うううううー」

わたしは政人さんのスウェットに顔を押し付けてうなった。

怖かった。

遠山に腕を掴《つか》まれて逃げられなくて、やだって言ってるのに離してくれなくて、無理矢理キスされて、噛み付かれて、本当に怖かった。

「怖かったあああああっ！」

「そうだな、怖かったな。もう大丈夫だ、いっぱい泣いとけ。あいつには二度と手出しはさせないからな」

「うわあああああん」

わたしは子どものように泣き続けた。忘れようとしていた、胸の中で固まっていた怖かった気持ちを出して、思いきり泣いた。


人前で泣くのは、とてもばつの悪いものである。特に、泣きやんだ時というのは、どう通常モードに戻したらいいのかと途方に暮れる。

政人さんにしがみつき、抱きしめられていたわたしは、すん、と鼻を鳴らして、彼の胸に向かってとりあえず謝ってみた。

「あの……いつもすみません」

そんなわたしのいたたまれなさを理解しないで、頭の上で政人さんはくすりと笑った。

わたしは上目遣いで政人さんを睨《にら》む。

「笑わないで」

「……いや、カンナが可愛くてつい」

泣いて目を腫らして鼻を赤くした、いい歳した女のどこに可愛さがあるのだろう？

彼はわたしの頭をぐいぐい撫《な》でた。

「泣けてよかったな。すっきりしたろ？」

「……んー」

「泣けるっていうのは、俺を警戒していないってことだ。手負いの虎が懐いたような感じで可愛いな」

そこは猫って言っておこうよ！

「だから、泣きたい時は泣け。俺の前では我慢しなくていいから。わかったか？」

どうしよう。なんかすごく嬉しい。

わたしは恥ずかしくて頬を熱くしながら頷いた。

「俺も泣きたくなったら、泣かせてもらおうかな……カンナの胸にすっぽりと顔を埋めて」

「それは駄目」

わたしは油断のならない婚約者にきっぱりと言った。

その18　Kはカンナの K……ではない！

「ええと、仕事場を見たいんだっけ」

「歩ける！　ひとりで歩けるからね！」

さりげなーく、膝に乗ったわたしを抱っこしたまま立ち上がろうとする政人さんにきっぱりとお断りすると、イケメンが口をとがらせた。

「……つまんねーの」

わたしは過保護な政人さんの膝から下りると、広い寝室を出て、政人さんの仕事部屋の前で聞いた。

「入っていい？」

「ああ」

顔にかぶさる髪をかきあげながら、政人さんが部屋の扉を開けてくれた。

「どうぞ。たいしたものはないけど、ここが俺の仕事場」

「わあ、本がいっぱい」

壁いっぱいに作り付けの本棚があり、たくさんの本が並んでいる。

大きな机には、デスクトップパソコンが置いてあり、その脇にはノートパソコンもある。その他にはメモらしき紙片と書類ケースがあるくらいで、意外に物がない。

「まあ、パソコンがあればほとんど用は足りるから、ノーパソを持って外で仕事をしたりもするな」

政人さんがデスクトップパソコンのエンターキーを押すと、画面にはワープロソフトらしいものが映った。文字がたくさん書いてある。どうやら真面目にお仕事をしていたようだ。

「ここはこんな感じ。あと、その奥に収納庫があって、資料とか私物とか、とにかくいろいろつっこんであるけど、そこもキーパーさんに整理してもらってるからわりときれいだぜ。っていうか、自分で片づけられない自覚があるから」

完璧に見える王子様にも、弱点があるようだ。

「ちなみに、見られちゃ困る趣味のものは寝室に隠してあるんだけどさ……」

「大丈夫、わたしは他人の秘密を暴いて楽しむ人間じゃないからね！　探さないから安心して」

せっかく宣言したのに。

「……カンナだけには教えてもいいぜ？　なんなら手取り足取り、実地指導付きで」

妖しく囁《ささや》きながら、色気王子が後ろから抱きしめてくる。

その趣味は教わらない方がわたしの身のためみたいだね！

「お気持ちだけで結構でーす」

かなりスルースキルが磨かれたわたしは軽く流して、政人さんを背中にしょって引きずりながら部屋を出ようとし、本棚に目を留めた。

「そうだ、何か本を借りて読んでもいい？」

「ああ、もちろん」

見ると、仕事の資料らしい本と普通の書籍が別れて並んでいる。恋愛小説が多いみたい。

「カンナはどういうのが好き？」

言いながら、なぜか頭をすりすりしてくる。

「へえ、政人さんてこういうのを読むのね。意外かも」

今人気の、恋愛小説だ。テレビドラマ化されているものも、映画化されているものもある。同じ作家の本がずらっと並んでいるのを見て、わたしは一冊取り出した。

「あ、この小説、今話題のだ。映画になってるよね」

「そうだ」

作者はＫ・マサト。通称『Ｋ先生』と言われている、人気作家だ。

純愛ものが多く、女性に人気がある。本屋さんに行くと目立つところにコーナーがあるので、わたしも手に取ったことがある。

「これにしようっと……」

Ｋ・マサト。政人さんと同じ名前だ。

木原政人。木原。K。

わたしは指輪を見た。

独占欲の強い政人さんが、カンナのKだと言って買ってくれた指輪。

カンナのKだと言う割には、忘れずにつけていけって、耳にタコができるほど念押ししていたけど。

まさか、これはカンナのKなんかじゃなくて……！

「政人さん……まさか、これ」

「うん？」

「この小説を書いたのって……K・マサトって……」

「俺だけど。文章を書く仕事をしてるって言っただろ」

しれっと言うけど……政人さんが、ベストセラー作家、K・マサトだったの⁉

そして、わたしはK・マサトのものだって印をつけられていたわけ？

ええええええっ、ちょっとちょっと、聞いてないよ！　これはとんでもないよ！

わたしは背中の政人さんを引き剝《は》がし、くるっと向き直った。

「政人さんが⁉　K・マサト⁉　『K先生』なの⁉」

「そう」

「マジ⁉　本当⁉　またわたしをからかってない？」

「本当だって。爽やかで洗練されて純粋な俺が書くような話だろうが、この小説」

「それは壮大なボケなの、それともセルフイメージが派手に歪《ゆが》んでいるの⁉　だって、これ、恋愛小説だよ？　純愛ものだよ？　純愛っていうのは、エロじゃなくてピュアで、感動の物語のことなんだよ？　それを政人さんが⁉　あなたが書いたと⁉　こんな、ベロチューすらしないプラトニックな恋愛ものを⁉」

　上から目線の強引俺様暴君エロ王子様、ベロチューの帝王の政人さんが書いたなんて、信じられないんだけど！

「……お前さあ……今すごーく失礼なことを言ってんの、わかってる？」

　政人さんの表情が剣呑《けんのん》なものに変わったので、わたしはヤバいっ！　とばかりに逃げ出した。

「いや、その、えっと」

　なんとか距離をとろうとするけど、こちらは病み上がりで素早く動けないし、室内では逃げ場所に限界がある。

「いっ、今のは勢いでうっかり言っちゃっただけで、わたしはそんなことこれっぽっちも思ってないよ」

「うんうん思ってるなー間違いないなー」

「ないよ、ないってば気のせいだよ！　純愛いいよね、わたしもこういう話は大好き！　ホントだってば、わたしたちのおつきあいもぜひこの路線で、わあっ」

　後ずさるわたしは壁際に追い詰められた。

そして、両手で囲い込まれていわゆる壁ドンのできあがり！

政人さんの秀麗すぎるお顔がすぐ目の前にあるよ！

「すいませんすいませんすいません勘弁してください、純愛モードでお願いします、壁ドンがギリギリ限界ですから、しかも三分くらいまでですから」

やめてよう、いくら何度もキスをしていても、こんなにドアップで男の人の顔を見るのは無理なのよう。

なんとかこの状況から逃げ出そうと、政人さんの胸を押す。

全然動かないよ！

「こういう話を俺が書いたらそんなにおかしいの？　ん？　カンナの中の俺のイメージって、どんなななのかなあ？」

そんなの正直に言えないよ！

わたしだって、自分の身は可愛いもん！

「好きな女の子を自分ちに泊めてさ、同じベッドで寝てさ、こーんなにも我慢している男の純情をカンナちゃんはぜーんぜんわかってないよなー、この草食羊娘？」

「わかってます、充分にわかってますから、本当に勘弁してくださいっK先生っ！　んん――っ」

壁ドンからの顎クイからのディープキス――ッ！

壁を背に逃げられないわたしの口に、舌がぬるりと入りこんで、お得意のいやらしい動きで翻弄《ほんろう》する。顎《あご》を片手で押さえた政人さんは、じっくりと時間をかけて口の中を探り、わたしの腰は壁に沿ってずるずると落ちていく。

「ほら、どうだ？　ドラマチックな展開もお手の物だろ？」

壁際にうずくまるわたしに覆いかぶさるようにして、政人さんは目を細めた。

いくらドラマチックでも、この展開は、絶対に純愛ではないと思います！

腰が抜けて、床にぺたんと座り込んだ。政人さんはそんなわたしの頬を両手ではさんで、妙に優しげな口調で言った。

「そうだ、せっかくカンナと婚約したんだから、次は大人な展開の話を書いてみるかな。大人なカンナにふさわしい、色っぽいやつを」

「いえいえ純愛で結構です、是非とも純愛ものにしてください！」

「そんなつれないことを言うなよ……」

舌なめずりする狼《おおかみ》が近づいてくる。

「やっ、ほんとに、やめて、ひゃあっ」

スルッと手を下まで滑らせた政人さんは、そのままわたしの腰を引き寄せ、首元に顔を埋めた。舌が這う感触に悲鳴を上げる。

「やめっ、わたしすごく汗くさいから駄目、舐《な》めないでっ」

「それが俺にはいい匂いなんだよなあ。だから気にするな」

「気にします！　きゃあっ」

床に押し倒された。

今度は床ドンなのである。

「首の嚙み跡が痛々しいな。舐めたら治りが早いかな」

政人さんの舌が、ぬるぬると首を這《は》い、遠山に嚙まれた所を執拗《しつよう》に舐める。そして、背中に回された両手がわたしの身体をまさぐっている。

「や……やめ……あん……」

首が燃えるように熱くなるし、彼の手が触れたところから不思議な感覚が広がってくる。もっとたくさん触れて欲しくて、触れたくて。

熱が出たせいで、わたしはおかしくなってしまったのだろうか？

「……ヤベー、勃《た》っちゃった……」

耳元で、政人さんのかすれた声がした。

茶化したような言い方なのに、なぜかすごく熱が感じられてしまい、とっさにいつものように言い返せない。

「こんな……カンナがそそる匂いしてるからいけないんだぞ……ちょっと、マジヤバいわ……じゃれあいで済ませる……自信が……」

政人さんの手が、シャツの裾から入ってくる。

ヤバい！

匂いで思い出したけど、わたしは昨日、熱を出してお風呂に入ってないのだ。恋人に匂

いを嗅《か》がれている場合ではないのだ。

「政人さん、わたし病人！　病み上がり！」

わたしは覆いかぶさってこようとする政人さんに向かって必死で訴えた。

これは非常にまずい展開である。見上げる政人さんの目がいつにない感じにぎらついている。テレビの猛獣特集でああいう目を見たことがあるよ！

「昨日熱が出てたんだからね！　それに、初めては海の見えるオシャレなコテージでとか言わないから、せめてまともにシャワーを浴びて、それなりの準備をしてからにして欲しいっ！　お願い！　政人さん、お願いします！」

もう必死である。

ここでなし崩しにいたしてしまったら、またショックで高熱が出ちゃうよ！

「ね、落ち着いて、政人さん！　ほら、気をしっかり持って！　仕事内容と行動を一致させようよ、ね？　いきなりケダモノ化しないで、こう、もう少し雰囲気とか考えて欲しいの。わたしはまだ体調が完全じゃないのよ、お願いだからその辺りも少し考慮して？」

わたしの魂の叫びは、幸いなことに政人さんの胸に届いたらしい。

「……ああ、そうだな、ごめん。マジ悪かった。がっついて、危うく止まれなくなっちまうところだったわ」

ものすごく近くにあった顔が、ゆっくりと去って行った。

あっぶなー。わたしもおかしくなって流されそうだったわ。

政人さんはわたしの上からどくと、背中に手を回して起こしてくれた。

「余裕がなくてごめん」

「大丈夫だけど。……もう、脅かさないでよ。なんかいつもと違って怖かったよ」

政人さんはわたしの言葉にため息をついた。

「だって、お前は無防備過ぎて……結構手を出さないようにするのが大変なのに、こんな風に俺のシャツ一枚だし……おまけになんかすげえいい匂いがするし……」

わたしを抱きしめてまた首の匂いを嗅ごうとする政人さんから、身をよじって逃げ出す。

これでは無限ループだ！　無限ループに陥るぞ！

「やめて、汗くさいから！　これ以上匂いのこと言ったら殴るよ！　本当だよ！」

「ロマンティックな雰囲気にしたら、カンナは俺とそういうことをしてもいいと思ってくれてるんだな？」

エロエロモードからいまひとつ抜け出しきれていない王子様は、わたしの目を甘く覗《のぞ》き込んで言った。

「も、問題をすり替えないで！」

「カンナこそ、話をそらさないで」

政人さんは、予想外の表情をして言った。

いつもの余裕がない、少し弱々しい、自信なさげな表情。

指先で、わたしの着ているTシャツをきゅっと握っている。

「俺、少し焦《あせ》っちまったんだ。カンナを遠山って男に取られたくないから」

焦る？

自信満々のイケメンである政人さんが？

遠山に取られる？

ベストセラー作家でお金持ちで、超かっこよくて実は性格もいい、女性にモテモテの王子様にどんな不安があるというの？

わけがわからず、わたしは政人さんの顔をまじまじと見た。

「会ったばかりの俺たちと違って、遠山って男はカンナと長い付き合いだろ？　そいつに強引に迫られて、気持ちが揺らいで、やっぱり婚約を解消して遠山と付き合うなんて言われたらと思うと……無理矢理にでもカンナを俺のものにして、囲って逃げられないようにしたいとか、正直少し思った。卑怯《ひきょう》な奴でごめん」

「……政人さんは、その、わたしの婚約者でしょ。だからわたしだって、そういうこともいろいろ考えているから……ね？」

だって……政人さんのことが、好きになっちゃったんだもん。

赤くなって目をそらせたわたしを、政人さんは再び抱きしめた。

「政人さん……」

「俺ってこの通り、浮き沈みの激しい仕事だろ？　お前の会社はそこそこ名前が通ってるし、そこの会社員なら収入も安定してるし、遠山ってのは出世頭なんだろう？　……もしも本が売れなくなったらさ、あと俺ができるのは身体を張った仕事くらいだし……」

……え？

身体をって、どういう張り方かな？

それに、万が一本が売れなくなっても、このマンションを売ったら普通に一生食べていけるよね？

政人さんは妙なトラウマのせいで、自分の仕事に自信が持てなくなってるのだろうか。明らかに変な考え方になっている。

「だから、結婚相手としてはどうかなとカンナが考えても不思議はないと思うと……ちょっと焦って……」

「政人さん、話してもらってよかったわ」

わたしは政人さんの肩をがしっとつかんで言った。

おそらく、そんなことないよと否定しても、顔と身体以外に価値はないと変な刷り込みをされている政人さんの心には届かないだろう。

「大丈夫よ、政人さん！　もしも売れなくなったら、わたしが食べさせてあげるから」

「え？」

「寿退社はやめて、結婚してもＡＯＩで働くからね。仕事内容にも慣れているし、あの会社はなかなか居心地がいいの。ずっと働いていれば、給料もそこそこもらえているし、贅沢をしなければふたりで食べていけるよ。だから、政人さんは安心して書きたい小説を書いていてちょうだい。他の仕事をしたかったら、その時にゆっくり探したらいいし。そうだ、何か資格を取ってもいいんじゃない？　経済的な問題はどうにかなるから、気楽にわたしと結婚して。……あ、わたしったら、うっかりプロポーズしちゃった！」

「……カンナ、お前いい女だな！」

政人さんがわたしをぎゅっと抱きしめた。

「国民年金でも平気よ、わたしはあまりお金がかからない女だからね、老後のために今からしっかり貯蓄していきましょう！」

「あ、俺、厚生年金だと思う。会社員だから」

「えっ、そうなの？　どこの会社に勤めているの？」

小説家って、会社に勤めながらの仕事なの？

「株式会社Ｋ－ｗｏｒｋ。税金対策で会社設立して、俺は社長なんだよね」

「……」

「あ、カンナは社長夫人てことになるんだな。それか、うちの社員になって、事務仕事をやってくれる？　税理士事務所には頼んであるけど、あとは全部自分でやってるからさ、手伝ってくれると助かるな」

「……木原家の経済活動については、税理士さんを交えてあとで会議を開きましょう」

わたしは厳《おごそ》かに言った。

午後は熱も出ないしかなり体調がよくなったので、政人さんに頼んでお風呂に入らせてもらった。

「中で倒れたらいけないから、俺が入れてやるよ」

「お断りします。もう熱がないから大丈夫だし、たとえ婚約者といえども男性とお風呂に入ることはできません」

「そんなこと言わないでさあ、本当に心配なんだけど」

たちが悪いことに、どうやら本気で心配しているのだ、このイケメン小説家は。恋愛小説ばかり書いているから考え方が偏ってしまっているのか、はたまた超過保護体質なのか、まだキスしかしていない間柄の女性をお風呂に入れてくれようとするのだ。

「見ないから」

「それ絶対無理でしょ！　見るし触るでしょ！　駄目です、そんなはしたないことはできません」

政人さんに全裸を見られるとか、考えただけで赤くなっちゃう。

「中で倒れて頭を打って死んじゃったらどうするんだ？」

「……じゃあ、うちに帰って慣れたお風呂に入る。今すぐ帰る」

「余計心配だろ！　ほらおとなしくしろ、脱がせてやる」

「いやあああああっ、変態！」

攻防の末、お風呂のドアを少し開けておいて、時々政人さんが呼びかけるので返事をしながら入るという落としどころで落ち着いた。

「ほら、青リンゴのバブルバスにしておいたぞ。あんまり長湯をするなよ。のぼせるといけないから、あとで飲み物を持っていくからな」

「わーい」

いたれりつくせりのお世話をしてもらい、わたしはジャグジーにゆっくり浸かってドリンクを飲んだりし、身体中洗ってさっぱりしたのだった。

わたしがよく温まってご機嫌でお風呂から出て、人を羊にする部屋着を着ると、ドライヤーを持った政人さんがいそいそとやってきた。

「羊の毛を乾かしてやるからな」

「自分でやるからいいよ、仕事は大丈夫なの？」

「カンナをかまって創作意欲が高まったら書くから全然大丈夫だ」

そういうものなのか。

「羊の世話は楽しいな」

「……政人さんってまめだよね。今まで付き合った人にもこうだったの？」

「やきもちか？」

鏡の中の政人さんがにやりと笑った。

「べっ、別に、やきもちなんかじゃないよ、誤解しないで」

「おっ、ツンデレ発言をごちそうさま！　……安心しろ、こんなことをするのはカンナだけだからな」

耳元で囁かれて、びくっとする。

「一生お世話して甘やかして可愛がってやるから、早くカンナを食べさせて」

「せっ、セクハラ反対！」

政人さんは楽しそうに笑いながら、わたしの髪を乾かした。

その19　羊を飼うのも結構大変

さて、お風呂に入り、羊飼いに丁寧に毛繕いしてもらった病み上がりの羊は、ベッドでおとなしく過ごすことにした。

「本でも読むか？　寝るか？」

「本を読みたい。何か貸してね」

わたしはK・マサトの最近の小説を持って、ベッドに戻った。政人さんが背中にクッションを入れてくれる。

こんなに甘やかされたら、癖になっちゃうよ。

はっ、これはもしや、政人さんの策略なのか？

「三時過ぎに夕飯を作る人が来るけど、気にしないでいいからな。ふたり分を頼んである」

「ありがとう。ねえ、ご飯を食べたらうちに帰るね」

「却下」

「ええっ、どうして？　熱が下がったから、明日は仕事に行きたいんだけど」

「まだ駄目だ。明日は様子を見て、明後日からにしろ。『ＡＯＩデー』とかで、土曜出社なんだって？　ついでがあったから、お前の会社には連絡しておいた。ゆっくり休んでしっかり治せって言ってたぜ」

確かに明後日は月に一度の『ＡＯＩデー』だ。そして、翌週は土、日、月と三連休になるのだ。この連休でリフレッシュ旅行に出かけられるように、お得なツアーまで企画されているという、充実した福利厚生っぷりである。

「えっ！　会社に電話したの？」

驚くわたしに、政人さんはドヤ顔で答えた。

「電話する用事があったからな」

「わたしの会社に政人さんが？　なんの用事？」

「内緒」

キスで誤魔化された。

政人さんは仕事をし、わたしは本を読んだ。いつの間にか通いのシェフだかお手伝いさんだかが来たみたいで、キッチンで誰かが料理をする気配がした。わたしはクッションにもたれて小説にのめり込み、読み終わった時には外が薄暗くなっていた。

「カンナ、そろそろ夕飯に……どうした？　どこか痛いのか？」

寝室に顔を出した政人さんが、慌ててわたしに近寄った。わたしがぼろぼろと涙をこぼしていたからだ。

「だって、彼が最後に死んじゃうから……」

「え？」

「今読み終わった小説が、絶対になんとかハッピーエンドになると信じてたのに、ラストでヒーローが死んじゃったのよ！　駄目だよ死んじゃ！

「死んじゃった……」

「大丈夫か？」


「……あ、小説の？　なんだ小説か。あーびっくりしたぜ」

政人さんは、わたしの具合が悪いわけじゃないと知ってほっとしたようだった。

「なんだじゃないでしょ！」

作者に直接八つ当たりをするわたしは、最低の読者である。

「なんでこんなかわいそうな目に遭うの？　もう少しで会えたのに、酷いよ……」

そして、さらに悲しくなってだーだーと泣くわたし。

「あー、まあ、その、大丈夫だ、大丈夫なんだ！　ええと……」

号泣する羊をなんとかなだめてごまかそうとする羊飼い。

「そう、実はな、そのふたりはだな、……来世で生まれ変わって結ばれるから！」

「……本当に？　生まれ変わるの？」

「ああ、作者が言ってんだから間違いない。生まれ変わっても、なんとなくだな、記憶があったりしてな、それで、結婚して子どもがたくさん生まれて孫もできて、末永く幸せに暮らすから安心しろ。わかったな？」

「えっ、孫もできるの？」

「子どもがすげー生まれて、孫もすげー生まれるんだ。だから、ふたりの家の庭には子どもたちが遊ぶためのジャングルジムが作られているんだ」

政人さんが真面目な顔で言った。

「……うん」

そうなんだ、良かった。作者がそう言うなら、そうなんだね。

わたしはほっとして、政人さんに笑いかけた。

「わかった。ふたりは幸せになるのね」

「今ので納得したのか⁉」

なぜか驚く政人さん。

「……カンナ」

そして政人さんは、ベッドの上のわたしをぎゅっと抱きしめた。

「可愛い！　俺の本を読んですげー泣くとか、可愛すぎる！」

「ちょっと、政人さん、落ち着いて、苦しいよ」

しまった、変なスイッチを押してしまったようだ！

「ヤバい、可愛い……カンナ、していい？　ちょっとだけだから……なあ、いいだろう？」

政人さんがピンク色になった！

「駄目！　わたし、病み上がりだからね！　あっ、やだ、耳噛まないでっ」

「主人公が死んで泣いちゃうなんて、もうマジたまんないんだけど。食いたい、今すぐ食っちまいたい」

「舐《な》めるのもなし！　駄目！」

「カンナぁ……少しだけ、全部はしないからさ、ちょっとその……触ったりするだけだから」

ちょっと触られたら、わたしまで変になっちゃうよ！

「駄目駄目駄目ーっ！　それよりご飯にしよう、ね？　お腹がすいた！」

政人さんは耳を咥えて離さない。

「俺を今突き動かしているのは、食欲じゃなくて性よ……」

「うわあああっ！　食欲にしてえええっ！」

羊を食べる気満々の狼に、わたしは必死に訴える。政人さんは、ベッドに腰かけると左手をわたしの腰に回して自分の身体に押し付けながら、右手で頬を撫でた。色気たっぷりの顔がすぐ近くにあり、わたしはどうしたものかと視線を彷徨《さまよ》わせる。

「……カンナ……顔が真っ赤だな」

「うん」

「目は涙で潤《うる》んでるし」

「うん」

「……なあ、この状況で手を出さずにこらえろとか」

「さすがは政人さんです！　引き際を心得た経験豊富なモテモテ男子です！　そんな忍耐力のある政人さんに一生ついていきたいと不肖浅倉カンナは思います！」

「……くっ、まったく酷い羊だな！　人生において、こんなに酷いお預けをくらったのは初めてだ」

　モテモテのイケメンですからね。

　女性に拒否られた経験がないのですね。

　なんだか腹がたちますね。

「よし、もう絶対に一生俺についてこいよ！　覚えておけ、ほんっとに、ここで我慢できるのはひとえに、ひとえに大人の男である俺が、超、人、的、な、自制心を駆使できるからだからな！」

「浅倉カンナ、肝に銘じました！」

　危なかったよ！

　危なかったけど、危機回避できたよ！

　政人さんは眉間にすごいしわを寄せながらギギギとわたしから腕を外すと、「飯の前に風呂入ってくる」と言って着替えを持って出て行った。

お夕飯は湯豆腐と焼き魚、それに青菜と鶏ササミ肉の和え物だった。オレンジとグレープフルーツが食べやすく切られたものがついている。

「食べられそうか？　消化が良くて身体が温まるものを頼んだんだけど」

「うん、大丈夫。美味しそうだね」

「俺が作ってやれればいいんだけど、美味いものを作れる自信がないからな……今度、料理教室でも行ってみるか。カンナが会社から帰って来たら、『ご飯にする？　お風呂にする？　それとも……』」

「ご飯一択でお願いします」

「最後まで言わせろよ！」

いや、言われたくないし。

わたしは焼き魚の身をほぐして口に放り込んだ。

この西京焼き、美味しいね。


「政人さん、今夜はわたし、ソファで寝るから」

政人さんの超人的な自制心は信じているけど、地雷を踏みそうなことは極力避けておきたいので、歯を磨いて寝る支度をしたわたしは言った。お医者さんにもらった薬を飲んだせいか、まだ時間は早いのに眠くなってきた。

「ずっとベッドを借りちゃって、ごめんなさい。ありがとうございました。掛け布団を貸してもらえる？」

「ああ、いいけど」

　絶対ごねられると思ったのにあっさりと承諾されて、拍子抜けする。

「俺はまだ仕事をするからさ、まずはベッドにいてくれな。ほら」

「わあ」

　わたしはひょいと横抱きにされて、寝室に連れていかれた。

「ねえ、待ってよ政人さん、お布団に入ったら眠くなっちゃうよ」

「でもまだリビングの灯りが点いてるからな、いい子だからここにいろ」

　政人さんはわたしをふかふかの羽毛布団でくるむと寝室のプラネタリウムをセットして、ＢＧＭを流した。

「星を探していれば大丈夫だ」

　全然大丈夫じゃないよ、星空なんか見てたらすごく眠くなってくるよ！

「政人さん……」

　笑い顔が近づいてきて、おでこにキスを落とされた。

「今夜もぐっすり寝て、身体を治せよ。カンナがいると仕事がはかどるがら、俺はもう少し書いてくるからな」

「ん……」

　駄目だわ、まぶたが重すぎる。

わたしはトロリとした気持ちの良いまどろみの中に落ちた。身体が動かない。

「……羊と寝る楽しみを奪われてたまるかよ」

そんな声が聞こえたような気がした。

最近気づいたが、どうやらチョロい女であるらしいわたしは、政人さんの作戦にまんまと引っかかってそのまま熟睡してしまった。ここんちのベッドが高級品で、寝心地が大変よろしいのがいけないのだ、きっと。

そんなわけで、夢の世界から半分だけ浮上したわたしは、身に覚えのある非常に居心地の良い場所にいた。

「ん……」

温かいものに絡まれたわたしは、顔の前にあるものにスリスリする。

まだ眠い。

アラーム鳴ってないし……というわけで、誘惑に負けるわたし。

そのまま再び夢の国でたゆたっていると、何かが完全に眠ろうとするのを邪魔する。頭が柔らかなもので擦られたり、唇にふんわり何かが押しつけられたり。

半覚醒状態でゆらゆらしていると、耳元で声がした。

「カンナ、俺のこと好き？」

「……んー」

「なあ、好きか？　俺はカンナのことがこんなに好きなんだけどな。カンナー」

「んー」

「好きか？」

ああ、政人さんが甘ったれてる。

わたしは寝ぼけた頭で思わずへにゃりと笑って言った。

「……好き」

「……」

「大好き」

「……」

「政人さん……大好き……へへ……好きー……」

「……」

顔をすりつけていたら静かになったので、わたしは満足して眠りに落ちた。


「起きたな、この、凶悪な羊！」

なんで朝から機嫌が悪いのよ！

「おはよう。そして、鼻をつまんで起こすのはやめて」

わたしは政人さんの手を振り払いながら言った。

「お前は、ほんっとうに、俺の素晴らしい忍耐力がわかってるのか⁉　俺じゃなかったら、とっくにジンギスカン鍋にされてるぞ、羊！」

頭をかきむしる政人さんに、首をかしげるわたし。

「なにかあったの？　わたし、寝相が悪かった？」

「……いや、全然悪くない。俺の腕の中で、おとなしく寝ていた」

「じゃあ、なんで怒ってるの？　わたし、なにか悪いことした？」

「し……てない。むしろ、いいことを……ああああ、そうだ、カンナはちっとも悪くない、俺が悪い！　１００パーセント、修行が足りない俺が悪いんだ！」

よくわからないけど、結論を出したらしい政人さんが「怒ってすみません」と若干涙目になって謝ったので、許してあげた。

「熱は出てないか？　……なんだ、なさそうだな。もう少し発熱していてよかったのに……いや、熱がある羊だと食えないから駄目だ」

わたしの額に手を貼り付けた政人さんが、何やらぶつぶつと呟《つぶや》いた。

「よし、こうするぞ。今日は昼飯を外に食べに行き、カンナはとりあえずアパートに帰る。明日は土曜出社だから泊まる支度をして会社に行き、終わったら俺が迎えに行くからそのままどこかで飯を食って一緒にうちに帰ってくる。わかったな？」

「え、うちって、ここ？　この政人さんのマンション？」

「そうだ」

「でも、元気になったらわたしは泊まる必要はないから……」

「……お前なあ、俺がこんなに紳士的な計画を立てているのに、今更そういうことを言うのか？　いくら羊でも許さないぞ？」

　政人さんが、ベッドに横たわるわたしの上に覆いかぶさった。

「ちょ、政人さん、変だよ？　どうしたの？」

「変にもなるわ！　カンナと一緒のベッドに寝て、指一本触れずにこらえたあげくに煽《あお》られて、そのままカンナはすやすや二度寝とか、お前は明らかに俺を虐待している！　お預けにもほどがある！」

「いや、だから、昨日はソファに寝るって……」

「このままお前を襲おうかとも思ったけれど、カンナが納得するまでは手は出さないと言ったからな。約束は守る。だがな」

　政人さんはそれはそれは恐ろしい顔を近づけて、低く囁《ささや》いた。

「明日の夜、だ。それまでに納得しろ。それ以上はもう許さない」

　うわあん、強制的に納得させられるのってアリなの⁉

「じゃあ、そういうことで、朝飯の支度がしてあるから顔を洗って来い」

「あ、はい。ありがとうございます」

　政人さんが寝室を出て行ってしまったので、わたしもベッドから下りて顔を洗いに行った。洗面所にはわたしの洗顔剤や基礎化粧品が置いてあるコーナーがすでにできているし、ふんわりしたタオルも用意されている。

定期的にハウスクリーニングをしているらしく、隅々まで清潔でピカピカなので、シティホテルに泊まっているような気分になってしまうけど……彼氏のうちにお泊りしているんだよね。

そう思うと、なんだか照れる。

まだ政人さんに出会って一週間もたっていないのに、お泊りしているなんて。

鏡の中には、部屋着を着たすっぴんの女が映っている。

「うわ、残念お局だ」

これは夢ではないので、そこに見たのはお姫様のように美しい自分ではなく現実のわたしだった。化粧をしていない、こんな気の緩んだ顔を、あの美形王子に見られていたのかと思うと恥ずかしい。

手元に化粧品があれば、今すぐメイクしたい。

むしろお面をかぶりたい。

「羊、どうした？　倒れてないか？」

ジャージにトレーナーを着て、この前買った青いエプロンを付けている過保護な羊飼いが、洗面所に顔を出した。ジャージを着ててもかっこよく見えるなんて、まったくけしからん男だ。

「顔を洗うのにどんだけ時間をかけてるんだ？　トーストを焼いたから、早く来いよ」

「あ、あの美味しいパン屋さんの？」

「もちろんそうだ。あと、目玉焼きを作ったからな」

「政人さんが作ったの？　作れたの？」

「目玉がつぶれたけどな」

「ドンマイ！」

食欲に突き動かされたわたしは、すっぴん姿の残念加減など忘れ、美味しいパンを求めてダイニングにいそいそと向かったのであった。


「一昨日着ていた服は、クリーニングに出しておいたからな」

「ええっ、じゃあ、何を着て帰ればいいの？」

この、ふわモコ羊服？

「この前クリーニングに出してたのが戻ってきているから、それを着ればいい。クローゼットルームの空いてるところにかかってるぞ。……少しお前の服を買って、クローゼットに置いておこうぜ。部屋着も下着ももっと買っておかないと、着替えがないと不便だからな」

こんがりきつね色に焼けた香ばしいトーストにミルクジャムを塗って、うまうまとかぶりついていた28歳ＯＬは、缶詰だけど結構美味しいクラムチャウダーをかき回しているイケメン婚約者を見た。

「それか、カンナのアパートから荷物を運んできちゃうか。いっそのこと、同棲するか？

「いいよなって、え、同棲？」

「こっちの方が全然会社に近いしさ。いつ移るかな……来週あたり、引っ越すか。その前にカンナの親に挨拶をしておかないとだな。婚約指輪を買って、日曜に行ければベストなんだけど。お前、実家に連絡して日曜にアポ取っておけよ」

「なに、話が、指輪？」

「俺んちは後でも大丈夫だから……カンナのうちは厳しいのか？　まあ、もういい大人だからな、一人暮らしを許しているくらいだから結婚を前提とした同棲なら反対はされないと思うけれど。な、親御さんは俺のこと、なんて言ってた？　よもや自由業ってことをよく思われてないとか……大丈夫そうか？　結婚に反対されないか？」

「政人さんのこと？　うちの親にはまだ何も言ってないけど」

政人さんは驚いた顔をした。

「嘘《うそ》だろ！　何でだよ？　婚約してるのに……お前、本当に酷い羊だな！」

「そんなこと言ったって、まだわたしたち会ったばかりだし……ということは、政人さんはご両親にわたしのことを話したの？」

「当たり前だろ。結婚したい女をみつけたって言ったらすげえ喜んでたぜ。美味い料理を作る手を握っただけで真っ赤になるガードの固い女だって言ったら、『早くモノにしろ、絶対に逃すな』って言われたんだけど」

親公認の攻撃だったのか！

ってていうか、政人さんの常識とわたしの常識には若干のずれがあるようだ。


その日は政人さんが立てた計画通りにお昼を外で食べて、自分のアパートに送ってもらった。誰もいないアパートはやけに静かで、ほんの数日なのに誰かと一緒に生活するのに慣れていた自分に驚いてしまう。

「上げ膳据《ぜんす》え膳だったなあ」

わたしの具合が悪かったから、政人さんは何もかもをやってくれた。お仕事の邪魔をしちゃいけないと思っても「カンナを構っていると創作意欲が湧くから」と言って、張り切ってお世話してくれるのですっかり甘えてしまった。

俺様横暴王子だとばかり思っていたけど、本来の政人さんはおかん体質なんだな、と思うとなんだかおかしくなる。

あの姿を知っている女の人は、他にはいないんだろうな……。

わたしはひとりきりのアパートでニヤニヤした。

その20　政人の逆襲

　そして、翌日。

　政人さんのおかげですっかり本調子になるまで回復したわたしは、昨日の帰り際お土産に持たされた美味しいパンを朝食にしてから出勤した。

「お休みしちゃってすみませんでした」

　会社につくと、わたしは頭を下げた。

「構わないよ、浅倉さんは有休を消化していなかっただろう？　もっと休んでもいいくらいだよ。無理はしてないかな？」

　親切な上司は、逆に体調を気遣ってくれる。

「そうですよ、カンナ様がいなくても、大抵の仕事はこのわたしが、がんばってこなしましたからね！」

「まあ、繭ちゃんたらすっかりたくましくなって。これならいつわたしがいなくなっても……」

「大抵はね！　大丈夫だったんですけど！」

藺ちゃんが「てへっ」と笑いながら、わたしの机にファイルを置いた。

「そんなに急ぎじゃないのでぇ……カンナ様ぁ」

「なるほど、そういうオチか！」

　わたしは頭を抱えた。


「藺ちゃん、これはコツがわかれば藺ちゃんで充分いけるから処理して。流れはここにメモったからわかるよね？　わからなかったらすぐに聞いて」

「はい！」

「こっちはわたしがやるね」

　わたしは午前中いっぱいかけて、ファイルを処理した。ちょっと面倒な仕事もあったけど、おおむね急ぎじゃないので焦《あせ》らずにこなし、できる部分は藺ちゃんに振って教えながら進めていく。

「出勤早々にすみませんでした、カンナ様」

「問題ないわ。緊急の案件は割り振ってくれてたし、あやふやなまま処理してトラブルになったものもないし、いい判断ができていたと思うよ。いつの間にか、すっかり仕事を覚えたのね」

　わたしが「かしこいかしこい」と頭を撫《な》でると、藺ちゃんは「ナデポ！　カンナ様のナデポ！」と興奮気味に言った。

「ちょっと、カンナ様、わたしも繭ちゃん経由の案件こなしたんですけど？」

「はいはい、かしこいかしこい」

「ずるいですよ！　わたしもがんばりました！」

「わかったわかった、はい、かしこいかしこい」

「カンナ様！　わたし、取引先を増やしました！」

「えらいえらい。でも、増やしたのは営業の人だよね？」

この会社、大丈夫なのか？

「カンナ様、結婚してもやめないですよね？　ね？」

繭ちゃんがすがるような目で言う。

「なによ、わたしに寿退社させてくれない気？　大丈夫、繭ちゃんはもうわたしの仕事を引き継げるよ」

「だってほら、カンナ様の彼ってフリーの仕事をしてるんでしょう？　奥さんは安定した仕事についていた方がいいですよ、きっと」

「まあ、それもそうだね」

今後のわたしの身の振り方も、少しずつ考えていかなければ。

お昼は繭ちゃんや他の女性社員と一緒に社員食堂で食べた。

「カンナ様、結婚式はいつ？」

「もう彼と暮らしてるの？」

「ねえ、なんでみんなわたしの婚約のことを知ってるの？」

すると、みんなは「きゃー」と言って笑った。

「だって、会社の玄関でお姫様抱っこよ？　あれはどうしたって、話題になるに決まってるじゃない」

あー、そういえばそういうこともありましたね！

熱を出してあのまま会社を休んでいたから忘れていたわ。

「社内はその噂《うわさ》でもちきりだったんだから」

「あ、カンナ様、わたしは喋ってないですからね」

ちらっと見ると、繭ちゃんが唇を尖らせた。

「今疑ったでしょ！　ひどいです！」

「ごめんね。繭ちゃんが喋っていないなら、おおざっぱに噂されただけだね」

「情報のソースは専務らしいから、そんなに詳しい話は流れていなかったよ」

おい、専務！

社員の個人情報はもっと丁寧に扱え！

「でも……」

繭ちゃんがため息をついた。

「カンナ様の結婚する相手は、正直もっとぱあっとした人だと思っていましたから……」

「政人さんは、とってもいい人よ」

「そりゃあいい人なのが何よりですけどね。でも、カンナ様ですよ？　カンナ様が結婚するんですよ？」

「……繭ちゃんの中では、わたしってどんな位置づけなのよ」

「女王様、かな？」

繭ちゃんは顎に指を当て、えへっ、と笑った。


「浅倉」

営業部で押し忘れられていた書類の印鑑をもらい、遠山に会わなくってラッキーとか思いながら総務に戻ろうとしたわたしは、一番嫌な相手に声をかけられた。

そう、遠山哲也だ。

「身体の具合は大丈夫か？」

わたしは心の中で『お前が言うか！』と突っ込んだ。

「もう治った。じゃ」

「待てよ」

「待たないし、話もしない。遠山、わたしたちは絶交中よ」

「もう一度チャンスをくれるんじゃないのか？」

食いついたら離れないこのしつこさ。でも、わたしは遠山の営業先のようにはいかない。

わたしは遠山の目を見てきっぱりと言った。

「もう会社中が噂している通り、わたしは政人さんと婚約したの。親にも電話して会う日にちを決めたし、婚約指輪も買いに行くの。だからもうこの話はしないで欲しい。遠山の気持ちに気がつかなかったのは悪かったと思うけど、わたしは政人さんのことが好きだし、一緒に暮らしたいと思う」

ここまで徹底的に言いたくなかったけど、言わないと遠山にわかってもらえない。

「俺は……ずっと浅倉のことを想ってきたし、浅倉を幸せにできるのは俺だと信じてる。この前無理矢理なことをしたのは本当にすまなかった。焦って頭に血が上っていたとはいえ、あれはやってはならないことだったと反省してる。だから、もう一度だけ、考え直してもらえないか?」

「遠山……」

身体の大きな遠山がしょんぼりしていると、なんだかとても悪いことをしているような気分になってくる。

長い付き合いの同期なのだ。わたしがセクハラ接待事件で辛い思いをした時も、さりげなくかばってくれていたのは知っている。

「ごめん。ごめんね、でもね……」

これぱかりはどうにもならない。

わかっていても、心が痛んで辛い。

遠山になんて言ったらいいのかと思案していると。

「遠山さん、わたしの婚約者にちょっかいを出すのはやめてもらえませんか？」

その時、社内で聞くはずがない声がして、わたしは驚いて振り返った。

「あの……どなたですか？」

遠山がいぶかしげに言う。

「三度ほどお会いしてますよね、遠山さん。わたしは浅倉カンナさんとは結婚を前提としたお付き合いをさせていただいています」

にこやかに言うのは。

お高そうなグレーのスーツにブランド品のネクタイを締めた、背の高いこの人は。

伊達眼鏡を外して髪をセットした、芸能人も真っ青の整った顔をしたこの男性は。

「カンナ、おいで」

「ま……政人さん？　……ええっ、どうしてここに？」

見事に化けた我が婚約者、政人さんだった。わたしを遠山から遠ざけるように、腰を引き寄せる。

「カンナのことが心配でね。上司の方と話をさせてもらったよ」

「上司……の方……って」

「よ、カンナ様」

ひょいと片手を上げて、わたしに挨拶したのは、陽気なおっさんこと専務であった。

「専務！　……どうして……百歩譲って総務部長が出てくるならともかく、なぜ専務が一社員の婚約者と会っているんですか？」

「何を今更。僕はカンナ様の担当じゃないか」

「いつから！　いつから担当ですか！　そしてこの件に専務を絡ませたのは誰ですか！」

「それは仕方がないかな、カンナ様に何かあったら僕に知らせるように業務命令を出しておいたからね……チャットのグループに」

だから、専務とチャットのグループを作っているのは誰なのよ！

「カンナ様こそ、人気作家の『K先生』と婚約していることを隠しているなんて、水臭いじゃないか。まったく、驚いたよ」

「そんなことを言われましても、わたしだって一昨日初めて知って驚いたんですから……って、専務、わたしに『様』つけてる！　社外の人の前でカンナ様って呼んじゃ駄目だとあれほど……あーもうっ」

せっかく美形男性モードになっているわたしの婚約者は、口を覆って笑いをこらえて震えていた。

「『K先生』って……K・マサトなのか？　あの、有名な恋愛小説家の『K先生』？」

「そうですよ」

驚く遠山に、笑みを浮かべて政人さんが言った。さすが元営業マン、スーツを着たら人格も変わるようだ。

「政人さん、一昨日会社に電話をしたのって……」

「僕がカンナと婚約していることを、会社の方に話しておいた方がいいと思ったからね。アポイントメントをとらせてもらったんだ。一応、カンナの詳しい情報はマスコミには伏せてもらうつもりだけれど、この先何があるかわからないから」

「もちろん、結婚式での挨拶は気持ちよく引き受けさせてもらうよ」

専務が親指を立てている。

「せっかく来てもらったから会社を案内しているんだよ。もしかして小説の舞台に使えるかもしれないしね」

「取材をさせていただいて、助かります。ちょうどオフィスを舞台にした話を書きたいと思っていたところなんですよ」

「それはよかった。ほら、カンナ様も一緒に」

「いつもどんなところで働いているのか教えてもらいたいな。カンナ、案内を頼むよ」

「えええええ、ちょっと、待ってよ」

「じゃあ、総務部に行こうか。可愛いＯＬさんたちがたくさんいて小説の舞台になりやすいからね」

「それはいいですね。もちろん、一番可愛いのはカンナだけどね」

肩をぎゅっと抱き寄せられる。

「いやこれはまいったな！　はははははは」

「ははははは」

和やかに笑う困った男性たちに引きずられるように、唖然《あぜん》とした遠山を残してわたしは総務部に向かった。

注目されてる。めっちゃ、見られてる。

わたしは専務とスーツを着た政人さんにはさまれて総務部に向かう途中、大変いたたまれない気持ちになっていた。

「わあ、あの人かっこいい」

「誰？　新しい社員？」

「何あのイケメン、ありえないんだけど」

「専務と一緒ってことは、エリートなのかしら」

そんな女子社員の声が耳に入る。

「あ、カンナ様、お帰り……なさ……」

総務部のフロアに行くと、辺りが静まり返る。

「専務、その方が？」

口を開いたのは、総務部長。

どうやら政人さんが会社に来ることを知っていたようだ。

ということは、部長が謎のチャットグループのメンバーの一人なのだろうか。

「そうそう、カンナ様の婚約者の、なんと『K先生』だ！　あの、有名な今をときめく恋愛小説家のK・マサト先生がカンナ様の婚約者だったんだよ！　いやあ、びっくりしたね！」

「こんにちは。お仕事中お邪魔してしまい、申し訳ありません」

「……ええええええええ？」

「まじですか？　有名人じゃないですか！」

「嘘でしょう？　あの『K先生』？　しかも、ものすごいイケメンだし！」

「きゃあああああ、わたし、ファンです！　握手してもらってもいいですか？」

「本物？　本物の『K先生』なの？」

わらわらと女子社員が近寄ってきた。

「ちょっと待って、みんな、落ち着いて！　落ち着きなさい！」

政人さんがとって食われるんじゃないかと思ったわたしは、近寄るみんなを手で制した。

「……さすがです！　さすがです、カンナ様！　やっぱりカンナ様はカンナ様ですね！」

なぜか繭ちゃんが感極まったように叫んでいた。

わたしは騒然となった総務部から、政人さんと専務を連れ出した。

「浅倉さん、もう少しいいじゃない」

「握手させてー、お願いカンナ様、ちょこっとでいいから触らせてー、イケメンは生きる糧《かて》ー」

「皆さん、仕事してください！　ここは触れ合い動物コーナーではありません。会社です。分別のある社会人の皆さん、仕事をしましょう。そして専務」

わたしは陽気なおっさんに囁いた。

「あんまりおふざけが過ぎると、浅倉、本気で怒ります」

「社員の皆さん、仕事してください！」

専務が高らかに言った。

わたしは、応接室にお茶を運んだ。

「あれ、カンナ様の分は？」

「業務中ですので」

「固いね。真面目だね」

専務がふざけすぎなのです。

これで仕事ができる男なのだから、人間というのは不思議である。

「本日はお忙しいところをありがとうございました」

政人さんが専務に頭を下げた。

「いやいや、先生、頭を上げてください。まあ、これで公認になったからね、カンナ様に手を出すことは辞職覚悟になる。いい牽制《けんせい》になるだろう」

「え？」

専務の口調に、何かひやりとしたものを感じて、わたしは顔を見た。

「専務、どういうことですか」

「……君が体調を崩した理由を聞かせてもらったよ」

「何ですって？　政人さん、話したの？」

あれはプライベートなことなのに、会社の人に話しちゃうなんて。

「大丈夫、今のところは僕で止めてあるし、遠山くんには何もしないよ。今はね」

専務は真面目な顔をした。

「君は個人的なトラブルだと思っているかもしれないけど、これは立派なセクハラなんだよ」

「そうだ。社員が、婚約者のいる女性にけがをさせ、婚約解消と自分との付き合いを強要した。訴えられるレベルのことなんだ」

セクハラ……遠山がわたしにしたことは犯罪なの？

「けがって……」

政人さんは、自分の首を指差した。

「あ、噛まれたんだっけ」

「自分の婚約者が病気になって寝込むほどの恐ろしい思いをさせられたんだ、本来ならそれなりの処罰を求めたいところだが……」

政人さんはちょっと怖い顔になって言い、専務が続けた。

「そうすると、かえって君の負担になると思ってね。遠山くんとは仲のいい同期だろう？　それとも、処分を望むかい？」

「いいえ、遠山がこれ以上妙な真似をしないのなら、処分は望みません」

「やはりそうか。そう言うと思ったよ」

専務がにやりと笑った。

「遠山くんは頭のいい男だ、これで君のことはあきらめるだろう。というわけで、仲人が必要だったら早めに言いなさい、僕も結構忙しい身だからね。スピーチの方は心しておくので大丈夫だけど」

専務がちょっと偉そうに言った。

「まだお招きするとは言ってませんが」

「ええっ、何てことを！　カンナ様担当の僕を招かずに誰を招くの⁉　そんなことを言ってると、秘書課に異動させちゃうよ」

「専務のお世話はお断りです」

陽気なおっさんは涙目になった。

「じゃあ、終わった頃に迎えに来るから。今夜はレストランを予約してあるからな、楽しみにしていろよ」

けど。

会社の玄関まで送ると、政人さんは言った。

口調が普段通りになってる。まあ、丁寧に喋る政人さんなんて違う人みたいだからいい
「ラーメン屋でもいいのに」

「駄目だ。今夜は特別な夜だからな」

婚約発表記念日ってこと？

わたしが怪訝《けげん》な顔をしていると、政人さんは色っぽく笑った。

「鈍感にも程があるが、もう逃がさないからな。いい加減観念してくれないと俺の身が保たないんだ、少しは哀れんでくれよ、カンナ様」

人差し指で、つうっと唇をたどられる。

「え？　……あっ、あああああ！」

そういうことか！

わたしは真っ赤になって、嬉しそうに笑う政人さんから目をそらすのだった。


その後は、きゃいきゃい喜ぶ繭ちゃんをなだめながら仕事をした。政人さんが有名な小説家だとわかって、繭ちゃん的には大満足なのだそうだ。

「あのもさっとした感じの人があんなにイケメンだったなんて、すっかり騙《だま》されましたよ！」

「別に騙したつもりはないんだけどな。普段はラフな感じの事が多いし……」

うちにいるときはスウェットだからね。変装用のダサ眼鏡はかけてないからあの整った顔が丸見えだけど。

「そうですね、あの人ならカンナ様との仲を許してもいいです。合格です」

「まあ、なんたる上から目線でしょう。そして、そろそろ仕事をしましょう」

わたしは先輩らしく、なんだか浮かれ気味の後輩に注意するのであった。


「カンナ！」

仕事が終わった後に連絡すると、政人さんは時間を合わせて会社の玄関に来た。

これからイタリアンレストランに行くというので、白のニットの上に濃いグレーのテーラードジャケットを着ている。シンプルだけど物がいいし、なにしろ着ている本人がすらっと背が高くてかっこいいのでとてもおしゃれに見える。

あまりここに止まっているとかっこいい政人さんに気づいた女の子に囲まれないとも限らないので「早く行きましょう」と急がせる。泳ぎ続けないと死んでしまうマグロと一緒で、イケメンも動き続ける必要があるのだ。

「カンナが自分から手をつないでくるなんて珍しいな……おっと、離すなよ」

おお、嫁入り前の娘が男性と手をつないでしまうとは！

どうやらわたしは政人さんに対してガードが緩んでいるらしい。うっかりつないでしまった手を離してもらえるはずはなく、わたしは緊張して挙動不審になりながら、ご機嫌の政人さんとレストランまで歩いた。

その21　羊飼いは狼となる

「今日は本当にびっくりしたよ。まさか政人さんが会社に来るなんて」

美味しいトマトソースのペンネを食べながら、わたしは彼に言った。政人さんが予約してくれた雰囲気のいいレストランで、ワインを飲みつつイタリアンのディナーを楽しんでいるところだ。

「会社に電話をしたって、このことだったの？」

「ああ。カンナにつく悪い虫は追い払ってやると言っただろう。遠山ってやつ以外にも、妙な真似をする男が現れないとは限らないからな」

政人さんはにこやかに言うけれど。

「買い被り過ぎです。わたしはそんなにモテないわよ」

「ひとりいたらその陰にも隠れていると思った方がいい」

Gのつく虫じゃあるまいし、絶対勘違いだと思うけどな。

「とにかく、これで一安心だが、その指輪とペンダントは絶対に外すなよ。お前は隙がありすぎるからな、外したとたんに襲いかかってくる奴がいないとも限らないぞ」

「政人さんって心配性だったのね。あ、これ、カンナのKとか言って嘘《うそ》ばっかりね！　K・マサトのKだったじゃないの。今日はずいぶんと冷やかされたんだからね」

「否定はしない」

政人さんはニヤリと笑った。開き直ったね！


「カンナ、今日はこれを入れろよ」

お風呂の用意を頼まれたわたしは、政人さんにピンクのボトルを渡された。新しいバブルバスだ。ロマンティックローズの香りと書いてある。

「今日は青リンゴじゃないのね」

「これは今夜のために買った。……ロマンティックな夜にしような」

いきなり色っぽく囁《ささや》くのはやめて欲しい。

「わたしを追い込むのはやめて！　緊張しちゃうじゃないの」

身体を動かしてないと、ドキドキして逃げ出したくなる。

「……俺が緊張してないとでも思ってるのか？」

「きゃあ」

急に抱きしめられて、悲鳴を上げる。

「俺の心臓の音が聞こえるか？　すげー速いだろ。こういうことって、勢いでやった方が緊張しないいんだな。なあ、頼むから逃げるなよ、これでお前に逃げられたら、俺は立ち直れない」

「……うん」

覚悟を決めたわたしはやっとの思いで返事をした。

ロマンティックローズの香りのお湯に浸かり、例のごとく羊飼いに髪の毛を乾かしてもらってから、ふわふわモコモコの羊の服を着て、ベッドに潜り込もうとしたら。

「寝るなよー、絶対寝るなよー」

羊は政人さんに引きずり出されてしまった！

ベッドの上に座りこんだわたしに、政人さんが念を押した。

「えっ、それはお約束の……」

「違う！　本気で言ってるからな。何があっても寝るな。起きて俺を待つのが今回のミッションだ！」

政人さんはそう言って、着替えを持ってお風呂に向かう。

こんなに緊張しているのに、眠れるわけがないじゃない。

乙女の嬉し恥ずかしドキドキの初体験なのに。

そう思ってベッドに入る。

うんうん、この高級マットレスがまた気持ちよくってね、羽毛布団はふわふわであったかくて、お風呂上がりの身体を優しく包んでくれるのよねー。

天井にはプラネタリウムが映し出されて、ムードたっぷりの音楽も低く流れている。

でも、寝ないからね、絶対寝ない……から……なんて思いながらついうとうとと……。

「カンナ！　寝るな！　裏切り者！」

「ごめんなさい。ごめんってば。つい出来心で……」

政人さんが拗《す》ねている。生乾きの髪で拗ねている。

わたしはベッドの上に座り、隣であぐらをかいて目を逸らす政人さんを見た。

何だか可愛いと思ったのは内緒である。

拗ねるだなんて、いい歳してなんということでしょう……と言いたいけど、今回はわたしが全面的に悪いからなあ。そりゃあ、ロマンティックローズの香りもぶっ飛んじゃうよね。

「ねえ、ちゃんと起きたでしょ？　そんなに怒らないでよ」

「……本気で悪いと思ってるか？　緊張しているなんて嘘ばっかりだ、俺の心をもてあそびやがって……」

「もてあそんでないよ、悪いと思ってる！　超思ってるよ！」

「ふーん……なら、誠意を見せてもらおうかな」

なんか怖い事を言い出す政人さん。

「……わたし、あんまりお金ないよ？」

「違う！　お前から金を取ろうなんて思ってねーよ。カンナ、本当に悪いと思っているなら」

政人さんは、わたしをじろりと見た。

目つき悪いよ。

「俺にキスしろ」

「……えええええっ⁉」

のけぞるわたし。

「政人さん！　それはちょっとハードルが高いと思うの！」

「悪いと思っているなら、それくらいできるはずだ」

いつもならここでにやにや笑う政人さんが、今夜は真面目な顔で言う。

「いやいや、悪いと思っていても、そんな、わたしから……えぇっ、無理だよー」

だって、こんな、ベッドの上で自分からキスするだなんて『さあこれからえっちなことをいたしましょう』って誘うようなものじゃない？

そんなの恥ずかしすぎて涙目になっちゃうよ！

「……じゃあ、ここまで準備してやるから」

わたしが半分泣きべそになっていると、政人さんはわたしを抱き寄せて顔を近づけた。

あと五センチくらいで、唇同士がくっつきそう。わたしは顔がかあっと火照るのを感じた。

「カンナ……俺のこと、好きか？」

わあ、さらにハードルが上げられたよ！

わたしはこくこく頷《うなず》いた。政人さんはほっとしたような顔になる。

「俺はカンナの事が大好きだ。一生大切にするから、俺の気持ちに応えてくれないか」

その目が真剣だったから。

「政人さん……」

わたしは思いきって唇を寄せた。ちゅっ、と音を立てて、政人さんにキスをする。

「こ、これでいい？」

「カンナ、顔真っ赤。可愛いな」

政人さんも、ちゅっとキスをし返してくれた。

「俺のものになれ」

政人さんの手がわたしの後頭部にまわり、次のキスは、深く激しいものになった。唇同士がぴったりと合わさり、舌がお互いを求めて絡み合う。

口の中って、他人が触るととてもくすぐったい。そこを舌でくすぐられるように探られると、敏感に感じてしまい、わたしの中がキュンとしてしまう。

「カンナ、愛してる……ひとつになりたい」

頭がぼうっとなったわたしはゆっくりとベッドに押し倒されて、政人さんの顔がわたしの肩口に埋まった……。

「……薔薇の匂いがする」

政人さんがため息をつくように言った。そのまま唇が肌の上を滑り、時折音を立てて吸い上げる。

「政人さんからも、同じ匂いがするよ」

わたしは彼の髪を指で梳いた。

薔薇の香りを超えて、政人さんからは大人の男の人の匂いがする。

「カンナ、怖くしないから。嫌だったら言ってくれ」

耳元で囁かれて首筋に口づけられて、その度にわたしの背筋をぞくりとした感覚が走り、思わずふっと息を吐く。

「愛してる。お前の全部が欲しい。でも嫌われたくない。俺はどうしたらいいんだろうな?」

言いながら、政人さんの唇は首筋を這い、舌でくすぐり、口づけていく。余すところなく、唇が触れる。

「大丈夫、嫌いにならないよ。政人さんが優しくて、わたしのことを思ってくれているのがわかるから、緊張してるけど、そんなには怖くないの。だからね……最後までしてね」

恥ずかしい。

男の人に抱かれることで自分がどうなるのかと思うと、ちょっと怖い。

すごく痛いらしいのも怖い。

誰も知らない場所を触れられるのも怖い。

でも、後悔したくない。

自分でこの人と決めたのだから。

わたしは政人さんの頭を抱きしめた。

「カンナ……」

「政人さんのことを愛してます。一生一緒にいたいです」

「もう離さないし、誰にもやらない……だから、俺のものにするぞ、カンナ」

わたしは服をすべて脱がされた。政人さんの大きな手が、身体を滑る。その触れ方で、大事にされているのがわかるような、とても優しい手つき。

やがて、政人さんも服を脱ぎ捨て、わたしたちは初めて素肌と素肌を合わせた。ぎゅうっと抱きしめられて、人の肌ってこんなにも熱いものだということを初めて知る。

「あったかいね」

「そうだな」

わたしたちは、プラネタリウムの星が光る下で、しばらくそうやってただ抱き合っていた。身体を包みこみながら、政人さんの手のひらがわたしの背中を撫でる。

「カンナはすべすべで気持ちがいいな」

「そんなに優しくされたら、気持ち良くて寝ちゃいそうだよ」

「……うとうとしているくらいが、身体の力が抜けていいかもしれないぞ」

政人さんはそう言って、また唇を合わせた。舌が絡んで離れる度に、ぴちゃぴちゃと水音がする。

「カンナ、キスがうまくなったな」

「政人さんがたくさんするからでしょ」

「うん。もう俺以外の奴とキスしたら駄目だぞ？」

「こんなこと、政人さん以外とできないよ」

「……本当に可愛い羊だな」

政人さんのキスは、段々下に降りてくる。

「なあ、隠れるところなら、印をつけていいか」

「うん」

政人さんの唇がわたしの肌に押し当てられ、ちくりとした痛みを感じる。

「……なに？」

「キスマーク。噛むより痛くないだろ？」

わたしの胸元で見上げる政人さんの笑顔があまりにもセクシーで、鼻血が出たらどうしようと本気で心配になった。

「そ、そうだね。痛くないね」

「だから、もっとつけさせてくれ」

「ん……え……ちょっと……待って、ちょっと、つけすぎ！　つけすぎだよ！」

ちゅーちゅーと、本当に遠慮のない人だな！

ドS王子の復活か⁉

「わたし、水玉模様になっちゃうよ！　あっ」

どさくさに紛れて胸の先を咥えられて、変な声が出てしまった。政人さんは舌で尖った先を転がしながら、両手で胸のふくらみをやわやわと揉《も》んだ。

当たり前だけど、男性にそんなことをされるのが初めてのわたしは、今まで知らなかった感覚に喉からかすれた喘《あえ》ぎ声が出てしまい、自分でも驚いてしまう。

「待って、政人さん」

「なに？　怖い？」

「違うの、怖いんじゃなくて、なんだか変な声が出ちゃって恥ずかしいの、あんっ」

「可愛いから、気にしなくていい」

「だって、やあっ、えっちな声で恥ずかしいよ」

「俺、えっちな女が大好きだっていったじゃん。そういう声、めちゃくちゃそそって大好き。可愛い。もっと聞きたい」

「でも……あっ」

「カンナは俺がえっちな声を出したら、引く？　変だと思う？」

「……思わない」

「ほら、そういうこと。いいよ、なんでも不安なことがあったら言えよ。やなことはやだって教えてくれないと、わかんないからな」

政人さんはわたしにちゅっと口づけた。

「大事に抱きたい」

「政人さん……」

ヤバい、好きすぎて泣きそう。

「怖くないか？」

「嫌じゃないか？」

政人さんは何度も確認しながら、舌と手を使って、少しずつわたしの身体を暴いていく。男の人だから、我慢するのが大変だと思うけど、決して急ぐことなく、わたしがためらうことはしない。

そうだ、この人はこういう人なんだ、と思うと同時に、とても大切にされているのがわかって何だか切なくなる。

わたしの身体は政人さんの愛撫《あいぶ》でとろとろにとけて、頭もぼんやりしてきた。手のひらが、そっと脚の間に滑りこむ。

「ああっ」

恥ずかしいのに、身体が開いてしまう。手のひらがぴたりと脚の間に当てられ、前後に動かされた。

「良かった。カンナの身体が俺を受け入れようとしてくれている。ありがとう」

太ももの内側に、政人さんは音を立てて口づけていった。潤《うる》む視界で政人さんを見ると、彼はわたしの目をじっと見つめながら膝を開き、その間に唇を近づけた。

「……舐《な》めてもいい？」

甘くとろけた瞳でねだられ、断ることができない。政人さんは綺麗《きれい》な顔で微笑むと、わたしの一番恥ずかしい場所に唇を寄せた。

「ああーっ！」

痺れるような快感に、思わず身体を震わせてしまう。

「あっ、やっ、そこ、変になるっ」

「カンナ、怖くないから感じていて？　……指、入れるよ。一番細い小指から」

「んっ、ああっ」

舌先で感じやすい粒を探りながら、政人さんの指が誰にも触れさせたことのない秘密の中に差し込まれ、少しずつ奥へと進んでくる。違和感はあったけど、わたしの出した蜜でぬるぬるに滑る細い指は痛みなく中に入り込んだ。

「あ……あっ……」

「大丈夫、力を抜いて」

つぷり、と指が抜かれたかと思うと、今度はもっと太い指が入ってくる。なにが起こるのかと少し不安だけれど、その間も政人さんの舌にねっとりと責められる。感じやすい花びらやぷくっと膨らんだ芽をなぶられ、そこから生まれる快感に翻弄《ほんろう》されて、淫らに腰をくねらして指を難なく飲み込んでしまう。

「あん、あん、まっ、政人さんっ」

「うん、怖くない、柔らかくなってきたぞ、大丈夫だ」

彼はわたしに口づけて、口の端から唾液が溢れるほどに激しく熱烈に責めながら、わたしのすっかり濡れそぼった秘密の場所に固く猛ったものをこすりつけた。

これが、政人さんの……。

「カンナ、愛してる。……いい？」

榛色《はしばみ》の瞳の婚約者は、その目の中にわたしを欲する炎を燃やしながら、優しく囁《ささや》いた。

「……はい。ください」

わたしは震える声で、政人さんに言った。

その22　そして羊はオトナになった？

「籍を入れて、式をあげたら子どもを作ることを考えたいけれど、今日はおあずけにしような？」

　政人さんがキスをして言った。

「子ども？　……あっ」

　わたしは、政人さんのものを素早くチェックした。

　おお、いつの間にかちゃんと避妊されている！

　いつしたの？

　全然気づかなかったよ！

「じゃあ」

「うわあ」

　脚をM字に開かれて、腰の下にクッションを当てられたわたしは、驚きの声をあげる。

　いったい何が始まるの⁉

「……カンナ、脚を全開にして股間を両手で隠すのはよせ。それはセクシーを超えて卑猥だ」

「だって、見えちゃうもん！　じゃあ、枕で隠してもいい？」

「あのなあ……カンナが初めてだから、俺はなるべく痛くなくて身体に負担のない方法をとろうとしているんだぞ？　わかるか？　恥ずかしいかもしれないけど全開！　少しは我慢して協力しろ」

政人さんはわたしの両手を握って、問題の場所から離すと、自分の首に回させた。

「手はここ！　そしてゆっくり深呼吸！」

「政人さん、当たってる、当たってるよ」

「当たってるんじゃなくて、当ててるんだ！　羊、深呼吸！」

羊飼いの言う通りにすーはーすーはーしていると、はーのタイミングであそこに当たっていたブツがなかなかの勢いで侵攻してきた。

「はー……いたいいたいいたいいたいーっ！」

ちょっと、すごい痛い！

政人さんの首に思いきり爪を立てて、痛みから逃れようとする。しかし、羊飼いは容赦《ようしゃ》がない。

「3秒の辛抱！　……よし、終わった」

もうお腹が裂けるんじゃないかと思っていたら、羊飼いによる終了宣言が出された。よしよし、と頭を撫《な》でられる。

「偉かったな、よくがんばった」

「ひどいよ！　すごく痛かったよ！」

涙が出ちゃったわたしは、政人さんに抗議する。

「ごめんな、でもあれが一番痛くないやり方なんだ。途中で止まると、延々と激痛が続くらしいぞ」

政人さんが指でわたしの涙を拭いながら言った。

「ほら、繋《つな》がってる。まだ痛むか？」

「ううん、キツい感じがするけど、そんなには……うわあ」

下腹を見て、またびっくりする。

なんと、政人さんの恥ずかしい毛と、わたしの恥ずかしい毛がこんにちはしているのだ。

これは見事な合体だ！

カンナ様、処女喪失だ！

「政人さんありがとう、これにて無事に終了だね！　お疲れ様！」

ちゃんとした社会人のわたしは、ねぎらいの言葉を忘れない。

「終了っておい……」

「痛いのが終わってよかったー」

「まだ終わってねーよ！」

「え？　でも、さっき政人さんは終わったって言ったじゃない」

ちゃんと聞いたよ。

「それは、挿入が終わったという意味であってだな……あーもう、本当に酷い羊だ！」

政人さんは苦しそうな顔をしている。

「せめて、このムードのなさに俺が萎えればいいんだが、なぜか、全然、萎えない！　くそ、俺のメンタルが羊慣れしたのか」

なによ、羊慣れって。

「なんでこんなに熱くてぎゅうぎゅうなんだ⁉　処女だからか⁉　くっそ、くうっ」

目をつぶって、何かをこらえている。

「あの、政人さん……なにか問題が？」

「問題だらけだ！　まったく！　どうしてくれよう！」

そう言われましても。

「ええと、何かわたしにできることがあれば」

「よく言った羊！　ならば、」

政人さんはギラリとした瞳で言った。

「動くから耐えろ」

「やっ……あん……あん……あん……あああっ」

羊、絶賛動かれ中です！

さすがにプロフェッショナルなモテっこ男子の政人さんは、いきなりえっちな動画の人みたいにガンガンしたりはしなかったけど、キッツキツな合体部分を腰でゆっくりと押したり引いたりされて、大変な状態である。変な声も出ちゃうのである。

しかも、空いた手で、秘密のピンポイントをくりくりと弄《いじ》りながら抜き差しするものなのだから、むずむずと変な感じになってくるし、中がきゅんきゅんとしまっちゃうし、その度に政人さんがすごくコワい顔で睨《にら》んでくるのが怖い。

「そんなに、しめるな」

「じゃあ、そんなところを触るのやめてよ、あん！」

政人さんの顎から汗がぽたりとわたしの胸に落ちた。

「むずむずしちゃうから駄目、やん、意地悪！　ああっ、そこもつまんじゃ駄目！」

胸の先をふたついっぺんにつままれたわたしは、腰を振って悶《もだ》えてしまう。

「やあもう、変になっちゃうー」

「無駄にエロすぎる……この凶悪羊め」

政人さんが段々と腰を動かす速度をあげるから、わたしの身体もゆさゆさと揺れる。

「や、も、駄目、あん、あ、あ」

身体を支えている政人さんの腕をつかんでいやいやするけれど、眉間にしわを寄せて時折「あっ、」「はあっ、」と色っぽい声を出して腰を振る政人さんには、わたしをかまっている余裕がないみたいで、「わりぃ、よすぎて」と切なそうな顔で言い、それを見たわたしの中がよりいっそうきゅんきゅんとしてしまう。

「はっ、カンナ、しめるな！」

「あっあああああっ！」

政人さんの動きがはげしくなり、奥底まで深く数回突かれてわたしがのけぞると、彼は声を殺して力強く腰を打ちつけ、やがて力つきたようにわたしに覆いかぶさった。

わたしたちは荒い息を吐きながら、そのまましばらく黙って身体を合わせる。

「……あー……カンナ様、参りました」

「へ？」

「駄目だ、俺、全然余裕がなくてかっこ悪い……ごめん」

政人さんは、身体を離して後始末をすると、わたしの隣にどさりと横たわった。そして、わたしを抱きしめる。

「初めてだから、大事に抱こうと思ってたのに、いざとなったらがっついて止まらなかった。カンナ、身体が辛くないか？」

「うん、辛くないよ。政人さんは、大事にしてくれたよ、わたしは初めてが政人さんでよかった。本当だよ」

「……本当に？」

「うん」

「……ちょっとは気持ちよかったか？」

そうか、そこが大事なのか。

「うん。気持ちよかった。政人さんは？」

「わたしも、政人さんが触ったところが全部サイコーに気持ちよかった」

「サイコーによかった」

「……カンナー」

政人さんはわたしの顔をじっと見てから、やたらとちゅーちゅーキスし始めた。

「可愛い、もう、すげー可愛い。離さない」

しかも、身体を手で撫で始める。

「ま、さとさ、あん」

「ヤバい可愛い……全部可愛い……」

唇を奪われ、そのまま耳元に口づけられる。

「あん」

「ここ、感じやすいだろ」

舌でれろれろと舐《な》められて、わたしは脚をすり合わせながら身悶えた。

「やん、ああん」

「あと、ここか」

胸をまさぐられて、脚の隙間《すきま》にも手が滑り込む。

「ほら、ここの粒も、こうこすると気持ちいい？」

「いっ、いいっ、ああっ！」

同時に三カ所も責められたわたしは、たまらずに鳴き声を出して身体をくねらせてしまう。

「やあっ、いじめないで、はあん」

「いじめじゃなくて……」

さっき散々身体を暴かれて、敏感になっているというのに、この短時間でわたしの弱点を掘り起こしたらしい政人さんが、感じやすいところを責めてくる。

「やっぱり初めてはここがいいのかな？」

わたしがこぼしてしまった蜜を塗りつけ、指先でくりくりと円を描くようにこねられ、軽くつままれて、そこを中心に熱が溜まり強い疼《うず》きに翻弄《ほんろう》され、とうとうわたしの身体は感電したようにびくんびくんと痙攣《けいれん》し、頭が真っ白になってしまった。

「あああああああっ！」

そのまま身体から力が抜けてぐったりしていると、政人さんがまたわたしをぎゅうぎゅうに抱きしめた。

「……よかった、なんとか一回はイかせた……」

どうやら、男性的にそこが大事らしい。

「でも……カンナぁ」

「ん……なあに？」

政人さんが、すがるような燃えるような、不思議な目でわたしを見て言った。

「もう一回、いい？」

そして、翌朝。

温かくて気持ちがいいなと思いながら次第に意識が浮上し、途中からものすごい勢いで覚醒《かくせい》する。

そして焦《あせ》りまくる。

全裸です。

わたしも政人さんも、全裸です。

そして、ベッドの中でぎゅっとされていて逃げ出すこともできません！

朝だというのに心臓がバクバクと打ち、頭に血が上る。すぐ目の前には、なっがい睫毛《まつげ》の政人さんの寝顔。通った鼻筋、整った唇……この唇が、昨夜……。

「うわわわわ、とりあえず、服！　服はどこ？」

わたしは政人さんの腕の中でくるんと反対向きになり、ベッドから抜け出そうとしたが。

「……カンナ、おはよう。昨日は最高の夜だったな」

後ろから抱きしめられてしまった！

そして、この不埒《ふらち》な動きで身体を撫で回す手はなんですか⁉

「おっ、おはようございます」

「なんで敬語？　俺たち、もう他人じゃないのに冷たくすんなよ。なあ、身体の相性もすごくよかったな。これで安心して結婚できるな」

「きゃあ、やめてください、朝っぱらからどこをさわってるんですかっ」

昨日のことを思い出すと、恥ずかしくて仕方がないのはわたしだけなの？

昨夜は結局政人さんのおねだりに押し切られ、初体験の日だというのに二回戦もしてしまった。そして、『ただ今欲情中』と看板が出ているような、めちゃくちゃセクシーで男の色気が滴り落ちるような顔をした政人さんに、散々鳴かされたあげくなんと後ろからもされちゃって、大人の階段を一段抜かしで昇らされたのだ。

そして、ニヤリと笑いながら告げた「他のは今度教えてやるからな」なんて恐ろしいメの言葉にビビる子羊である。

「あ、もしかしてそういう敬語プレイなの？　さすがカンナ様、やることが高度だな。よーし、それなら俺はメイドを襲っちゃう旦那様だぞ」

よーし、じゃないよ！

政人さんは迷惑なことを思いついてしまい、昨日じっくりと探し出したわたしの感じやすい場所を触り始めた。

「やっ、朝からえっちなことをしないでよ、あん」

胸の先をコリコリとひねられると、身体を貫くように快感が走ってしまう。脚の間がまたうるうるし始めてしまい、わたしの呼吸も荒くなる。

「いいだろ、身体がピンク色になっていくカンナが可愛いから。ほら、メイド娘、『政人様おやめください』って言ってみろ」

耳を咥えてなぶりながら、低く笑う。その声で、身体が余計にぞくぞくしてしまう。

「ねえ、言ったらもう服を着てもいいの？　やめてくれるの？」

「まあな」

「ああん、いやあ……ま、政人様、おやめ、くださいっ！　そこ駄目ぇ……政人様ぁ、もうやめてぇ」

恥ずかしがりながら、そして、気持ちがよくなっちゃうのを必死でこらえながら、がんばってハアハアしながらも言ったのに。

「……これはヤバい、めちゃくちゃ萌えて歯止めが効かないわ！」

「ひっ！」

ベッドの上で、政人さんが起き上がり、そのまま上に覆い被さってくる。

「な、なんで」

政人さんの嘘《うそ》つき！　やめるって言ったくせに！

「それじゃあ、旦那様がいけないメイドにお仕置きだ」

「……カンナは、本当に可愛いなあ……」

「甘いこと言っても許さないからね……」

朝っぱらから『旦那様』に襲われたわたしは、ぐったりして言った。

「ねえ、服を着たいの」

「もう少しこうしてようぜ？　今日は休みだから、昼までゆっくりして大丈夫だろ」

政人さんはわたしを抱き込んで、頭にすりすりしている。

もちろん、まだ全裸である。

このままだと政人さんがまたアヤシイ衝動に駆られそうなので早く服を着たいのだが、離してくれない。

「お腹すいた」

「……」

「のど乾いた」

「……」

「服着たい服着たい服着たい」

「ああもう、うるさい羊だな！　お前は余韻にひたるとかそういう気持ちはないのか？　ふたりの初めての夜だぞ？」

すりすりがぐりぐりになる。

痛い痛いはげるはげる。

「もう朝です。大人の時間は終わりました」

「……生意気な羊め。今晩無事でいられると思うなよ」

政人さんが物騒な事を言った。

「え？ 今晩もあるの？」

「そうだ。今日は婚約指輪を買うから記念日にしような。初心者はもう卒業だ、たっぷり可愛がってやるから覚悟しておけよ」

「え？」

あれで初心者コースだというの？

わたしにキスすると政人さんは「朝飯の仕度ができたら呼ぶから。シャワー浴びたければ浴びろ」といって、潔く全裸で部屋を出て行ったので、わたしは後ろから鑑賞しながら「今夜は泊まらない！ 泊まらないからね！」と叫んだ。

絶対に無視されると思うけど。

わたしは羽毛布団をばさりと返してベッドから出ると、散らばった服と下着を拾った。できればシャワーを浴びてから身につけたいけど、裸でお風呂場まで行く勇気はない。

ふと視線を落として、びっくりする。

身体の全面に赤い点々が多量に付いているのだ。まるで悪い病気に感染したようでビビるわたし。

「……あ、キスマーク？ 本当に水玉人間になっちゃってるわ。あっ、やだ、脚にも付いてる！」

脚の付け根の、恥ずかしいところにね！

これじゃあ温泉や岩盤浴に行けないじゃん！

それに、精神衛生上良くない。

「そういえば、昨日後ろからしながら、興奮した政人さんにまた首を噛まれたし。乙女の玉の肌に跡を付けないでもらいたい……うわあああっ」

ふとシーツを見て、せっかく拾った服を放り投げる。

うわーん、血が付いてる！　ちょっとだけど！　でも明らかに付いてる！

わたしはあわあわしながらベッドからシーツを外した。

手洗いしなくちゃ。

「カンナー、何をひとりで騒いでるんだ？　……俺を誘ってんの？　お尻をぷるぷるさせて可愛いけど」

「きゃあああ、政人さんのえっち！　絶対に誘ってないから！」

全裸の四つん這いでシーツを外していたわたしは、寝室に入ってきた政人さんを見て悲鳴を上げた。外したシーツを身体に巻きつける。

初体験っていろいろ忙しいのね！


「毎度同じで悪いが、いつもの店のパンだ」

ダイニングキッチンでは、政人さんがパンとサラダと目玉焼きをを用意してくれていた。

「美味しいから大丈夫だよ。もしも和食が良かったら、今度わたしが作るけど」

「カンナのごはんか、食べたいな」

政人さんは笑いながらコーヒーを入れてくれる。

「今夜は家で食べようか。また鍋でもいいし。指輪を選んだらスーパーに寄って材料を買おう」

「ええと、今夜はうちに帰るよ」

「鍋が嫌なら他の物でももちろんかまわねーぞ？　あ、外食がしたいならそれでもいいし。バーにも行こうか、ふたりで乾杯しよう」

「政人さん……」

「……」

「……わかったよ！　そんな悲しい目で見ないでよ、もう、あざといんだから！」

「カンナの気を引くためなら何でもやるぞ」

パンを片手にイケメンがにっこり笑った。

結局その日は婚約指輪を選んでサイズ直しを頼み、家でお鍋をした。いい日本酒を買ってけっこう飲まされ、半分溶けた頭でジャグジーに浸かってからベッドに潜り込んだ。

その後はご想像の通りである。

その23　青天の霹靂《へきれき》

月曜日、わたしはいつものように出社して仕事をこなした。

前日に人生の一大事があっても、きちんとした社会人としてお仕事は通常通りにしなくてはならないのだ。若干腰が痛いとしても。

本日、政人さんは取材旅行を兼ねて地方の書店さんに挨拶に行くので出張中だ。捕まえた羊にもちゃんと餌をくれる立派な羊飼いの政人さんは、お土産を買ってきてくれると言って、出かけた。

初体験のことを考えると、いろいろと挙動不審になってしまうので、会社では考えない。一切忘れる。それでも、繭ちゃんには「カンナ様、何かいいことがあったんですか？お化粧のノリがいいですね」と気づかれてしまったけど。


しかし。終業時刻が迫った頃に会社にかかってきた電話が、幸せだったわたしの世界を揺るがした。

「平良《たいら》書房の金井《かない》と申します。K・マサト先生のことでお話があるのでお時間をいただけますか？」

電話の相手は、若い女性だった。会社の近くの喫茶店に現れた、金井さんというその人は、わたしに名刺をくれた。

「平良書房で、K先生の担当をさせていただいております、金井理沙《りさ》と申します」

薄いグレーのスーツを着て長い黒髪を後ろで束ねた彼女は、そう言って微笑んだ。

「あ、はじめまして。浅倉カンナです」

静かな喫茶店のテーブルに、ブレンドコーヒーがふたつ置かれた。

「浅倉さん、この度は本当に申し訳ありません。K先生に代わりまして謝罪させていただきます」

驚いたことに、金井さんはいきなり深々と頭を下げた。

「……どういう事ですか？」

わたしはわけがわからず、まだ頭を下げている金井さんに尋ねた。

「単刀直入にお話しさせていただきます。浅倉さん、K先生と……木原政人と別れてください」

「なんですって？　政人さんと別れる？」

わたしは唖然《あぜん》とし、そして怒りがこみあげてくる。人気小説家の婚約者として、わたしはふさわしくないということなのだろうか。

浅倉カンナ、働き者のただのOLだが、お天道様に顔向けできないことは一切していないわ！

突然の失礼な話に思わず睨《にら》みつけると、金井さんは申し訳なさそうに言った。

「本当にごめんなさい。実は、こういう事……先生が女性と深い仲になるのはよくあることなんです」

「意味が……わかりません」

「急にこんな事を言われても、納得できないですよね」

金井さんはため息をついた。

「『K先生』……政人くんはね、創作活動と現実が混在して女性と付き合ってしまう癖があるんです」

なに？

この女、政人さんのことを『政人くん』って呼んだ。

「もしかすると政人くんは、浅倉さんにもあることないこと、ドラマチックなお話をしたんじゃないかしら？　いつものことながら、困ったことだわ。そう、いつもこうなの、こうやってまるで恋愛小説のような恋を女性にしかけてしまう。そして、その関係がそのまま彼の作品の肥やしになっていくの」

そんな。そんなことって。

思いがけない話に、わたしは混乱した。

「待ってください」

「驚かしてごめんなさい。それでね……彼は、もう充分その偽りの恋人からネタを吸収したと思うと、その女性との仲を精算してわたしの元に戻ってくるのよ。わたしはね、大学の時の、同じ創作サークルのふたつ先輩で……ずっと彼と付き合っているの」

「……嘘《うそ》……」

あまりの内容に、わたしは理解できずに呟《つぶや》いた。

そんな、まさか。

政人さんがそんなことをするなんて。

「嘘じゃないのよ。あなたのことは全部政人くんから聞いているわ。彼、今旅行に行ってるでしょ？　その間にあなたと話をつけておけってことだと思うの。別れ話までわたしに任せるなんて、本当に酷い男よね。でも、彼は才能のある、いわば芸術家だから、こういうことも仕方がないとあきらめているわ」

「そんなの信じられない！」

「ねえ、冷静に考えてみて」

金井さんは冷たい視線をわたしに向けた。

「政人くんって、とってもかっこいい男性でしょ？　その上、人気の小説家よ。ただのOLであるあなたが、突然の出会いであんな人の恋人になって愛されるなんて、普通なら考えられないことでしょう？　それこそ恋愛小説の世界だわ。わかる？」

そう、政人さんは、すごくかっこいい。

そしてなによりも、素敵な人だ。

ちょっと口が悪いけど優しくて、一生懸命にわたしのことを考えてくれて、行動力もあって、たまにすごく可愛く見えて。

突然、本当に偶然、彼を婚約者として拾って始まった関係。

普通ではありえないことだけど……。

「今までの女性たちもそうだったけど、あなたもすぐには納得できないと思う。でもね、もう政人くんを解放してあげて欲しいの。そう、これはひと時の夢のようなものなのよ。これから政人くんが書く小説にはあなたにそっくりなヒロインが出てくるはず。……彼を取り上げるようで申し訳ないけれど、いつも最後に戻って来るのはわたしの所なの」

金井さんがにっこりと笑った。わたしはその後ろに邪気が透けて見えたような気がした。

「……信じません……そんなことって……」

「ああ、そうだわ！　そのアクセサリーは、慰謝料代わりに受け取ってくださいね。婚約指輪はキャンセルしておいたから大丈夫ですよ」

それじゃあ、と、金井さんは伝票を持って立ち上がった。

「……今すぐは無理だとしても、いつか政人くんを許してあげてね。彼は才能のある人だから、これも仕方がないことなのよ……」

金井さんが立ち去った後も、わたしは呆然《ぼうぜん》として動くことができなかった。

「嘘だ……信じない……」

頭の中で考えがぐるぐる巡って止まらない。

酔っ払ってうちに連れ帰った男性がびっくりするくらいのイケメン小説家で、彼に愛されて婚約するなんて、確かに普通じゃありえない。夢物語だ。

でも、この短い期間だけど、親密に接してきた政人さんのすべてが作り物だったなんて思えないのだ。

あんなに優しくわたしを抱いてくれた人が、泣きたいのを我慢するなって言って胸に抱きしめてくれた人が、わたしにつく虫を徹底的に叩き潰すと言って恐ろしい笑顔で遠山を牽制《けんせい》した人が、全部小説家の作り出した虚像だったなんて……。

『カンナ、俺のものになれ』

そんなことができるのは、よほどの天才だろう。

政人さんは、天才なのだろうか。

『羊、可愛い……』

わたしが愛した人は、仕事のために政人さんが創作したただのキャラクター……？

「違う。あれはお芝居なんかじゃない」

誰を信じたらいいのか、そんなの決まってる！

わたしは自分の両手で両頬をひっぱたいた。喫茶店に、ばちんと音が響き、お客さんたちにびっくりされた。

「……そうだ、婚約指輪！」

わたしは喫茶店を出ると、宝飾店に走った。

「いらっしゃいませ」

「すみません、昨日婚約指輪を頼んだ木原の婚約者の浅倉ですが」

店員さんは、息を切らして店に飛びこんだわたしに驚いたが、この店ではペンダントと指輪も買っていて、わたしは顔見知りだ。

「……浅倉様。こちらへ」

わたしは、なにかに気づいた顔の店員さんに奥の部屋へ通される。

「先程キャンセルのお電話をいただきましたが、お電話でも申し上げた通り、木原様ご本人がお控えをお持ちになってお越しいただかないとお受けできません。一応、加工はストップさせていただいておりますが……」

店員さんは、わたしの顔をじっと見る。

「その電話をかけてきたのは、女性でしたか？」

「お待ちください……はい、記録にはご婚約者様からのお電話とありますが」

金井さんがかけたのだ。

わたしはほっと息をついた。

大丈夫、婚約指輪をキャンセルしようとしたのは政人さんじゃない。

「キャンセルはしないでください」

「はい？」

「その電話をかけたのは、わたしではありません。キャンセルしないでサイズ直しを進めてください。お願いします」

「……承知いたしました」

「そして、今後、わたしを名乗る女性が電話をかけてきても、取り合わないでください」

「はい、承りました。そのように対応いたします。このことを、業務妨害として警察に届けることもできますが？」

「……それは、もう少し待ってください。彼は今、出張中なんです。相談してから決めたいので」

なにかを察したらしい店員さんは、強く頷《うなず》いた。

部屋に戻ったわたしは、食欲がまったくないので無理矢理にゼリー飲料を飲んだ。お風呂から出ると、政人さんからメッセージが届いていた。

『お疲れ様。ちゃんと食って寝ろ。愛してる』

「政人さん……信じていいんだよね」

愛してる、ってある。

政人さんは恋愛小説家だから、たくさんの『愛してる』をばらまいているけど、これはわたしだけへの言葉だよね？

政人さんは忙しいのか、送られてきたのはその一文だけだ。

わたしは『わたしも愛してる』って送ろうとして、指が動かなくなった。

「政人さんは嘘をついてない、そんな人じゃない」

ただのOLであるわたし。

スーパーお局と呼ばれ、浮いた話のひとつもないわたし。

この幸せは全部政人さんの紡ぐ夢物語なのだろうか。

「バカバカ、カンナ、変なことを考えるな！」

スマホの『愛してる』の文字を、何度も何度も指でたどった。


結局、わたしは返事を返すことができずに既読スルーし、眠れない夜を過ごした。

ようやく明け方近くにうとうとしたわたしは政人さんの夢を見た。出会った翌々日に手をつないで、水族館デートした時の夢だ。

手をつないで、隣を見上げると政人さんがこっちを見て笑う。

夢だからか音が聞こえないけど、つないだ手の温もりがわかる。

この手を離しちゃ駄目だ、そう思うのに、夢の中のわたしは手を離す。

誰か知らない人が政人さんの腕につかまり、世界が変わった。

誰もいない水族館。

わたしは政人さんの姿を探すけれど、どこにも見つからない。

ああそうだ、と思い出す。

政人さんというのは、この前読んだ小説に出てきたヒーローだった。実在の人じゃなかったんだっけ。さっきまで手をつないで歩いていたような気がするけど。手にはまだ感触が残っているけど。

あれは実在しない人なんだ。

こんな遠くにひとりで来ちゃった……どうやって帰ったらいいの？

わたしは泣きながら見知らぬ道を歩き……目が覚めた。

翌朝も、スマホの画面は開けなかった。

今日は火曜日。天地がひっくり返らない限り会社はあり、わたしは出社しなければならない。

「カンナ様、おはようございます！」

繭ちゃんは今日も元気だ。

「おはよう。……どうしたの？」

しっかりメイクをしてくまを隠したんだけどな。あまり寝てないのがバレたかな。

思った事がすぐに顔に出る後輩に不審な顔をされたわたしは、白々しく尋ねる。

「カンナ様、影が薄いです！」

ちょっと、いきなり殺さないでよ。

「なにかあったんですか?」

「……別に」

わたしは目をそらして、パソコンを起動させた。

「えーと、たまにはお茶を淹れてこようっと」

「うわあ、カンナ様にお茶を淹れてもらうとは！　総務の皆さんが恐れ入るのを通り過ぎて脅えると思いますよ」

「だから、繭ちゃんはわたしを何だと思ってるのよ……いた」

なんだかお腹が痛い。しかも、気持ちが悪い。

「ごめん、繭ちゃん……」

わたしはお腹を押さえながら、化粧室へと向かった。

「ヤバい……なんかヤバい……」

わたしは洗面所までしかたどり着けずに、そこにかがみ込んだ。こみ上げる不快感とともに、洗面台が赤く染まった。

「……血？　……」

鼻血とは訳が違う、多量の血液だ。顔をあげると、鏡の中のわたしの口の周りも赤くなっている。どうやらこの血は、わたしが吐いたものらしい。

あれ？　わたし、死んじゃうのかな……。

目の前が暗くなりそのまま立っていられなくなって、ずるずると崩れ落ちた。

「……カンナ様！　カンナ様！　誰か来てーっ！」

遠くで繭ちゃんの声が聞こえたような気がした。

その24　カンナ様の一大事

「……あれ」

目を開けると、白い天井が目に入る。消毒薬のような独特の臭いがする。

わたしはどうなっちゃったんだろう？

「浅倉！　目が覚めたか」

聞き慣れた男の声がして、仰向けに横たわったわたしは首を動かした。

「え？　遠山？　なんなの、ここは病院なの？　……あ、点滴だ」

左手を持ち上げると、わたしの腕にはチューブが固定されていて、それはポールにぶら下がった透明な液体の入ったパックに繫がっている。

「点滴だ、じゃねーよ、ったく」

営業マンとは思えない、政人さん並みの口の悪さで遠山が言って、枕もとのボタンを押した。

『はい、今行きます』

女性の声がして、すぐに看護師さんがやってきた。「失礼します」と言って、腕に血圧計のバンドが巻かれた。

「浅倉さん、大丈夫ですか？　吐き気はない？」

「はい」

「どこか痛いとか苦しいとか、ありますか？」

「……いいえ、今はないです」

「そうですか。……うん、血圧は心配ないですね。ドクターからお身体についてのお話がありますけど、聞けそうかしら」

「大丈夫だと思います」

準備しますね、と言って、血圧計を持った看護師さんは部屋を出て行った。

「あ、今何時？　遠山、仕事は？」

「有休もらった」

「ええっ！　大丈夫なの？　ごめん、わたしのせいだね。もう戻っていいよ」

「戻らないよ。一日有休とったからってまずいことになるような仕事はしてきてないから、気にすんなって」

遠山は男前なことを言った。

病室に看護師さんと年配のお医者さんが入ってきた。

「失礼します。浅倉さん、主治医の板橋です。病状説明をしたいんですけど、お見舞いの方はどうしますか？　ご家族以外は基本的に同席はお断りしてるんですが」

「うーん、悪い病気じゃないなら、いてもらっても構いません。あ、悪い病気でもいてもらった方がいいです、ひとりじゃ怖いから！　どうしよう、わたし、死んじゃうの？」

白い洗面台にいっぱい吐いた血を思い出して、軽くパニックになるわたし。

「うん、大丈夫だよ、治るからね。そんなに心配するような病気じゃないよ」

お医者さんが、子どもに対するように優しく言った。

「浅倉さんは、会社で吐血をして倒れてしまったんですね。びっくりして怖かったでしょう。今は血圧も安定しているし、病状も落ち着いていますから安心してください」

「はい」

わたしは頷いた。

「吐血の原因は、消化器、つまり胃に、びらんっていうただれか、潰瘍っていうもっと深い、傷のようなものができたからだと思われます。胃カメラで検査をすればもっとはっきりするけどね。点滴で、胃の傷を治すお薬と水分を入れています。もしかして最近ストレスが溜まることがなかったかな？」

「ありました！」

わたしはお医者さんに向かって叫んだ。

「人生最大のストレスが、昨日からかかっています！」

「うん、じゃあそのせいかな。酷いストレスなの？」

「酷いです！　めちゃくちゃ酷いです！　どのくらい酷いかというと、えーと、えーと

「……」

「うん、すごく酷いことがわかったから、今は無理に言わなくていいよ」

板橋先生はとても優しそうなお医者さんだ。ちょっと専務に似てるけど、専務より賢そうに見える。

「ストレスでね、一晩で胃に穴が開くこともあるからね。そういうのを急性胃粘膜病変っていうんだけどね、お薬でよくなるから安心してください。今日はこのままご飯は食べないようにして、点滴をして様子を見ましょう。入院の手続きはおうちの方がみえられたらでいいからね。何かわからないことがあったら、看護師に相談してください」

何か質問はありますか、と聞かれたけど、何もないと言うと、優しいお医者さんはお大事にね、と言って病室を出て行った。

「いわゆる胃潰瘍か」

遠山がぼそっと言った。

「よかった、胃潰瘍なら死なないね」

「……で、胃潰瘍になるほどのストレスってなんだ？　仕事じゃないだろう。あの男のことか？」

「……」

せっかく気がまぎれていたのに、思い出しちゃった。

わたしの胃が、またずうんと重くなった。

「俺に話せることか？」

「それは……無理」

「あのさ、往生際が悪いけど、俺、そう簡単にはあきらめられないから。浅倉が幸せなら無理矢理気持ちに折り合いをつけることができるけど、そんなに辛そうな顔をされたら放っておけないからな」

「遠山……」

じっとわたしの目を見つめて言う。

「お前が嫌がることはしない。でも、お前がぶっ倒れるほど悩んでいるのをただ突っ立って見てもいられない。頼る相手が欲しかったら俺を頼れよ。見返りは求めないって誓うから」

遠山はわたしの頭をポンと叩いた。

遠山は母親が来てくれるまで付き添ってくれた。

「本当にお世話になって。ありがとうございました」

「いいえ、何かお手伝いすることがあったら、気軽に声をかけてください。お大事に」

母にそう挨拶して、わたしのために有休を使ってくれた遠山は帰っていった。帰りのタクシー代を渡そうとするわたしに「そんなのいいから、治ったら一杯おごれ」と笑いながら。

「すごく素敵な人じゃない？　メールの写真で見た木原さんも素敵だけど、遠山さんもかっこいいわねえ。カンナの周りにこんなにイケメンが集まってるなんて、もっと早く教えてくれないと駄目でしょ」

お母さん、その前に娘に言うことはないのでしょうか。

そして、遠山にプロポーズされたことは絶対に言わないでおこうと思った。

「カンナ、今はゆっくり休みなさい。何かあったらすぐにうちに帰ってきていいってお父さんも言ってるからね、あんまり無理しないのよ」

「お母さん……」

「あんたは全部自分で抱え込もうとして、コケるのよ。コケる前に親に頼りなさい。わかった？」

どこかで聞いたような事を言われたことをふと思い出し、涙ぐみそうになる。

『お前はすぐに無理してコケる女だってことはもうわかってるんだからな』

榛色《はしばみ》の瞳で、政人さんが言う。

ちょっと偉そうに、でも、心配そうに。

あれは、本当の気持ちだったんだよね？

政人さんを信じきれない自分が悲しい。

「逃げるのは負けじゃないのよ。わかった、カンナ？　帰ってきなさいよ」

わたしがなんで胃潰瘍で倒れたかなんて一言も聞かないで、お母さんは言った。

夜になって、再び遠山が見舞客を連れてやってきた。

「専務！」

「ああカンナ様、おいたわしい！　こんな姿になって……横になってていいからね」

芝居がかったセリフをキメてから、わたしがまだ柔らかいものしか食べられないのを知っている専務は、保存の利くプリンとゼリーの詰め合わせを持ってきてくれた。

「退院したら、ちょっとずつ食べるんだよ。一気に食べたらお腹を痛くするからね」

「専務、わたしは子どもではありません」

「はっはっは」

折りたたみ椅子に座った専務は笑う。

「調子はどうかな？　K先生は取材旅行中なんだよね」

「なんで知ってるんですか？」

「内緒」

おっさんの『内緒』は別に可愛くないよ。

「遠山くんのことは気にしないで。彼は単なるアッシーだから」

「……アッシーって実際に使っている人を、初めて見ました」

がっかりする専務。

「昨日、遠山くんがカンナ様と一緒に救急車に乗っちゃったと知ったときにはどうしようと思ったよ」

「大丈夫です。特に悪さはされてませんし、とても助かりました」

遠山が処分されたら大変なので、持ち上げておく。

本人は悪さをした過去があるため、バツの悪そうな顔をして専務の横に立っている。

その時、ノックもせずに病室に入ってくる人物がいた。無礼者め、と思って見たわたしは凍りつく。

「カンナ！　大丈夫か⁉」

取材旅行に行って明日まで帰らないはずの政人さんが、息を切らして現れたのだ。

なんで政人さんがここに？

わたしは動揺のあまり、ベッドの上に起き上がった。

「起きて大丈夫なのか？　血を吐いたって聞いたぞ」

心なしかよれっとして見えるのは、服が乱れているせいだろう。

政人さんがベッドに近づくと、その前に遠山が立ちはだかる。

「浅倉に何をしたんだ？」

「あんた、まだ懲りないのか。カンナに近づくんじゃねーよ」

とたんに口調が荒くなる政人さん。

「俺のことはいいから、浅倉に何をしたのか言えよ！」

「何もしてねーよ」

「じゃあ、なんでこいつがこんなに弱ってるんだよ！」

遠山の剣幕に、政人さんは驚いたようだ。

「一晩で胃に穴が開くほどのストレスを浅倉にかけておいて……あんたが幸せにするって言うから引いたのに、これはどういうことだ？」

「胃に穴……カンナ、何があった？」

わたしは政人さんに聞こうとした。

金井さんが来たの、婚約指輪がキャンセルされそうだったの、これはどういうことなの？

でも。

できない。

聞かなければ、もしもこれが物語だとしても、まだ少しは続くから。

聞いてしまったら、そのとたんにわたしの前から政人さんがいなくなるかもしれないから。

この人はそんな人ではないと信じてる。

でも。

もしも。

万が一。

いなくなったら、わたしは……。

「……か……はっ……」

声が出ない。

喉を押さえた。

涙が噴き出した。

「浅倉？　……浅倉の様子が変だ」

「カンナ？　大丈夫か？　カンナ？」

榛色の瞳がわたしを見る。

この人は、今はわたしのもの。

今はまだ。

今は。

「近寄るな！」

ナースコールを押した遠山が言った。

「あんたが来てから浅倉がおかしくなった！　出ていけ！　浅倉、息できるか？　浅倉！」

こわい。

痛い。

胸が痛い。

誰か助けて。

政人さんをとらないで。

「木原くん、外に出ましょう」

「でも、カンナが」

「出ましょう」

政人さんは、専務に連れられて病室の外に出た。

とたんに呼吸が楽になり、わたしはナースコールで飛び込んできた看護師さんに背中をさすられながら、息を整えた。

「大丈夫か？」

遠山の言葉に、わたしは頷いた。

すぐに普通に息ができるようになり、わたしはベッドに横になった。

声は出るようになったのだろうか？　確かめるのが怖い。

「落ち着いたみたいですね。何かあったらこれを押してください」

看護師さんに、ナースコールを握らされる。

「……浅倉……」

遠山は痛々しいものを見る目つきでわたしを見た。

「また来るから。なんかあったらブザーを押せよ」

そして、布団をわたしの首までかけてくれてから、病室を出ていった。

……わたしって、こんなに弱かったっけ？　まったく嫌になる。

政人さんを傷つけてしまっただろうか。

どうしたらいいのだろう。

わたしはこの迷路から出る方法がまったく見つからず、大きく息を吐いた。


「カンナ様」

「わ、専務！　帰ったとばかり」

ノックの後に専務が顔を出したので、わたしはびっくりして言った。

そして今、声が出た！　良かった！

「ふたりは帰したよ。僕だけだから安心しなさいね」

陽気なおっさんは、こんな時でもにこにこ笑い、わたしは何だかほっとする。

おっさん、じゃなくて専務は、また折りたたみ椅子をベッドの脇に出して座った。どうやらまだまだいるつもりだ。

「……カンナ様、何があったか僕に話してごらん」

専務は軽い調子で言った。

「……」

「話せるよね。あの時みたいに。カンナ様は会社を救ってくれた大事な社員だから、スーパー福利厚生がついてるんだよ。だから、僕たち重役グループが何でも解決してあげるよ」

「救っただなんて、大げさです」

「大げさじゃないよ。カンナ様が勇気を持って重役会議に殴り込みをかけてくれなかったら、あの男の破廉恥なセクハラ営業はエスカレートして、被害者を増やして取り返しのつかない事態を引き起こしただろうからね」

「……殴り込んでません」

「僕らには往復ビンタされたくらいの衝撃だったよ」

専務は「はっはっは」と笑った。

「さあ、言ってごらん。昨日、何があったの？」

わたしは深呼吸すると、昨日、金井さんから電話があったことからひとつひとつ、宝飾店での出来事まで話した。感情的になるとまた呼吸が変になってしまいそうなので、なるべく事務的に淡々と話すようにしたら、最後まで告げることができた。

「……それは辛い思いをしたね」

専務も淡々と言った。

「わかった。この件は僕に任せて、カンナ様はぐっすり寝なさいね。この案件は僕に丸投げされたよ」

「そんな」

「君はもういっぱいいっぱいでしょ？　手に余る仕事を誰かに分けるのは悪いことじゃないよ。その女性からもらった名刺は今持ってる？」

「カバンに入ってます。そこの扉を開けて……」

わたしはカバンの奥底に沈めておいた名刺を取り出して専務に渡した。すると、肩の荷が少し降りたような気がした。

「じゃあね、カンナ様。ゆっくりお休み」

名刺をしまってからそう言って出て行く専務がイケメンに見えて、わたしは目をこすった。

やっぱりただのおっさんだった。

その晩、わたしは朝までぐっすりと眠ることができた。

その25　真相

翌日の朝に、わたしはようやく食べ物を口からとることができた。しかし、退院まではもう二、三日かかるらしい。わたしは身の回りの世話のために来てくれた母と一緒に先生の話を聞いた。

「ストレスの原因も解決していないし、このまま帰ってもおそらくまたすぐに入院する事になるからね。焦《あせ》らずしっかり治して、自信を持ってから退院しましょう」

「はい。……先生はモテるでしょう」

「自分の気持ちに正直に生きるのはよい傾向ですね」

ははは、と笑って、これまた普通のおっさんだけど優しい先生は病室を出て行った。

「政人さん、どうしてるかな」

考えるのは政人さんのことばかり。

カンナ様としたことが、すっかり恋愛脳になってしまっているようだ。

自分が不甲斐ない。

それでももぐもぐとお粥らしい白いものと緑のドロドロと黄色いドロドロを食べている

と、なんとなく力が戻ってきたような気がする。デザートのヨーグルトドリンクもしっかり飲み干した。

だからなのか、その日の午後の面会時間が始まるや否や病室に政人さんがやってきたときには、わたしはパニックにならずに彼の顔をみることができた。

「カンナ」

彼は病室の入り口に立ち、わたしに言った。

「あの女の言ったことは、俺と大学が同じということ以外みんな嘘だ」

「……」

政人さんは、わたしの頭に言葉が染み込むのを待っているのか、病室に入らず、そこに立ち止まったまま黙ってわたしを見つめた。

「……全部嘘……」

「俺はカンナを騙《だま》したりしていない。あれは悪質なストーカーだ」

「突然失礼します」

政人さんの脇から、今度は眼鏡をかけた男の人がひょっこりと顔を出した。

「初めまして。平良書房の内山《うちやま》と申します。K・マサト先生の担当をさせていただいてます」

その男の人は、おそるおそるといった様子で病室に入り、近寄ってきて、そうっと名刺を差し出した。

内山さんがぺこりとお辞儀をしたので、わたしも「こんな格好で失礼します、浅倉です」とお辞儀を返して名刺を受け取る。平良書房、内山とある。

「わたしが本当の担当の編集者で、浅倉さんがお会いになった人物は当社の社員ではありません。浅倉さんのことはK先生から伺っていますし、おふたりは婚約をされているとお聞きしました」

「俺だけじゃ説得力がないかと思って、無理を言って内山さんに来てもらったんだ。まだ疑っているんだったら、ネットで平良書房のサイトを検索して、その番号から編集長に電話をかけてくれ。内山さんが本物の編集者であることを証明できるように話を通してあるから」

　わたしはバカみたいに口をあけて、政人さんの顔を見た。

　金井さんは偽物の編集者。

　あの人の言ったことは嘘。

　わたしは政人さんの婚約者だ。

「まだカンナが納得できなかったら、ほら、これ」

　政人さんがベッドサイドまで近寄り、一枚の紙を出した。

「婚姻届だ。俺のサインと、あとお前の両親のサインももらってあるから、カンナが名前を書いてくれたらすぐに出せるぞ」

「こ、婚姻届？」

ご丁寧に、わたしの分の印鑑も押されている。

政人さんは本気なんだ。本気でわたしのことを考えて、誠実な行動をとろうとしてくれている。

「昨日、お前の会社の専務から話を聞いてすぐ、お前の実家に行ってご家族にお前が倒れた原因を説明した。そして、カンナのことは俺が一生責任をとるつもりだからと、ご両親から結婚の許可ももらってきた。カンナがあらかじめ俺のことを話しておいてくれたから、ご家族にはすぐに賛成してもらえた。だから、カンナが不安なら、今すぐ一緒にこれを出しに行くぞ。どうだ？」

「どうだ？　って……」

「俺のことを信じてくれるか？　結婚してくれるか？」

「信じてる、けど……」

「けど、なんだ？」

「自信がないの。本当にわたしでいいの？　だってわたしはこんな、なんの取り柄もないただのOLだよ？　政人さんみたいな人なら、もっと美人で若くて素敵な女の子が……」

「カンナ、お前、倒れて頭でも打ったのか？」

「へ？」

「何を『あるある恋愛ドラマ』なことを言っちゃってるんだよ。美人も若い子も、カンナじゃねーなら意味ないんだよ！　あんだけ俺に口説かれといて今更寝言を言うな、寝過ぎて頭が惚けてんじゃないのか。俺はカンナがいいんだ、カンナと結婚したいんだよ！」

「なっ、痛い痛い」

ほっぺたを引っ張られて涙目になる。

「……お前はまた泣きたいのを我慢して、頭が変になってるんだろうが。ほら、泣け」

口調は乱暴なのに、そっとほっぺたをさすって優しい声で言う。

「……怖い思いをさせたな。大丈夫だ、俺を信じろ。俺が愛しているのは浅倉カンナ、お前だけだから。ほら、泣けよ」

何その偉そうな態度。

そう言いたかったけど。政人さんのわたしを見つめる視線があまりにも優しかったので。

「……こわか、た」

「うん」

「あの人に言われて、すごく……怖かったの。全部夢だったかもって思って、そんなことないと信じたいのに、でも怖くて……」

「うん。かわいそうだったな。カンナは恐がりだからな。でももう大丈夫だ。俺はずっとお前の側にいるから、ストーカーが何を言っても気にするな。わかったか？」

「う……」

「俺が欲しいのはお前だけだからな、しっかり覚えとけ」

「ううううう」

「ほら、泣けよ」

「うわあああん」

わたしは政人さんにしがみついて、思いきり泣いたのだった。

政人さんの胸で号泣したわたしは、胸の中のしこりのような物が涙ですっかり洗い流され、楽になったと思ったのもつかの間。

「うわあああ、内山さんは⁉」

「空気を読んで出ていったから安心しろ」

何でもないことのように言う政人さんだけど。

「いや、全然安心できないし！」

さっきの恥ずかしい場面をみんな見られたんだよ？　ふたりきりでも後で思い出すと恥ずかしくて「うわあああーっ」って床をゴロゴロ転がりそうなことを、第三者に見られちゃったんだよ？

これはめちゃくちゃいたたまれないよ！

「内山さんはだてに恋愛小説の編集をしてないから、あれ位じゃ気にしないだろ。目の前でヤっちゃったら別だろうが」

「わーわーわー、聞こえません！　病院でそんなこと言わないで！」

「……そうだな。そっちの話はふたりきりになってからゆっくりしような？」

政人さんはそう言うと、額にちゅっとキスをした。

「退院したら、俺んとこに来いよ。懇切丁寧に看病をしてやるからな」

「え、そんな、悪いよ」

「俺とお前の仲だろ？　遠慮すんな。獲物はよく太らせてから食べる主義なんだ」

「親切な話じゃなかったの？」

「親切な狼《おおかみ》の話だ」

「……実家に帰ろうかな」

「この場で襲われたいのか？　そうか病院プレイを求めてるのか、カンナも大人になったな」

「やだよ！」

「よし、俺んとこだな」

この狼は強引過ぎるよ！

結局、当初の予定通りに二、三日治療を続けて、ひとりでも暮らしていける自信がつくまで入院する事になった。

「ご婚約おめでとうございます。ストレッサーが消えて良かったですね。退院してからもう一度内視鏡検査をしましょう。完全に治るまではお薬を続けてくださいね」

回診に来た板橋先生が言った。

「はい」

そろそろ退院の許可が出せそうだというので、政人さんと一緒に先生の話を聞いた。うちの母もちょいちょい顔を見に来てくれるけど、用事はすべてマメにお見舞いに来てくれる政人さんが済ませてくれていてほとんど出番がないので、母は「優しい人と婚約できてよかったね」と笑っている。

板橋先生は続けた。

「それから、浅倉さんは悩み事を溜めてしまう傾向があるようですから、結婚してからは環境の変化で感じるストレスを旦那さんでもご両親にでもこまめに相談するように意識していきましょう」

「わかりました」

「旦那さんも、気にかけてあげてくださいね」

「はい」

政人さんが神妙な顔をして、先生に返事をする。

「なんで俺んとこに来ないんだよ」

退院したら自分の部屋に戻るというわたしの決定に、政人さんは不満そうな顔をした。

「俺に看病させてくれよ」

「政人さんはお仕事があるでしょう」

「カンナが目の届くところにいないと心配で仕事が手に付かない。お前が血を吐いて倒れたと聞いた時に、俺がどんなに怖かったかわかるか？」

「……ごめん。ねえ、どうしてわかったの？」

「メッセージの既読がつかないから、なんかあったのかと思って会社に電話したんだ。そうしたら、カンナが救急車で運ばれたと聞いて……生きた心地がしなかった。急いで仕事を片付けて帰ってきたんだぞ。でもって顔を見たとたんにああだろ？　もう、俺、旅行がトラウマだ、出かける度に毎回カンナが大変なことになっているんだからな」

「だからごめんってば」

「あーもう、しばらく話の舞台は近場にしておこう。次の話はタワーマンションに住むカップルの濃密な愛の交歓だ。目眩《めくるめ》く夜を超えるふたりの愛の日々を描こう」

「やめて！　作風がそっちの方向に変わったら、絶対にわたしのせいだと思われるからやめて！　恥ずかしいわ！」

「じゃあ、監禁生活の中から生まれる愛」

「それ、わたしで試すつもりだよね！　そうじゃなくてプラトニックな純愛にしようよ」

「今更あっさりした純愛に戻れないだろ……カンナ、愛してる……」

　政人さんは色っぽい笑みを浮かべて、わたしをベッドに押し倒し、そのまま上に覆い被さってきた。

「お前を離さないからな……」

「政人さん、わたし、病人だから！　ほら、点滴してるし！」

その時、看護師さんが点滴をチェックしに部屋に入ってきた。

「失礼します。まあまあ、仲がよろしくて何よりですね。浅倉さんもすっかり顔色がよくなったし」

いいえ、政人さんに迫られて赤面してるんです。

「彼氏さん、あんまり浅倉さんにストレスをかけちゃ駄目ですよ」

「気をつけます」

キリッとした口調で答えるけど、わたしを押し倒したままなので説得力に欠けるのであった。


それから三日経ってわたしは普通にご飯が食べられるようになり、主治医の板橋先生から退院の許可をもらった。政人さんはすでにわたしの実家に連絡して、遠いところを来るのは大変だから車を出せる自分が付き添うと親に話してくれて、母は明日様子を見に来てくれることになっていた。

そして、今日はようやく退院だ。

「政人さん、ありがとう。助かるよ」

「気にすんな。俺に何かあった時にはお前が助けてくれるんだろ？」

そう言って、見事なウィンクをする。その顔を見た、忘れ物がないかチェックしにきてくれていた看護師さんの顔が赤くなったのは、仕方がないと言えよう。

「お世話になりました」

ふたりでナースステーションに挨拶に行った。

「退院おめでとうございます。かっこいい彼氏さんとお幸せにね。あ、そうだわ。浅倉さんにはご姉妹はいらっしゃらなかったわよね？」

「はい」

「さっき、家族の者だという女性から電話がかかってきて、浅倉さんの容態を聞かれたの。もちろん個人情報なので教えてませんからね」

「……心当たりはないです、誰だろう？」

政人さんを見上げると、彼は眉をひそめて難しい顔をしていた。


わたしはエレベーターに乗って一階に降り、久しぶりに外に出た。

「大丈夫か？　車を回してくるからここに座ってろよ」

まだ少し足元がふらつくわたしを病院の玄関前のベンチに座らせると、政人さんは車を持ってきてくれた。荷物を乗せて、政人さんは車に乗るわたしを支えてくれた。

「車を買い替えようか？　女には乗りにくいよな」

「大丈夫よ、きゃあ」

「毎回こうして手伝ってやればいいかな」

お尻を支えるのはやめてください！

車は病院の駐車場を出て、わたしのマンションに向かった。

「カンナ、少し例のストーカーのことを話しても大丈夫か？」

「うん」

わたしは車を運転している政人さんに返事をした。

運転中の政人さんは、相変わらず親切でかっこいい。人はハンドルを握ると本性が出るという説があるけれど、それが本当ならば政人さんはすごく親切で思いやりのある人だという事になる。

まあ、それはともかく。

「金井という名前はどうやら本名らしい。ＡＯＩの専務さんに紹介してもらった弁護士に頼んで調査してもらったんだけど、俺とは同じ大学出身という点しか関わりがないようだ。もちろん、サークルが一緒なんてこともない。で、なんだか不気味な感じがするから更に調べた結果、そいつは半年前に婚約者と別れてから同じ大学出身の中でもそこそこ名の知れた俺に執着するようになって、周囲の人に『彼が本当の自分の婚約者だ』と幻想を語るようになっていたそうだ」

「幻想……」

「本人は現実だと信じ込んでいるらしいぞ。で、それ以外は普通に仕事して、一人暮らしをしているらしい。弁護士が彼女の実家に連絡して、再び迷惑な事をしたら訴えると釘を刺してくれたから、親御さんが気にかけてくれているはずだ」

自分で夢物語を作り上げて、その中にいるのだろうか。きっと、彼女の中ではそれが現実なのだ。

わたしはぞっとした。

「カンナ、あの女に巻き込まれるなよ。お前は俺を見ていればいい」

政人さんが男前な事を言ってくれたので、わたしはほっとした。

しかし。


「い、や、やだ、怖いよ……」

恐怖でがくがくする脚。

目の前が白くなる。

倒れそうなわたしを、荷物を放り出した政人さんが抱き止めた。

わたしの部屋のドアに張り付けてあった紙には、

『死　ね　ば　よ　か　っ　た　の　に』

と、真っ赤な字で書かれていたのだ。

その26　絶対に、守る！

「やだ……『死ね』って……わたし……」

その恐ろしい貼り紙を見たショックに打ちのめされ、わたしはしばらく政人さんにしがみついて、ぶるぶる震えていた。

誰かに、わたしの死を願われている。そして、わたしの家を知っているその人物がここまでやってきて、こんな貼り紙を書いていった。

怖い。

すごく怖い。

その気持ちが怖いし、その人物が実際にわたしを殺そうとやってきたらと思うと、怖くて怖くてたまらない。

「うん、怖いな。こんなことをされたら怖い。でも、カンナには俺がいる。絶対になんとかする。大丈夫、俺がいるからな」

政人さんは、そんなわたしを抱きしめて頭を撫で、ドアノブをつかんだ。

「……鍵はかかっているな。侵入はされていないとは思うが、中を確認して必要な荷物をまとめたらすぐに俺のうちに行こう。カンナ、部屋の鍵を出せ。できるか？」

「う、うん」

わたしはバッグを探っていつものように鍵を出そうとしたのに。

「……ごめん、出せないよ、手が、うまく動かないの、どうしよう、ごめんね」

わたしの腕は、肩から震えて使い物にならない。

「ごめんね、ごめんね、鍵が出ないの、ごめんね、ごめ」

「カンナ、落ち着け。大丈夫だ、俺がやる！」

パニックになって謝り続けるわたしを、政人さんがぎゅっと抱きしめた。

「いいよ、カンナは何もしなくていいから。かばんに手を入れるぞ？」

政人さんは優しく言うと、脚ががくがくしてその場に尻餅をつきそうなわたしの腰を左手で抱いて、バッグに右手を突っ込み、ワンルームマンションの鍵を取り出してドアを開けた。

「どうだ？　部屋の中に侵入された形跡はないか？」

わたしは政人さんに支えられながら、恐る恐る部屋をのぞきこむ。

「……うん、たぶん大丈夫」

お母さんが入院の荷物を取りに来たときに少し片付けてくれたらしいけど、部屋を見たところ、物の位置が違っているとか、引き出しが開けられているとか、ストーカーに荒らされたような雰囲気はなかった。

「このマンションは俺の所よりもセキュリティレベルが低いからな。後で専門家に頼んで、盗聴器やカメラが仕掛けてないかを確認してから戻ることにしような」

「……盗聴器？」

「ああ。用心に越したことはない」

盗聴器なんて、そんなものがあったら、怖くてここには住めないよ！

もしかすると、今のこの会話も聞かれているの？

わたしは政人さんの服をぎゅっと握った。

「少し服を持って行った方がいいか」

「いやっ！　待って、政人さん」

わたしは部屋に上がろうとする政人さんを止めた。

「どうした？」

「わがまま言ってごめんなさい。あのね、この部屋の物を持って行きたくないの。もしもストーカーが……」

ストーカーがわたしの物に触って、何か細工をしていたとしたら。

だから、わたしはこの部屋にあった物は持っていきたくない。

「……ああ、なるほどな。そうだな、専門家に見てもらって安全だとわかるまでは、ここの物に触るのはやめておこう。気持ちが悪いよな。幸い手元に入院用の荷物があるから、あとは必要な物を買い足せば大丈夫だ」

「うん、ごめんね」

「謝るなよ。カンナはまったく悪くないんだから。大丈夫、お前のことは俺が守るから。カンナには指一本触らせないから、な？　さあ、俺んちに行こうぜ」

そしてわたしたちは、病院から退院するときのボストンバッグをひとつ持ったまま、政人さんのタワーマンションへと車を走らせた。

「カンナ、歩けるか？」

「う、うん、なんとか」

車がタワーマンションに着いたので、地下駐車場に置いて、いったん一階にあるコンシェルジュに顔を出した。

「宮田さん、何か変わったことはありませんでしたか？」

政人さんが尋ねると、コンシェルジュの宮田さんはにこやかに言った。

「はい。特にありません」

「今日からカンナがここに住むことになったから、よろしく」

「承知いたしました。浅倉さま、体調はいかがですか？　何か不安がありましたら、すぐに私どもにご相談ください」

「ありがとうございます」

「カンナ、宮田さんには詳しい事情を話してあるから、少しでもおかしいと思ったらためらわずに相談するんだぞ。玄関のインターフォンを使って直通で連絡できるからな」

頼りになるコンシェルジュは「お任せください」と頷いた。

「カンナ、生活に必要なものはどうする? 自分たちで買いに行くか、それともデパートの外商に頼んでみつくろってもらうか」

が、外商?

それって、デパートの担当の人が高級品を山ほど持ってきて、自宅で宝石とか買っちゃうあれだよね?

いやいや、そういうのはもっと精神状態が落ち着いている時にしてもらいたいよ、庶民にはハードルが高すぎるから。

「ご飯を食べられるようになってからは病院の中を歩き回ってたから、それほど体力は落ちていないと思うよ。自分で買いに行きたい」

このマンションは外部の人は入り込めないし、コンシェルジュもいて目を光らせているので安心だ。ストーカーへの恐怖で緊張していたわたしは、こっちに来てからかなり気持ちが落ち着いていた。

「じゃあ、近所で服でも買ってこようか。ないだろ?」

そう、下着はたくさんあるんだけどね、病院生活には必要ないから服は持ってきていないのだ。

「部屋着と普段着を買いたいな」

「何でも買ってやるぞ」

「いいよ！　自分で買うよ」

政人さんは眉間にしわを寄せて言った。

「俺のストーカーのせいでこんなことになったんだ、申し訳ないから買わせろ」

「それとこれとは話が別だよ」

彼は真面目な顔をして、わたしの肩をつかんだ。

「……カンナ、もしかして、怖くなったから、俺から離れていくとか……言わない、よな？」

なんだか怯えたような顔をしている。

「言わないよ！　だったらとっくに実家に帰ってるし」

「……うん、ならいいんだ。行こう」

というわけで、ボストンバッグをコンシェルジュにあずけて、歩いて行けるお店でとりあえず必要な衣類を買い、ショップバッグを抱えてマンションの玄関に近づいた時だった。

「……政人さん！　あの女……金井さん……」

そこには長い黒髪を後ろで束ねた、ジーパン姿の女性がいた。茶色のトートバッグを肩にかけている。

幽霊を見たようにビビるわたし。

「あれがそうなのか？　普通の人間に見えるけど、ストーカー女か。親は何やってるんだ、責任を持って見張ってるはずじゃなかったのか？」

政人さんはスマホを取り出して「弁護士に連絡する」と言ってかけ始めたが、金井さんがこちらに気づいて近づいてきてしまった。彼女はあと七、八メートルというところで止まった。

「浅倉カンナさん、政人くんと別れてって言ったのに」

金井さんは赤い唇を歪《ゆが》める。

「……カンナにつきまとうのはやめろ」

政人さんが、わたしを後ろにかばいながら言った。彼は小さな声で「マンションに入れ」と言い、そっとわたしにICカードを渡す。

「政人くん、もういいでしょ。その女を捨てて、わたしの所に帰っていらっしゃい」

「俺はあんたのことなんか知らない」

「何を言っているの？　わたしと婚約しているじゃない、今日は一緒に指輪を買いに行きましょうよ」

「婚約なんてしていない。二度とここに来るな！」

政人さんが声を荒げても、金井さんはまったく動じない。

「政人くん、なんだったらわたしたち、もう籍を入れてしまいましょうよ。結婚式は後でゆっくり計画すればいいわ。ああ、出版社やマスコミの方も招待しなくちゃいけないから、お客様がいっぱいになるわね。準備も大変だから、わたし、早く取りかかりたいのよ」

少し精神状態がおかしいのか、金井さんは政人さんの話を聞き入れないで、くすくす笑っている。

「お客さまのリストを作るのは、政人くんも手伝ってね？」

くねりとしなを作って笑っている様子が、気持ち悪い。

「……駄目だ、この女、かなりヤバいわ。カンナ、もう行け」

わたしが政人さんに促されて、マンションの中に入ろうと入り口にある認証コーナーの方に動いたその時。

「だから、早くあんたは別れなさいよ！」

「ひっ！」

金井さんは、トートバッグの中から包丁を取り出した。新品らしいそれは、信じられないくらいに光って見えて、わたしはそれに目がくぎづけになり、全然動けない。

「なっ、……カンナ、行け！」

「浅倉カンナ、お前が邪魔なんだよッ、なんで死んでないんだよオオオォッ‼」

金井さんが絶叫しながらわたしの方に駆け寄った。

「いやあああああっ！」

「カンナ、逃げろ！」

政人さんが、わたしたちの間に割って入った。

くぐもったうめき声を漏らす政人さん。

広い背中が、わたしを守っている。

「政人、さん？」

「やだ、違う、政人くんじゃなくて、そっちの女が邪魔なのに！　んもう、しんじらんなーい」

刃物を持った女が笑いながら言って、後ろに下がる。

「早く逃げろ、カンナ……頼むから、行けよ」

政人さんが膝をついた。

「なに？　政人さん、どうしたの？」

お腹を押さえた政人さんのオフホワイトのセーターに、赤い色が広がって。

「や……いや、いやあああああ！」

「……馬鹿カンナ、逃げろ、行け、行けよっ！　う……つうっ……」

女に包丁で刺された政人さんの身体が、その場でうずくまった。

「いやあっ、政人さん、政人さん！」

わたしは政人さんの横に座り込んだ。

どうしよう、お腹から血がいっぱい出てるよ、血ってどうやったら止まるの？

手で押さえるの？

わからないよ。

こんなに血が出たら駄目なのに、どうしたらいいのか全然わからないよ！

「どうしよう、政人さん、政人さん」

「マンションに……入れよ……」

「駄目だよ、置いていけないよ、血を止めなきゃ」

目の前に立っている金井さんは手についた血を不思議そうに見ているが、包丁を離さない。

「いやだわー、わたし、間違えちゃったみたいね。ベトベトになってるわ」

うふふ、と笑っている。

「カンナ、俺は大丈夫だから」

「大丈夫じゃないよ、こんなの全然大丈夫じゃないよ、どうしよう」

「馬鹿……そうだ。いいか、よく聞けよ」

傷が痛むのか、苦しげなかすれ声で政人さんが言う。

「コンシェルジュの宮田さんの所に行って、救急車と警察を呼んでもらえ。ほら、お前が行かないと俺は助からないぞ？　だからマンションに入れ。わかったな」

「わたしが行かないと、駄目、なの？　救急車……そうだ、救急車を呼ばなきゃ！　救急車！」

「そう、そうなんだ！　よし、いい子だ、早くあっちに行け」

政人さんが、ほっとしたように言う。

お腹からいっぱい血が出てる。

救急車を呼ぶんだ。

救急車。

救急車！

わたしは震える足で立ち上がり、入り口のセンサーにＩＣカードをかざそうとした。

「救急車！」

「あんたは逃がさないわよ！」

「行け、カンナ！」

金井さんが再び包丁を構えてわたしに向かってこようとし、政人さんが血まみれの手で金井さんの服をつかんで邪魔をする。

「行け！」

わたしはロックを解除するとエントランスに飛び込み、そのままコンシェルジュのカウンターに走った。

異変を察知した宮田さんが出てきていた。

「救急車！」

「浅倉さま、なにが」

「政人さんが刺されたの、救急車と警察を、早く！」

「わかりま……ああっ、浅倉さま⁉」

「これ、もらうね！」

わたしはカウンターの脇に置いてあった、わたしの肩くらいの高さに育った観葉植物の鉢を抱えた。そして、玄関に走る。

わたしの姿を見て、政人さんは目を見開いた。

「馬鹿カンナ、なんで戻ってくるんだ⁉」

「浅倉カンナ、お前が死ね――ッ」

「政人さん、そこをどいて！」

「おまえじゃまだじゃまだじゃまだじゃまだじゃまだじゃまだ」

わたしはわめき散らしながら襲いかかってくる金井さんに、観葉植物の鉢を投げつけた。

「邪魔はあんたの方よっ！」

「ふぐっ！」

よろけて倒れた金井さんの右手を、靴で思いきり踏みつけた。

「このっ、このっ、このっ、えいっ！」

痛みで手が開き包丁を手放したので、届かないところへと蹴飛ばす。

「わたしの政人くんよ、わたしの……」

「来ないで！」

わたしは観葉植物の幹を持つと、立ち上がってつかみかかってくる金井さんの足下をすくった。

「きゃあ！」

金井さんは足をとられて転び、腰を打ったらしく「いたい、いたい、いたい」とぶつぶつ言いながら腰をさすり、やがて泣き始めた。

「ひどい、ひどい、ひどい、ひどい」

「酷いのはそっちでしょ！　政人さんにこんなことして、許さないんだから！」

「カンナ、落ち着け！」

興奮して金井さんに詰め寄ろうとしたわたしに、政人さんが叫ぶ。

「もういい、放っておけ。相手の戦意はすでに喪失している、っていうか、普通の状態じゃないから」

金井さんはひどいひどいと言いながら、しくしく泣いている。

「カンナ、もう大丈夫だから、植木から手を離せって」

「駄目よ。まだ安心できない」

騒がしいサイレンの音が近寄る中、わたしはいつでも相手を殴れるように観葉植物を構えて、泣き続ける金井さんから目を離さずにいた。

その27　そしてふたりの熱いキス

「そして俺は、カンナを本気で怒らせるようなことは絶対にしないと心に誓った」

「もう、やめてよ政人さん！」

わたしはむいたリンゴを病院のベッドに座る政人さんの口に突っ込んだ。彼はしゃくしゃくいい音をたててリンゴを食べる。

「あの時は政人さんを助けようと必死だったんだから」

「まあな。でも俺の気持ちもわかってくれよ。ようやくお前を危険から遠ざけたと思ったら、もの凄い形相で戻ってきて、出血のせいじゃなくて血の気が引いたぞ。でもって、目の前でストーカーを見事に片付けちゃうんだからな」

「だって……あのままだと政人さんが殺されちゃうと思ったんだもん」

わたしは涙目になる。

「あ、馬鹿、責めてるんじゃねーよ、泣くなカンナ」

政人さんはわたしを抱き寄せて、目元に口づけた。

「本当に、政人さんが死んじゃうって思って、すごく怖かったのに……」

「お前を残して死なねーよ、心配で死んでも死にきれん。この通り、けがもたいしたことないからもう泣くな、な？　ほら、俺が悪かった、ごめんな。カンナ、愛してる」

「んー……」

今度は唇にキスされて、何も喋れなくなる。


あれから、パトカーと救急車が到着して、現場は大騒ぎになった。

最初は植木を構えたわたしが犯人だと思われてしまったんだけど、コンシェルジュの宮田さんと、お腹を押さえた政人さんが、「違います！　その方は違います！」「彼女は俺の婚約者だから！」と言ってくれたので、警察の人に疑われずに済んだ。

幸いなことに、政人さんは出血がやや多かったものの内臓に傷はなく、傷口も順調にふさがってもうすぐ退院できそうである。

「失礼しま……あ」

誰かが病室に入ってきた気配がして、わたしは政人さんから慌てて離れた。

「ええと、お取り込み中すみません」

金井さんの件をお願いしている弁護士さんだった。わたしは頬を火照らせながら「いえ……」と呟《つぶや》いた。

「というわけで、加害者の金井理沙は、木原さんとのことはもう終わった関係であり、今はハリウッドスターの婚約者がいると信じているようです。しばらく入院していると思われますが、彼女のご両親が、退院してもこちらには近寄らないように、今度は決して目を離さないと約束しました。まあ、今は東京じゃなくてアメリカに行きたがっていますので、心配はないと考えられますが」

「そうですか……それはよかったというか、なんというか」

「加害者は俳優の彼を陰ながら支えているという妄想で、幸せに過ごしているそうですよ。実際に会った木原さんには彫りの深さが足りなかったらしいので、残念なことにすぐに気持ちが離れてしまったらしいということでした」

わたしは思わずぷっと吹き出した。

どうやら、金井さんの別れた婚約者は彫りの深い外国人顔だったらしい。クオーターでくっきりした顔立ちの政人さんに執着してみたものの、実際に会ってよく見たら思ったほど彫りが深くなくて、がっかりして心が離れたらしい。

なかなか人騒がせなストーカーである。

「ハリウッドスターなら、彫りも深いしあごも割れてるし、ばっちりだね！」

「そうだな……俺はあごは割れてないからな」

あごをさすりながら、政人さんは言った。

金井さんは責任をとることのできない状態だというので、わたしたちは治療費だけをもらってこの件をおしまいにした。わたしは彼の両親と病室で顔を合わせ、息子のせいで大変な目に遭わせて申し訳ないと頭を下げられた。そして、これに懲りずにぜひ政人さんと結婚して欲しいと熱心に訴えられた。

そんなわけで、わたしたちはめでたく両家に祝福された婚約者同士となった。

「明日婚約指輪を取りに行こう」

ベッドの上に座った政人さんは、わたしの頬を撫《な》でながら言った。

「それで、すぐに俺の所に引っ越してこい。人生何があるかわからないからな、できるだけカンナと一緒にいたいんだ」

それはわたしも同じ気持ちだった。

「胃の方は大丈夫か？」

「うん、すっかりよくなったよ」

「そうか。会社には指輪とネックレスをつけて行けよ」

「うん」

「遠山に近寄るなよ」

「うん」

「専務に結婚式での祝辞を頼んでおけ」

「うん」

「仕事で疲れたら、毎日来なくていいから身体をしっかり休めろよ」

「ううん、毎日来るよ。顔を見ないと安心できないから」

「朝昼晩とメッセージ送るけど」

「会わないと駄目」

「甘えん坊で可愛いな」

「甘えちゃ駄目？」

「俺だけに甘えてろ。一生甘えてろ」

そういうと、政人さんはわたしに甘くて熱いキスをした。

浅倉カンナ、酔った勢いで婚約者を拾いました。

今、とっても幸せです！

その28　プレイヤー・マサト

お腹の傷もうまくくっつき、抜糸も済んで、シャワーも浴びられるようになったため、政人さんの退院する日が無事に決まった。

恥ずかしながら、ストーカー事件以来、政人さんの顔を一日に一回は見ないと不安になってしまうわたしは、今日も仕事が終わると病室にやってきて「カンナのむいた伊予柑《いよかん》が食べたい」などというマニアックな要求をする政人さんのためにせっせと果物をむく。

伊予柑はとても香りがよくて、甘くて美味しい柑橘類でわたしも大好きなんだけど、身が軟らかくてジューシーだから、手がたちまちオレンジ色の汁だらけになってしまう。

わたしはむいた身を厚い皮の上に乗せた。

「はい、むけました。どうぞ」

お行儀が悪いけど、つい指を舐《な》めてしまうと、爽やかな香りと甘さが口に広がる。

わたしもひとつむいて食べちゃおうかな？

「……あーん」

わたしのことをじっと見ていた政人さんが、口を開けて言った。

「ねえ、ひとりで食べられるよね？」

「お前が熱を出した時には、俺が食わせてやったじゃん。ほら、あーん」

「……あれも、ほとんど無理矢理だったような……」

「あーん！」

「もう！」

そして、結局いいなりになるわたし。人には見せられないいちゃいちゃバカップルである。

「あっ、や、指は舐めないで」

政人さんは右手でわたしの手首をつかみ、伊予柑を持っていた指に舌を絡ませた。

「なんで？　伊予柑は、この汁が美味いんだ」

「もうそんなについてないわよ……あっ、やん」

病室に、ぴちゃりと音が響く。

榛色《はしばみ》の瞳でみつめられながら熱い舌で指をなぶられて、わたしは指先からお腹まで疼《うず》きが走り、思わず淫《みだ》らな声を漏《も》らしてしまう。

政人さんはやることがいちいちエロすぎだと思うよ！

「や、もう……舐めないで……」

「……早く退院したい。カンナが欲しくて我慢できねーよ」

「明日、退院できるから……駄目、もうこれ以上しないで……」

はあっと息をつきながら、政人さんの口から手を取り返す。

わたしだって、我慢できなくなっちゃう。

「果物じゃなくてカンナを食いたいな」

病衣を着ても色っぽいというけしからんイケメンが、舌なめずりをしながら言った。

入院中はもちろんダサメガネ変装ができないため、政人さんのイケメン光線が溢れてしまい、わたしは気が気でなかった。美人ナースに狙われたりしたら大変だ。

「んなことねーって。婚約者のカンナがこの通り、毎日通ってきてるんだぜ？ 変なちょっかいを出そうとする奴なんていないし、第一看護師はみんな忙しそうでそれどころじゃない」

「……そうか、それもそうだね」

「ああ、顔より傷口の方が興味あるみたいだ。どっちかっていうと、興味を持つのは男性患者側の方じゃないのか？」

「ええっ⁉ 政人さん、まさかナースを……」

わたしが強張った顔で政人さんを見ると、彼はぷっと噴《ふ》き出した。

「またからかったのね！ 酷いよ。じゃあ、わたしはお医者さんの中からイケメンを探してくるよ！ 外科の先生にカッコいい人がいるって、繭ちゃんが言ってたから」

「おい、ちょっと待て！」

今度は政人さんが動揺している。

「やめておけ、どうせろくなのがいないから、きっと女癖の悪い奴しかいないって。変に目を付けられたらどうすんだよ、お前はガードが甘いんだから自覚しろ！」

焦っているけど、婚約者のところに毎日お見舞いに来る人に、お医者さんが変なこと考えるわけがないじゃないね。

「わたしの主治医の板橋先生は、優しくてイケメンだったなー」

ちなみに、『雰囲気が』イケメンだったのである。先生ごめん。

「……カンナ、ちょっとこっちに来い」

「やだ。政人さん、怖い顔してるもん」

「いいから、来いって。この腹の傷は、どうしてできたんだっけなー？」

「そういう言い方って、騎士道精神に反すると思うよ！　それは名誉の負傷でしょ！」

「こーいこいこい、羊ーこーいー」

政人さんがちょいちょいと指で呼ぶ。

「いい子だなー、羊ー、こいこいー」

「猫撫で声を出したって駄目なんだからね、うわあ！」

政人さんの腕は、思ったよりもリーチが長かった。わたしは腕をつかまれ、ベッドに引きよせられて、そのまま押し倒される。

「政人さん、暴れたら駄目だよ、傷口が開いたらどうするの！」

「カンナがおとなしくしてれば問題ない」

「んんー」

わたしを抱えこむようにした政人さんに、唇を塞がれた。身体が密着するから、政人さんの匂いがめっちゃする。胸いっぱいに吸い込んでしまい、なんの反射なのか、身体から力が抜けてしまう情けないわたしである。

「カンナの口はいけない口だな。お仕置きするから舌を出せ」

「政人さん、看護師さんが来ちゃうよ、駄目だよ」

「ほら、いい子にしろよ、羊」

「んんんーっ！」

唇をぴったりとくっつけて、舌をねじ込んでくる。

わたしはバタバタと暴れたけど、政人さんはわたしの舌を引っ張り出すまで容赦なく責め立てた。

「あー、カンナ可愛い、羊大好き、愛してる、もう全部食っちまいたい」

「！！！！」

そりゃあ、わたしだって、政人さんのことが大好きだけどね！

でも、今は駄目なのよー！

心の叫びは、すべて政人さんの口に吸い取られてしまい、腕の中に抱え込まれてわたわたすることしかできない。ベロチュー王子にはかなわない、哀れな羊である。そして、王

子のテクニックに翻弄《ほんろう》されて、最後にはとうとう腰が抜ける羊である。

「お前は俺以外の男を見るな。他の奴にはカンナのひとかけらもやることは許さないからな。言うことを聞けないなら、身体に教えるしかない……そうだ、そんなに医者がいいなら、俺がドクタープレイをしてやるよ」

「そんなこと、これっぽっちも望んでいないからね！　はい、もうおしまいです！」

涙目で言い返す。

「おしまいって言ってるでしょ、あっ、駄目」

だが、暴君王子は綺麗《きれい》な顔にいかにも心配そうな表情を浮かべながら、横抱きにしたわたしの身体をまさぐりながら言った。

「浅倉カンナさん、どこが痛いんですか？　うーん、ここが少し腫れているのかな？　ちょっと診察してみましょう」

「あっ、いやあん、もう！」

シャツのボタンを外され、胸元から手を入れられてしまう。

「痛いところを自分で言えるかな？　言えないの？」

「ひゃん！　やめて、駄目、やっ」

膨らみを揉《も》まれて、変な声が出てしまう。

「浅倉さーん、他の患者さんに聞こえるから、えっちな声を出してはいけませんよ。それより、痛いところを口に出して言ってみましょうね」

ノリノリのエロドクターである。

「ここが痛いんですか？」

「ああん！」

胸の先をつぶされるようにこねられ、わたしはのけぞって喘《あえ》ぎ声を出してしまう。

「ほら、えっちな声を出してはいけないって言ってるでしょう？　お口を押さえていなさい。そして、このコリコリに尖った場所の名前を言うんです」

「も、変態！」

「違います、変態ではありません。浅倉さんがいやらしく尖《とが》らせているここは、乳首、っていうところですよ。さあ、言ってごらんなさい。『政人先生に乳首をいじられて、いやらしいカンナは乳首の先を固く立たせてしまいました』ほら」

「い、言わな、あっ！」

「困りましたね。言わないと先生はお口で診察をしなくてはならないんですよ？」

偽医者はわたしのシャツを大きく広げて、ブラジャーを押し上げた。

「いやっ」

「大変ですよ、こんなに固くなったらすぐに治療をしないと……」

「あっ、あっ、いやあ」

ちゅぱちゅぱといやらしい音を響かせて、政人先生は一発で医師免許を剥奪《はくだつ》されそうな治療を始めた。

「手遅れかもしれませんね、こっちまで腫れてきてしまいましたよ」

舌で胸の先をねぶりながら、政人先生はわたしのスカートをまくり上げて、下着のクロッチを指で探った。

「おや……膨らんでますね。こんなにコリコリになるなんて、これは大変な症例ですよ」

「あん、あん、やん、ああっ」

政人さんは手を滑らせると、ストッキングの中に差し入れて、薄い布越しにそこをこすった。

「いけない、こんなにぬるぬるになって、いけないおつゆが染み出てきていますよ。本来ならここに太い注射を……」

「木原さーん、退院の書類をお持ちしましたけど、開けてもいいですかー？」

ドアがノックされ、看護師さんの声がした。

ぎゃあああああああ、ヤバい！

「いいですかー？　五秒だけ待ちますよー、五秒たったら開けますからねー、ごー、よんー」

わたしはベッドから降りて、看護師さんのカウントダウンを聞きつつ急いで身なりを整えた。

「ぜろー、失礼しまーす」

特別室のドアが開き、年配の看護師さんが入ってきた。

「木原さん、こんばんは。明日、ようやく退院ですね」

「……はい」

政人さんはイケメン全開の笑顔で言ったが、すでにその本性を知っているベテランナースはまったく動じなかった。

「そう簡単に傷は開かないとは思いますけどね、物事には限度ってものがありますから、退院したばかりのときは、あまり無理をしないでくださいね。お腹の中も縫ってあるんですからね」

「はい」

「明日は浅倉さんがいらっしゃるんですか？」

「はい、お休みをもらってありますので」

「それでは、明日会計の計算が終わったら、この書類に記入したものを持ってお支払いに行って、またナースステーションまでお持ちください。以上です」

わたしは書類を受け取り、微妙な表情で看護師さんを見送る。

「ここは少し開けて換気しておきましょうねー」

「……」

開かれたままのドアを見て、わたしは真っ赤になった。

「政人さん！　もう！」

絶対看護師さんにバレバレだよう、恥ずかしい！

「ごめんな、ドクタープレイが中途半端に終わっちまって」

ちーがーうー！

「退院したら、通販で白衣とナース服を買ってやるから機嫌直せ」

……わたし、今、ちょっと殺意が芽生えたよ！

その29　羊の身体をはったお世話

退院日の午後に、わたしと政人さんはタクシーを使ってタワーマンションに帰ってきた。コンシェルジュの宮田さんに帰宅を告げ、高層階用のエレベーターに乗って部屋に入る。

病室暮らしの後、久しぶりに外に出てなんとなく疲れたのか、政人さんがソファに座ったので、わたしはバッグを開けて洗濯物だけ引っ張り出して洗濯機に入れ、スイッチを押す。

政人さんの入院中に鍵を預かったわたしは、頼まれた物を病室に持って行ったり、下着の洗濯をするために何度かここに来ているので、いくらか慣れている。

洗濯物さえなんとかしてしまえば、あとはスマホや仕事用のパソコンくらいしか持ち物はない。タオルとか病衣とか洗面用具とか、入院に使う物は、すべてレンタルか使い捨てで済んでしまったのだ。ティッシュなどの消耗品が必要なら、24時間のお買い物サービスまであり、メーカーまで指定してすぐに買ってきてもらえる。さすが特別室なのである。

本当はパンツの洗濯だってクリーニングに頼めるんだけど、そこはなぜか「俺のパンツに触ることができる女は、世界中にカンナだけだ！」とかいうこだわりを持つ政人さんに頼まれてしまった。なにかトラウマでもあるのかと、少々心配なわたしである。

そして、まさか「俺の使用済みパンツをカンナが触っている……」などと喜んでいたりしない……よね？　と、不安に思うわたしは、少し心が汚れてしまったのだろうか？

笑顔で洗濯物を渡してきたのは、単にわたしへのねぎらいの気持ちからだよね？

「ねえ、お茶でも淹れようか？　うちの近所で買ってきた、政人さんも好きな美味しいお茶があるよ」

「ありがとう、ぜひ飲みたいな。カンナ、手続きを全部やってもらっちゃったけど、疲れてないか？」

「全然大丈夫よ、細かい事務処理はお手のものだもん」

わたしは電気ポットでお湯を沸かしている間に、急須と湯飲みを用意する。そして茶葉を量っておく。沸いたら急須にお湯を入れ、それを湯飲みに注ぎ、あらかじめ茶器を温めておくと美味しいお茶が淹れられるのだ。

美味しいお茶には手間をかけてあげれば、より美味しいものになる。恋も一緒かな、なんてことを考えてしまうのは、政人さんと一緒にいられて浮かれているせいかもしれない。

わたしは急須に茶葉を入れると、そこに適温にさめた湯飲みのお湯を入れた。お茶の種類によって、一番美味しく入れられるタイミングが違うけれど、飲み慣れたこのお茶ならばそれを知り尽くしている。

政人さんは、スマホで実家に連絡しているらしい。

「ああ、全部カンナがやってくれたから大丈夫だ。……わかったよ、言っとくから……はいはい、ちゃんと言うって……そんな、ぬかりはねーよ、逃がさねーよ」

最後、不穏なセリフが聞こえたよ！

「カンナー、うちのおふくろがありがとうって言ってるー、よし、伝えたぞ、じゃあな、もう切るからな……だから、気をきかせてくれって……だーいじょうぶ、そんなにとんでもないことはしない、たぶん、たぶんな！」

スマホが切れる直前に「政人、あんた、よそ様のお嬢さんに、政人、まーさーとーーーッ！」などという切羽詰まった叫び声が聞こえたけど……後で直接お母様に連絡してみよう。病院で会った時に番号を聞いてあるんだ。

「はい、お茶をどうぞ……なあに？　どうかした？」

鮮やかな緑色に出たお茶を政人さんの前に置き、ついでに何かつまむものがあったかなとキッチンに戻りかけ、政人さんの返事がなかったので振り向いた。

「いや……」

政人さんは片手で顔を覆ってうつむき、そうかと思うと今度は天井を見上げる。そして、「うあああああ、このお茶だあ、このお茶がうちに来たあああああ」とわけのわからない呻き声を出す。

「気分でも悪いの？　傷が痛む？　……あ、顔が赤いわね、熱が出たのかしら」

わたしは挙動不審な政人さんの顔を観察して言った。

おかしいな、退院する時に先生に診てもらったし、体調は悪くないはずなんだけど、家への移動が負担になったのかな？　かわいそうに、せっかく退院できたのに。

「……じゃあ、おでここつん、てして」

心配していると、視線をわたしに戻した政人さんが、甘えたことを言う。

「もう！　体温計があるの、知ってるわよ。今持ってくるわ」

「駄目だ。こつんてしてからじゃないと許らせない」

わがままな患者である。

でも、なんだかんだ言っても政人さんの体調が心配なわたしは、テーブルを回って政人さんの隣に立つと、政人さんの前髪を右手でかきあげておでこを出す。榛色の、指輪にはめ込みたいくらいに綺麗な瞳がわたしを見つめている。

わたしは自分のおでこを出して、お望み通りにおでことおでこをくっつけた。

「はい、こっつん。んー……お熱はないわね」

「ありがと……」

「きゃ」

そのまま背中に手を回されて抱きつかれたわたしは、あっと言う間に政人さんの膝の上に乗せられた。

「やっ、テーブル揺らしちゃ駄目！　お茶がこぼれちゃうよ、それにおなか痛くしちゃうよー、怖いよ」

「嫁だー」

「え？」

「嫁だ嫁だ嫁だ嫁だ嫁だーッ！！！」

わたしの耳元に顔をつっこみ、叫ぶイケメン。

「駄目だ、カンナが俺んちでお茶なんか淹れてくれて、もう嫁がきたーって感じがして、一気にきたわ、嬉しすぎる」

「政人さんんんんーっ！」

あいかわらずのベロチュー王子、行動にぶれがないね！

「カンナぁ、可愛い可愛い、俺の嫁だ嫁だ嫁だーッ！」

興奮してぐりぐりと頬ずりをするが、わたしは政人さんの身体が心配でそれどころではない。

「駄目、落ち着いて、傷が開いちゃうよ」

こんな重い物を膝に乗せたら、負担が大きいと思うの。

「無理、カンナが可愛すぎて興奮が抑えられない！」

この人は何でスイッチが入るかわからない。そんなにお茶が好きだったのか。さすが小説家である。妄想ポイントがひと味違う。

「カンナ……俺、もう、……な、このましよう？　いいだろう？」

いいわけないでしょ！　あなた、『一応だけど安静』って言われてるでしょ！　でも、そんなことを言っても、どうせ俺様政人様は羊のことをうまく丸め込むに決まっている。

わたしは政人さんの瞳を、なるべく無垢に見えるように（スーパーお局に可能な限りって程度よ！　そこ、笑わないでね！）うるうるおめめで見つめて弱々しく言った。

「わたし……わたしがいることで政人さんの身体にさわるなら……家に帰るよ」

ストーカー事件の後、わたしは元の部屋に住むことができなくなり、貴重品と大切な品以外をすべて処分し、セキュリティが万全な別のマンションに引っ越していた。

「え？」

しょんぼりしてみせるわたしの様子に、政人さんは驚いたようだ。

「だって、せっかく退院できてたくさん一緒にいられると思ったのに、また傷が悪くなったら政人さんに会えなくなっちゃう！　そんなのいや、わたし、もう耐えられないの。だから……一緒にいたいけど……我慢して、帰る、よ……」

「……カンナ」

きゅうっと政人さんのシャツをつかむ。

「あとのことは宮田さんにお願いしておくから大丈夫。……もっと、ここにいたかったな……わたし、帰りたくないな……離れたくない……もっと政人さんと一緒にいたいな……」

やば、マジで涙が出てきた。

もっと一緒にいたいのは、わたしの本当の気持ちだからだ。

わたしがこっそりと政人さんのシャツで涙を拭いていると、頭に手が置かれた。

「いや、カンナ、俺が悪かった」

優しく頭を撫でられる。

「心配かけてごめんな？　大丈夫、傷に負担がかかるようなことはしないからさ、今日は泊まっていけよ」

「……本当？」

疑いの目で政人さんの顔を見る。

「本当だ！　俺を誰だと思っている？」

暴君俺様エロ王子？

「俺は日本が誇る、純愛をメインテーマとする小説家、K・マサトだぞ！　この俺がプラトニックな愛を……」

口ごもるK先生。

「ややプラトニック寄りだと言えないこともない愛情表現を、貫くことも、まあ、この俺ならば、できないこともないだろう、たぶん」

ちょっと、めちゃくちゃ勢いが弱まったよ！

そこまで苦手分野でお仕事してるの⁉　大丈夫なの⁉

「信じていいのね?」

「ああ、もちろんだ」

誠実そうな顔をするイケメン。無駄に整っているから、映画のワンシーンのようだ。

駄目だ、これはコロッと騙されるパターンだわ。

なるべく気を引き締めていくことを決意するわたし。

「うん……それじゃあ、今夜はお泊まりしようかな? まずは落ち着いてお茶でも飲もうよ」

わたしが政人さんの肩をポンポンと叩くと、彼はわたしを膝からおろしてくれた。

わたしは自分のお茶を持ってきてテーブルに置き、政人さんの横に座った。身体の右半分をくっつけてみると、政人さんの温かさが伝わってきた。

あったかい。

政人さんだ。

嬉しい。

「政人さん、早く元気になってね。ちゃんと治してね」

「……ああ」

彼は左手で、わたしの身体を抱き寄せる。右手は頰を撫《な》でる。

「けがなんてとっとと治して、羊を充分に可愛がってやるからな。お前は寂しがりやだからな」

「政人さん……」

わたしは両腕を彼の身体に回して、傷にさわらないようにそっと抱きついた。

「治ったら、いっぱいぎゅうってしてね？」

「……こ……この……凶悪羊……くっそ可愛すぎだ！　……うう、もう、なんの我慢大会なんだこれは、俺はどんな悪いことをしたっつーんだ！」

見上げると、政人さんはまた手で顔を覆ってうめいていた。


「ねえ、お掃除とお洗濯はハウスキーパーさんがするんだよね」

「そうだ」

「ごはんも作ってくれるんでしょ」

「毎日じゃないけどな、コンビニとか外食も併用するから」

「じゃあ、わたしは何をすればいいの？」

よく考えたら、政人さんは普通に生活できるわけだから、もうわたしの看病はいらないのだ。

「今日は金曜日だから泊まっていくけど……」

「いや、月曜日までいろよ！　ここから出社しろ。足りない物はほとんどないだろ？　服とかも揃《そろ》えたし」

政人さんが慌てたように言う。

「昼間に通ってくればいいんじゃないかな、電車の定期があるし」

「面倒だろ、泊まっちゃえって！　泊まってください！」

おお、敬語が混じってきたよ。

「うーん、わたしになにか役に立つこと、できるかな？」

「いやいや、いるだけでいいんだって、カンナはいるだけで役に立つ素晴らしい羊だ！　カンナがいると、ほら、こんな風に身体から癒やしのオーラが溢れ出ているから、俺のけがの治りが早くなるんだ。な？」

「そうかなあ……」

政人さんは、今度はファンタジー小説でも書いているんだろうか？

「あー、俺、風呂に入りたいんだよな。病院じゃシャワーだけだったから、がーっと身体を洗いたいんだけど、傷が気になって身体をうまく洗える自信がないなあ……」

ちらっとこっちを見てる。

「こんなの他に頼める人がいないからなー、カンナが手伝ってくれないかなー」

「確かに、背中を洗う時に傷がひきつるよね」

「そうなんだ、ひきつるんだ」

「わかった。じゃあ、夜になったらお風呂を手伝ってあげるね」

「そりゃ助かるわ！　サンキュ！」

爽やかにお礼を言う政人さん。

はい、お手伝いすることばかり考えて、それがどういうことか考えなかったお馬鹿な羊とはわたしのことですよ！


その晩は、カレーライスにした。政人さんの熱烈なリクエストだ。

「病院のカレーは、刺激に欠けるんだよな。こう、肉がごろっとして、野菜とマッシュルームが入った、がつんとしたカレーが食いたい」

「わかった。お肉をいっぱい入れて、ルーは辛口にしようね」

「肉はおっきいのだぞ。牛の塊がいいな」

すごい肉食男子だね！

わたしは政人さんからお財布を預かって、大きな牛肉をはじめとしたカレーの材料を買ってきた。

炊飯器にお米をセットしてから、料理を始める。キッチンの収納庫から圧力鍋を取り出す。これを使うと、大きなお肉もあっという間に柔らかく煮えるので、わたしが買ってきたのだ。

「じゃがいもは煮崩れちゃうから、後から入れるんだよ」

「ふうん」

「お肉はフライパンで焼いて、表面をこんがりと焦がすの。出た肉汁はワインで洗うようにして、お鍋に入れてね」

なぜか仲良くお揃いのエプロンをして、キッチンに立つふたり。政人さんは、わたしのためにお料理を覚えたいそうなのだ。

彼は慣れない手つきで牛肉を焼いた。

「疲れたらすぐに休んでね」

「わかってるって。もう寝るのは飽きたんだ」

退院したばかりには見えない、元気なイケメンである。

政人さんはあらかじめわたしが鍋で野菜を炒めておいた中にお肉を入れると、焼くのに使ったフライパンにワインを注ぎ、木べらでよくこそげる。

「そうそう、そこに旨味がついているからね」

こうして、ふたりの共同作業によるカレーライス作りは大変うまくいき、わたしたちはキャンプに来ているかのようにはしゃいで、辛口のカレーを美味しい美味しいと笑い合いながら食べた。そして、仲良くお皿を洗った。

「けが人にお皿洗いをさせるなんて」

「こんなの、もうほとんど治ってんだぜ？　医者にも積極的に身体を動かせって言われてるんだ。カレー、美味かったな。やっぱり肉の焼き方が良かったのかな」

「うん、上手に焼けてたからね。あ、お風呂にお湯を入れてくるね」

わたしは、キッチンの片づけを政人さんに任せて、お風呂場に行った。バスタブに青りんごのバスバブルを入れて、お湯を張るスイッチを入れる。

うん、今日も素敵なお風呂ができたわ。

満足してひとり頷くわたしは、食器を片づけ終わった政人さんがわたしの下着からなにからお着替えをいそいそと用意していることに、まったく気がつかないのであった。


「政人さん、Tシャツを一枚借りてもいいかな」

「おう」

わたしは歯磨きをしている政人さんに言って、引き出しからなるべく安そうなTシャツを出した。勘で選んだから、本当に着ても大丈夫なのか確認する。

「これ、お風呂の中で着てもいい？　背中を流す時に」

政人さんの歯磨きの手が止まる。

「……ごめん、高いやつだった？」

Tシャツのタグを見ると、割とよく見るブランドの物だけど……プレミア物なのかな？

政人さんは、口の中を泡だらけにしたまま首を横に振った。

「あ、じゃあ、いいんだね」

今度はぶんぶんと縦に顔を振り、勢い余ってむせ始める。わたしは慌てて政人さんの背中を叩いた。

「ごめんなさい、歯磨きしてるところに話しかけたりして、わたしがいけなかったね。大丈夫？」

政人さんはうがいをして、乱暴に口元を手で拭った。

「いや、平気、うん」

真っ赤な顔になっちゃった。よほど苦しかったんだね、ごめんね。

「ちなみに、Tシャツの下は、何を着るつもりなのかなー、とか、気になるのですが」

なぜか敬語になる政人さん。

「普通に下着を着るけど？　これ、丈が長いから、足まで隠れるもん」

わたしが身体に当てると、太ももの半ばまで隠れてワンピースみたいになる。

「ほら、ね？　これくらいならあまり濡れないかな」

「そ、そうだな！　それくらい長ければ、いいんじゃないか？　うん、いい、かなりいい！」

「うん。じゃあわたしも歯を磨いちゃおうっと……あ、自分の着替えを出したんだね」

「お、おう！　自分のは出したからな、大丈夫だ」

政人さんったらよっぽどお風呂が楽しみだったんだね。可愛いね。

背中をよく洗ってあげようっと。

わたしは優しく笑って、歯磨きを始めた。

「政人さん、入るよー」

「いいぞ」

ブラとショーツの上に借りたTシャツを着たわたしは、ジャグジーの中で充分青リンゴの泡がぶくぶくと立っている浴室に入った。政人さんは、泡の中から気持ちよさそうな顔を出している。出しているのだが、わたしの姿を見たとたんになぜか湯船の中でずっこけたらしく、お湯に鼻まで潜って「ぶふぉっ」といってしまっていて、イケメンが台無しである。


入院して、体力が落ちたのかな。大丈夫かな。

疲れすぎるといけないから、早くお風呂をあがらせた方がいいね。

「もう背中を流す？　傷は痛まない？」

「ああ、大丈夫だ。見るか？」

泡の中で膝立ちになり、政人さんは刺された跡を見せた。わたしは屈んで傷を見た。

「うわあ、これは痛かったね」

一歩間違えたら、刺されたのはわたしなのだ。政人さんのたくましい身体と違って、あまり腹筋もないわたしだったら、内臓が切り裂かれて死んでしまっていたかもしれない。

「カンナ、お前じゃなくて本当に良かった」

「政人さん……」

「また同じことがあっても、俺はお前を守るからな。まあ、こんなことは二度と起こさせるつもりはねーが。ほら、そんな顔をすんなよ」

わたしの頬を、政人さんがつまんだ。

「背中、洗ってくれるんだろ？」

「う、うん」

わたしが頷くと、政人さんはジャグジーから出た。

すっぽんぽんで。

「！」

素早く目をそらすわたし。

ま、お風呂ですからね。

裸なのは当たり前ですからね。

政人さんがバスチェアに座ったので、わたしはスポンジにボディソープをつけて泡立てた。ぶくぶくしたそれを、政人さんの背中に当てる。

わあ、男の人の背中を流すなんて、お父さん以来だよ。

とても広い、筋肉の張った背中にわたしは戸惑い、なんだかドキドキしてしまう。

「こするの、強くない？」

広い背中を洗うのは、けが人には結構な重労働だ。お手伝いしてあげることにしてよかったわ。

「うん、気持ちがいい」

そう言われると、はりきってしまう。

うんしょ、うんしょ、とかけ声をつけてしまい、自分でおかしくなって笑ってしまう。

「なんか、お父さんの背中を流す小学生みたいになってるね」

「そうか？」

「うん。あ、泡が飛んじゃった」

気をつけているつもりでも、真剣に洗っていたらTシャツにだいぶ泡がついてしまっていた。

「ああ、本当だな……着ていてもあまり意味がないかもな」

「意味はあるよ！　ねえ、背中はこれでいいかな」

「ああ。……はい」

「え？」

「腕も洗ってくれよ。力があまり入らなくてさ」

「もう、しょうがないなあ」

わたしは政人さんの腕を片手で支えて、せっせと洗う。当然、もう一本も洗う。

「わあ、また泡がついちゃったわ」

「じゃあ、前も洗ってくれよ」

「なんで、じゃあ、なのよ」

「いいだろ？　ついでにさ」

「でも……」

あのね、後ろと前では、かなり違うのですよ。その、下半身関係が。

「ほらー」

「きゃあ、泡が！」

政人さんがわたしの身体を腕で引き寄せたから、もう泡だらけになってしまった。

「やだもう！」

「カンナが早く洗ってくれないからだろ。ほら、俺の世話をしてくれるって言ったじゃんか、洗ってくれよ」

さも当然のように言う、押しの強い俺様王子。

「けが人の世話なんだから……あっ、カンナ、お前、えっちなことを考えてるんだろ？　わー、やらしいなー」

「かっ、考えてないよ！　政人さんはけが人なんだから、そんなことを考えるわけないでしょ！」

わたしは政人さんの胸をスポンジでごしごしと勢いよくこすった。

「わっ、そこ、くすぐったいって」

「全部綺麗《きれい》にしてあげるから、文句言わないの」

たっぷりの泡で脇の下を洗われた政人さんが身悶えた。

「わあ、マジくすぐったいって、無理無理、わあああっ」

暴れ出した政人さんが、わたしにしがみついた。

「やめてくれー」

「もう！　それはこっちのセリフ！」

わたしまで全身泡だらけだよ！

「もう、これ脱いじゃえよ、カンナも風呂に入っちゃおうぜ」

「えっ、きゃあ」

濡れてびっしょりになったTシャツを、裾からまくられて脱がされてしまう。

「何をするのよ」

「下着も取れよ」

あっという間にブラのホックが外されて、わたしは慌てて胸を隠して立ち上がった。

「駄目っ」

「こっちもだ」

「やあん！」

ブラにかまけているうちに、政人さんがショーツに手をかけ、一気に下ろしてしまったので、恥ずかしい茂みが政人さんの真ん前にあらわになってしまう。

「やっ、馬鹿馬鹿馬鹿、政人さんのえっち！」

わたしは身体を抱え込むようにしてしゃがみこんだが、その場所が悪かった。

目の前に、ピンと天を向いた、凶悪な物体があったのだ！

「ひっ！」

息を飲むわたし。

だって、こんなの見るの、初めてなのよ！

そりゃあ、初えっちはしたけれど、薄暗い寝室だったし、見ないうちに入れられちゃったんだもん！

「……そっか。カンナは初めて見るのか、男のち……」

「わーわーわー、聞こえません！」

「聞けよ。あのなあ、お前は『こんなに勃たせちゃって、政人さんったら変態！』とか思っているかもしれないけどな」

げげっ、心を読まれてる？

「これが勃つのは大切なことなんだぞ。勃って入れて、何度もがんばらないと子どもができないんだからな？　どんなに科学が発達しても、それ以外に生物は自然に産まれないんだ。だから」

政人さんは真面目な顔で、ソレをわたしに見せつける。

「勃ってくれてありがとう、と素直な気持ちで天に感謝できるようになるまで、カンナに正しい性教育をするぞ！」

「へ？」

「今日は、抵抗なくこれに接することができるようになることが課題です」

うわあ、政人先生が降臨したよ！

「では、まず、手にたっぷりと泡をつけて、これに触ってみましょう」

「政人さん！　必要？　今さらわたしに性教育が必要？」

「必要です。ほら、早く泡をつけなさい」

　政人さんはスポンジをわしゃわしゃして、浴室の床に膝をついたすっぽんぽんのわたしの手に泡を乗せた。

「はい。では、そっと手で握ってみましょう……あ」

　言われるままに握ったら、それがびくんと動き、政人さんが変な声を出したので、びくっとする。

「痛かった？」

「はあ……違います。好きな女の子に触られると、活きが良くなる性質があるだけです」

「ふうん、そうなの……」

「カンナさんが持っている物の名前を言いなさい」

「えっ？　名前？　言うの？　やだ、恥ずかしいよ」

「恥ずかしくありません。夫婦となるのだから、名前くらい言えなくてどうするんですか！」

　わあ、政人先生に叱られたよ。

「さあ、言って」

「ええー……これは、政人さんの、お、おちんちん、です、きゃあ！」

またびくんとしたよ！

「名前を呼ばれて喜んだだけですから、気にしないでください」

「はい」

「それでは、観察してください」

「はーい」

よく考えてみたら、これはチャンスだよね！　こんなに明るいところでなかなか見る機会はないもん。

「えーと、あ、この中に何か入ってる」

わたしはぶら下がった部分を優しく揉《も》んでみた。

「柔らかい……へえ、こうなってるんだね。あっ、ここになんか筋があるよ」

先の裏側のところが、手触りが違ったので、指でこすってみる。

「政人先生ー、これはなんですか？」

「くっ、そこは、裏筋といって、あっ待ってそこ敏感っ」

沈着冷静な政人先生の声が変わったが、気にしないで観察を続ける。

「なるほどね、敏感、と。あっ、ここには段差があるね。上はつるつるだし……これは皮？」

「ああっ、カンナさん、思ったより大胆、ですねっ」

「手触りが違うんだねー、ここをこうしてから泡で洗っておけばいいかな？　こう？　こんな感じでどう？　痛かったら早めに言ってよ、わたしはよくわからないんだからね」

　わたしは政人さんから受け取った泡を使って、ためらいなく洗った。この思い切りの良さがお局の特徴と言えるだろう。

「痛くない、だけど、くうううっ、カンナ、あああああっ」

「ねえ政人さん、この先から精液が出たら、すごく縮むの？」

　せっかくの機会なので、しっかりと生きた性教育を受けておこうと思う。わたしの前向きな態度に、政人先生も前向きに答えてくれる。

「そ、ですね、出るとかなりぐったりします、ね、ふっ」

「縮ませないでね。まだ観察するから……ここを握っておくと、出にくくなるのかな」

　わたしが根本を握ると、政人さんが「はうっ」と言った。

「あ、ごめんね、痛かった？」

「ち、がう、気持ち、い……」

「なあんだ、気持ちよかったんだ……あっ、ここから出るのかな」

　わたしは先の窪《くぼ》んだところに指先を入れて、くるくるといじってみた。

「ああっ！　カンナ、なんて容赦《ようしゃ》のない女なんだ！」

　見ると、政人さんが涙目になっていた。顔が赤くなり、ハアハアと喘《あえ》いでなかなか色っぽい。俺様で余裕たっぷりの政人さんの、これはめったに見られないお宝な光景である。心のシャッターを押しておこう。

「カンナ、お前は、はあっ！」

「ここ、気持ちがいいの？」

くるくるくるくると指でこすると、政人さんは手でわたしの肩につかまって「ああっ、カンナ、もう、やめ、限界」と鳴いた。

「つるつるのところ全体が気持ちがいいのかな……この、皮みたいのを握って動かすの、えっちなビデオで観たことがあるよ！　ええと、こうするんだっけ」

わたしだって、ちゃんとお勉強してるんだからね。実践する機会は残念ながらなかったけど。ビデオだとモザイクがかかって、今ひとつ構造がわからなかったけれど、政人さんがこうして教えてくれるからよくわかったよ。

いいお勉強をさせてもらえてよかった！　やっぱり政人さんっていい人だね、大人の男性だから余裕があるんだね。

「ねえねえ、このくらい動かすと、どう？　ねえ？」

わたしはもうすでに羞恥心《しゅうちしん》をどこかにやり、好奇心と学習意欲に燃えて、『この機会に旦那様へのご奉仕技を身につけ、今後の夫婦生活に生かそう！』と心に誓っていた。

「あっ、あっ、カンナ、ちょっと、もう、マジに、俺、限界かもっ」

「先のつるつるを握って、こういうのは？」

「お前はどこでそんなことをっ、あっ、はあっ、そんな、嬉しそうに、ヤバいんですけどっ！」

「あっ、びくびくしてる。こっちのが効果的みたいだね」

「そう、だから、ね、もう、勘弁して、頼むから」

政人さんは、潤んだ瞳でわたしをみつめて、懇願した。

「この手を緩めて、頼む、お願い」

「駄目だよ、出たら縮んじゃうんでしょ」

「頼む、ほんとに、もう、あっ、ああっ」

手を動かしたら、政人さんは喘ぎながら綺麗《きれい》な顔を歪《ゆが》めた。イケメンの、放送禁止レベルのセクシー顔である。

やだ、ちょっとぞくぞくしちゃう。わたしの中で何かが目覚めちゃったよ。

「カンナ、お願い、もう、イきたい、イかせてくれ」

「出したいの？　性教育はもうおしまいなの？」

「ごめん、もう、イかせて、カンナ、性教育、おしまい、ああっ、気持ちいいから！」

うわ、涙目でおねだりされちゃった……なんだか政人さんがかわいそうになってきたので、これでお勉強を終わらせることにする。

「はい、じゃあおしまいね。政人先生ありがとう、お疲れ様でしたー」

わたしは両手をぱっと離した。

そのとたん、政人さんのものはびくんびくんと動いた。

「いっ、イくっ、イくっ、カンナ――――ッ！」

彼はわたしの首にしがみつき、わたしはお腹に熱いものがかかったのを感じたのだった。

「……立ち直れねー……」

政人さんが、ジャグジーの泡に埋もれながらつぶやいた。

あれから、妙に消耗した様子の政人さんの身体の泡と、わたしにかかった白い液体をシャワーで流し、虚ろな瞳になってわたしの裸なんて全然見ちゃいない政人さんの頭をシャンプーリンスして、ジャグジーに放り込んでから、わたしも頭と身体を洗った。

「……俺、思いきりえっちな声を出して喘いでた……信じらんねー……」

浴槽の中で頭を抱えて、力なく呟《つぶや》いている。

「政人さん、のぼせるから先にお風呂出なよー」

「なんか……新しい扉が開いた……忘れたら駄目だ、あれはただの羊じゃない、凶悪な羊なんだ……」

なんかわたしの悪口が聞こえますけど？

「ヤバい……あれが気持ちいいとか、超ヤバい……」

なんだ、気持ちよかったんだね。

「またやって欲しいの？」

わたしの言葉を聞いた政人さんはなぜか怯えた顔をして立ち上がり、「俺、先に出るわ」と言ってお風呂をあがったので、わたしはジャグジーでゆっくりとお湯に浸かっていい気分になった。

お風呂から出ると、珍しく政人さんがドライヤーを持って待っていなかったので、自分で髪を乾かしてリビングに行く。

ソファの上で、ぼんやり顔になった政人さんがくるんと丸くなっていた。

可愛い。疲れて眠くなっちゃったのかな。

「政人さん、寝ようよ」

「お、おう」

その晩は、政人さんはとてもおりこうにしていて、変ないたずらをしてこなかったので、わたしは朝までぐっすりと眠ることができた。

その30　エロリスト・マサト

「政人さん、体調は大丈夫？　なんだか昨日の夜から元気がないみたいだけど」

朝食の席で政人さんのお茶碗にごはんをよそいながら、わたしは彼の顔色をうかがった。

「そう……かな。少し疲れてるのかな」

最後に「ハートが……」って聞こえたような気がするけど？


わたしをかばって、ストーカーの包丁をお腹に受けてしまった政人さんが、昨日の午後、ようやく退院した。

それまでは、仕事が終わってからの面会時間にちょっとしか会えなかったけど、昨日の金曜日の夜からわたしがタワーマンションにお泊まりできるので、ずっと一緒にいられて嬉しい。

病院から自宅への場所の移動は、入院中は主にベッドの上の生活だった政人さんに負担だったのかもしれないな。美味しいごはんを作って、たくさん食べてもらって、早く元気になってもらわなくちゃね。

今朝のごはんも、タラの粕漬けと枝豆豆腐と玉子焼きを出して、傷が早く治るようにたんぱく質多めにしておいた。

「政人さん、髪の毛がまだ濡れているよ。風邪をひくといけないから、乾かしてあげる」

「おお、羊、サービスいいな」

食後のお茶を飲んで歯を磨いて、今日は特にすることもないし仕事も午後からにすると言う政人さんは、朝のシャワーの時に濡らした髪を適当に乾かしたらしい。病み上がりだからね、風邪をひかせたくないからね。

洗面所に引っ張っていくと、ドライヤーを構えて……わあ、背が高いから届かないよ。

「うん、無理があったな」

政人さんは笑って、しゃがんでくれた。わたしは髪をわしわしかき回しながら乾かすと、後ろに流れるように整えた。

「はい、おしまい。かっこよくできました」

「おお、カンナは器用だな」

立ち上がった政人さんは、鏡の前で髪型をチェックして満足げに言い、ポーズをとって見せた。スウェットの上下を着ているというのに、モデル並みのこのかっこよさはなんなのだ。

朝からドキドキしてしまうではないか！

「えへへ」

少し照れて上を見上げて笑うと、政人さんの顔が近づいてきて「ご褒美《ほうび》だ」と言ってキスをしてくれた。今日も朝からいちゃいちゃする気満々なのである。

「ありがとな」

政人さんは笑顔で言うと、ドライヤーをわたしの手から取り上げて棚にしまい、またしても顔を近づける。今度は後頭部を片手で支えて、唇を吸い込むようなキスをする。舌でねっとりと舐められて、わたしは「んっ」と鼻にかかった声を漏らしてしまう。

「ありがと、いい子、いい羊」

「も……お礼はいいから、んんーっ」

ようやく離れたかと思うと、また唇が戻ってきて、今度は腰まで引き寄せられたあげくに唇を割って舌をわたしの中に滑り込ませてくる。

ちょ、ちょっと待て！

これは単なるお礼にしては、濃すぎるよ！

洗面所の大きな鏡には、覆いかぶさるようにしてわたしを抱えこむ政人さんが映っている。彼はわたしの口の中を丹念に探り、時々唇を離して色っぽく笑う。そして、角度を変えてまた口づける。

「あ……ん」

ぬるぬると舌に攻め込まれて、口の端から唾液をこぼしたわたしは腰が砕けてしまい、洗面所の壁に背中を預けてずるずると座りこんでしまう。そんなわたしの両側に手をついて囲み、壁ドン王子はにやりと笑った。

「キスで気持ちよくなっちゃった？」

「！」

目をそらし、真っ赤になるわたし。

「おかしいな、可愛いカンナちゃんは俺と大人の階段をのぼったのになあ……」

わなわなと震わせるわたしの唇を親指でこすり弄《もてあそ》ぶ、俺様エロ王子。

「もっと経験値を積もうな。いいよ、俺が懇切丁寧に付き合ってやるから」

「い、いいえ、結構です、間に合ってま……」

全部言う前に口を塞がれ、床に押し倒される。

「誰で間に合わせてんの？　他の男とやったら許さねーからな」

「あん！」

耳を嚙まれて、甘い悲鳴をあげてしまう。

「ちが、そういう意味じゃなくて、あっ、やあっ」

そのまま舌で耳の後ろの感じやすいところをちろちろと舐め回して、わたしにえっちな声をあげさせてから、政人さんは首を強く吸い上げて言った。

「……ああ、床だと背中が痛いんだっけ。よし、ベッドに行くぞ」

腕をつかまれて、立たされる。

そう、まだ傷が治ってないから、お得意のお姫様抱っこは封印……って、ベッドだと⁉

「なっ、なにを言ってるの」

思いきり腰が引けてしまうわたし。

腕をふりほどこうとじたばたするけど、わたしの腕をつかんだ大きな手はそんな抵抗はなんでもないようだ。

「食器も洗ったし、洗濯も終わったろ？」

「うん」

「じゃあ、あとやることはこれしかないじゃん」

「こ、これって、まさか」

確かに、掃除も必要ないし、特にやるべき家事はない。

だがしかし！

真っ昼間どころか、今は朝！　朝だよ！

「お、お出かけ、する？」

「さすがに今日くらいはうちで安静にしてようかと思うぞ」

「じゃあ安静ってことで！　ソファでゆっくり読書とか！」

「俺は読むより、創る方がいいかなー」

「やっぱり仕事をするのね！　さすがは政人さんね、わかった、わたしはおとなしくしてるから」

「うん、でもパソコンに向かう前に、じっくりと取材したいんだよな……」

ずるずるずるずる。寝室に引きずられる羊。

「次の話はこう、愛し合うふたりが熱く燃え上がるようなのがいいかな……心も身体も」

「ひいっ」

「それとも、初めての快楽をサディスティックに身体に教え込まれて、悪魔のような男に淫猥《いんわい》な楽園に引きずりこまれていく女の、汁気たっぷりのスゲーやーらしい話とか」

「政人さん！　純愛がメインの小説家のK先生！　落ち着いてください、作風が違ってますよ！」

「ああ、じゃあ、女の身体に慣れていない童貞の男が、じっくりねっとり卑猥なオベンキョーをするって設定も新鮮でいいな、純愛路線だし……というわけで、教えて、カンナ先生？」

「教えません！　無理です！　そしてそれは純愛とは言いません！」

「んな冷たいこと言うなよ、カンナ先生。人間なんでもやってみないと結果は出ないぜ、チャレンジだ！」

そんな結果を出したくないよーっ！

「さあ、朝の明るい日の中で、俺にじっくりと教えてくれ……カンナの秘密を」

寝室に連れ込まれ、ベッドの上に置かれたわたしは、本当に明るい部屋でうろたえる。

「嘘《うそ》よね？　冗談よね？」

　政人さんはなにも言わずにカーテンを引く。

確かに少しは薄暗くなったけど、でもまだ明るいよ！

「昨日はカンナが俺のお勉強をしたろ？　今朝は俺が勉強する番だ。大丈夫、激しくはしないからさ。俺だって傷は早く治したい」

　そう言うと、政人さんはわたしの隣に座って、色気を滴らせながら見つめてきた。

「昨日の夜はおとなしく寝たんだからさ、いいだろ？　ちょっとだけ」

「……でも」

「本当にちょっとだけだからさ。なあ、入院中は全然カンナを抱けないから、毎晩ひとりでカンナを思いながら処理してたんだぜ？　かわいそうだと思わない？」

「しょ、しょ、処理、ですか」

「特別室だから、広いトイレがついていてよかったぜ」

「そ、ソレは、なによりでしたね」

「まさか処女を卒業したばかりのカンナに、頼むわけにはいかなかったからなー」

　そんなこと頼まれても困るし！

「だからさ、夜まで待てない……カンナ……」

　キスして、押し倒される。

　そのままベッドの上で深く情熱的なキスをされた。

「カンナはしたくなかった？」

「な、なかったよ」

「本当？　俺にこうやって触られたいと思わなかった？」

「あっ」

政人さんの手が、わたしの身体を撫《な》で回した。

「こうすると、えっちな声を出す癖に……じゃあ、こうしよう。今のキスでカンナの乳首が立っていたらこのまま……な？　さあ、見せてみろ」

「やあん、やめて！　やっ」

政人さんは、わたしの部屋着の裾に手を入れて、胸をまさぐった。そして、目を細めて満足そうに笑った。

「……立ってる」

うわあん、わたしの乳首の馬鹿馬鹿馬鹿！

「違うの、それは少し寒いからで」

「それはいけないな。ふたりで熱くなろうぜ」

「やあん、揉《も》まないで」

「そうか、ブラの上からじゃ物足りないか」

政人さんはわたしの部屋着をまくり上げて、ブラをずらしてしまった。

「たっぷり可愛がってやるからな」

そう言って舌なめずりした政人さんは、わたしの胸の先を舌先でちろちろと舐め始めた。先と言っても、一番敏感な尖ったところは触れないで、その周りをぐるっと舐め回す。

「気持ちいい？　ん？」

「……意地悪」

わたしは身をよじりながら涙目になる。

「どうして？　カンナはここ、好きだろ？」

白い膨らみを指でつかみ、そのてっぺんを舐める……と見せかけて、その周りにだけゆっくりと舌を這わせる。

「や……違う……」

「どこを舐めていじめて欲しいのか、言えよ」

「言わな……痛い！　ああんっ！　やあん！」

政人さんに両方の尖った先を何度も強くつままれて、わたしは痛みと同時に身体を走る痺れる感覚に身を震わせた。

「ひっ、酷い……」

涙がぽろりとこぼれる。

「可愛い……カンナ、可愛い」

それを、うっとりした顔で舐めとる俺様ドS暴君エロ変態王子！

「ちゃんと教えてやっただろ？　ここをいじられるとカンナは気持ちよくなるんだって」

「あん、やん、やめて、こねないで」

指先で転がされて、わたしは脚と脚をこすりつけながら悶えた。

「カンナの乳首可愛いなあ、可愛いから、ちゃんと舐めて欲しいところを言えなかったけど、特別に気持ちよくしてやるからな」

政人さんが、大きな口を開けて、わたしの胸の先を頬張った。

「あああっ、あん！」

唇を使って吸いながら、舌で尖りを転がす。膨らみは両手でリズミカルに揉まれているから、もうわけがわからない状態なのである。

「いやあ、駄目、やあん、ああっ、あああーっ！」

こりっと先を甘く噛まれ、わたしは身体を貫くような快感にのけぞり、そのままびくんびくんと震えた。

「……カンナ、乳首でイったな？」

ドSな顔をしたイケメンが笑った。

「よかったな、気持ちよくなれて。ここはどうだ？」

「あっ、駄目、やめて、やあん」

政人さんが、下着の中に手を入れて、わたしの大事な場所を指先でくすぐった。

「やめない……すごい……ほら、見ろよ」

彼は引き抜いた指をわたしに見せた。

「びっちょびちょに濡れてる。あとで下着を替えた方がいいな」

「あっ、やだ！」

目の前で、濡れた指を口に含む政人さんを見て、わたしは悲鳴をあげた。

「……カンナの味、覚えたぞ」

「やだあ、馬鹿馬鹿、信じらんない、変態！　へんた……きゃあ！」

あっという間に下半身の衣類をすべて脱がされた！

早いよ！

今日の政人さんは、いつになくエロエロパワーが全開で、経験値の足りない羊じゃあ全然太刀打ちできないよ！

「いやあ、見ないで！　駄目、見ちゃいやあっ！」

脚を大きく割広げられ、わたしは恥ずかしくて泣きべそをかく。

「大丈夫だ、カンナは全部可愛いから、どこを見られても恥ずかしがる必要はないぞ。もちろん、俺以外の奴に見せることは許さないけどな」

「なんでそんなところにいるの!?　どいて！」

わたしはいつの間にか脚の間に入り込んでいる政人さんに言った。

「やだあ、見ないでよう」

あまりの恥ずかしさに、両手で顔を覆う。

しかし、それが仇になった。

「スゲー、カンナの秘密の場所、ぬらぬらして光っていて……」

「いや……」

いやなのに、わたしの中からなにかが溢れていく。

「……俺に見られていやらしいおつゆを流して……美味そうでたまんねーわ、ほら、こんなにして」

政人さんは指でわたしのそこを何度もこする。ぬちゃ、ぬちゃ、と耳を塞ぎたくなるような卑猥な水音がした。

「も……ヤバい……」

「え？　あっあああああっ！」

突然襲いかかる快感にのけぞりながら、顔を覆っていた手を離してシーツをつかむ。

わたしが顔を隠し、目を離した隙に、生温かくてぬるついたものがわたしの秘所に吸い付き、激しく責め立てているのだ。

「い、やあ、ああん、やめ、あーっ、」

「カンナのここ、すごく美味い……」

脚の間に埋まる、政人さんの頭。

じゅるじゅると音を立てて、彼は恥ずかしいところに口を当てて吸っているのだ。

「やめて、汚いから、そこは、駄目」

「全然汚くないいし……綺麗でやらしくて……最高……」

顔をあげた政人さんの口の周りは、わたしの出した恥ずかしい蜜で光っていた。

「教えてよ、カンナ先生。この小さくて美味しい汁を出す穴が気持ちいいの？」

「あああああああっ！」

政人さんは尖らせた舌を差し込んで、秘密の穴をこじあけようと責める。

「それとも、このぷっくり膨らんだ小さなお豆がいいの？」

「ひゃあああああん！」

こりっと膨らんだつぼみをくわえ、舌で押し転がし、ちゅうちゅうと吸って甘く噛む。

「両方？　どっちも気持ちいいの？　じゃあ、いっぺんに可愛がってやろうかな」

わたしの中に、政人さんの長い指が侵入して、そのまま前後に滑る。蜜にまみれて、滑る。ぐちゅぐちゅになったそこは、指が増えても喜んで飲み込んだ。政人さんの指がわたしの中で暴れて柔らかな襞をこすり、もう溢れる快感でわけがわからない。

「いや、政人さん、おかしくなっちゃう、もう駄目ぇ、あっああーっ」

のたうち回るわたしを責める手を休めずに、目の中に獰猛《どうもう》な光を灯した政人さんが言う。

「おかしくなれよ、カンナ、もっともっと俺を欲しがってよがれ、ほら、イけ、ほら！」

「やっ、あっ、あっ、あああー っ!!!」

ちゅううううっ、と花芽を吸われ、指で身体の奥を貫かれたわたしは、涙と涎をこぼしながら身体を痙攣させた。

ベッドに仰向けになったわたしは、ぼんやりした頭でハアハアと荒い息をしていた。

わたしが使い物にならない間に、エロ王子はスウェットも下着も脱いで、四角い包みを破ってせっせと準備をしていた。

「よし。早く生でしたいな……カンナ、いいか、力を抜いていろよ？　まだ二回目だから、相当キツいと思うから」

政人さんは、自分のモノをわたしの脚の間に挟み、前後に腰を振って蜜をまぶしつけた。

そして、わたしの脚をM字に開かせて、そのまま切っ先を当てる。

「深呼吸して息を吐け」

「えっ、待って、政人さん安静……あああっ！」

身体の中にズブズブになにかが埋まる感触と、おなかの中の圧迫感で、わたしは声をあげた。

「なるほど、二回目ってこんな感じなのか……」

政人さんが、はあっと深く息をついた。

「きっつい。カンナ、痛くないか？」

「痛くないけど、おっきくて辛いの」

「……この羊はまたコメントに困ることを。いじめるぞ」

「やだ、意地悪しないで、あっ、ああん！」

政人さんは、つながりながらわたしの敏感な粒を人差し指でこねだした。

「やっ、それ、駄目！」

「くっ、めっちゃ締まる！　中がうねってるぞ」

「やめて、そこをいじるのやめて、ああん、やあん」

　脚をM字に固定されていて抵抗できないわたしは、政人さんの腕にすがって喘《あえ》ぐ。わたしの中に政人さんが埋まっていっぱいなのに、粒を触られるとお腹の中がきゅんきゅんと政人さんを締めつけてしまうのだ。

　そうすると、政人さんの形を感じて、変な気持ちになってしまう。

「カンナの中、すっげー気持ちいい」

　政人さんがわたしにかぶさって、両手のひらを合わせて指を絡める。

「熱くて、俺を中に飲み込もうとして、可愛い。カンナは？　気持ちいいか？」

「あ、わかんない」

「俺が刺さってるの、わかる？」

　わたしはこくこく頷いた。

「こうすると、どう？」

　政人さんは腰を少し引くと、また中に押し戻して、そのまま円を描くように腰をぐりぐりと押しつけた。

「あっ、中、深いとこにくるっ」

「もう少し動いてみような……ほら、感じる？」

もはや妖艶と言っていいほどの男の色気が滴る政人さんに、そんな風に責められて、身体が疼いてたまらなくなる。

「あん、気持ち、いっ、んんっ」

ぐちゅ、ぬちゅ、と淫らな音を立てて、政人さんはゆっくりと腰を振り、わたしの中を犯して快感を引き出していく。

熱い肉棒が、わたしの中の女性の部分を深く穿《うが》ち、捕らわれて動けないわたしに容赦《ようしゃ》なく楔《くさび》を打ちこむ。

初めての時は、かなり手加減していたのだとわかる。だって、今、政人さんが信じられないくらいわたしの奥深くにいる。

「俺も、気持ちいい、カンナの中にずっといたい」

唇にキスを落とす。

「カンナ、愛してる」

とろけるような淫靡《いんび》な笑みを浮かべて、最愛の人が囁《ささや》く。

つなぎ目からは、絶え間ない水音がする。

「政人さん、わたし、わたし、ああ、もうだめ、あああっ！」

奥の奥まで淫らにこすられたわたしの身体はとうとう限界に達して、ベッドに縫いつけられた姿で絶頂に達してしまった。

「ま、さと、さん、お腹、傷」

そして。

四つん這《ば》いにされたわたしは、俺様ドS様に後ろから突かれています。

まだゆっくりなので、考える余裕があります。

でも、奥の方の弱いところを王子様に知られてしまったので、うっかりすると手酷い攻撃を食らうので注意が必要です。

「なんだ？　ここをもっと？」

「んあああんっ！」

「！　ヤッバ、油断すると持っていかれるわ」

背中にぽたりと汗が落ちる。

「安静は、安静はどうなったの？」

「ああ、あれね。別に必要ないって」

「ええっ？　んっ、んーっ」

後ろを向いたら、そのままベロチュー王子の餌食になる。

「かっわいいな」

「痛い！」

そのまま肩に歯を立てられる。噛み跡でマーキングする癖は直して欲しい。

「激しいスポーツとかは駄目だけど、セックスするのは問題ない。まあ、駅弁は止めろって言われたけど」

「えきべん？」

「完治したら教えてやるよ。むしろ身体を動かして、癒着を防げって言われたしな。ちゃんとドクターにアポ取って聞いたぞ」

「ええっ！　お医者さんにそんなこと聞いたの⁉」

「大切なことだからな、丁寧に説明してくれたぞ。というわけで、本格的にやらせてもらうぜ」

「えっ、やっ、あん、あん、あん」

腰を抱えて、政人さんは激しく身体を打ちつけた。

「いやあ、壊れちゃうっ」

「ああっ、カンナ、気持ちいい、最高！」

「やあああああっ！」

政人さんの本気のセックスが始まり、仕事そっちのけで貪《むさぼ》られたわたしは結局その日はひとりで立つこともできなくなり、けが人であるはずの政人さんにすべてのお世話をされたのであった。

ねえ、わたし、なんのためにここにいるの？

「俺に喰われるため」

F
I
N.

書き下ろし番外編　政人のドS課長

わたしたちの結婚式の準備は着々と進んでいた。政人さんはわたしをタワーマンションに呼び寄せて早く一緒に暮らしたいと言ったけれど、わたしは籍を入れるまでは同棲しなかった。うちの両親が同棲することに反対したのだ。

「事件に巻き込まれたことが政人くんのせいだとは思わないし、身体を張ってカンナを守ってくれたのはわかっている。カンナが胃潰瘍で入院したときに、政人くんがひとりでうちにやってきて責任をとると頭を下げてくれたことで、政人くんがどんな人物かということも知っている。しかし、それとこれとは別だ」

見た目は全然厳格そうじゃないうちの父は、ぐっと渋い顔をして言った。

「カンナはうちの大切な娘だ。けじめのつかないことは許すわけにいかん！」

「きゃあ、お父さん素敵！」

お母さんが合いの手を入れた。

「おう！」

得意げに胸をそらせるお父さん。

……ねえ、もしかしたら、言ってみたかっただけ？

　まあそんなわけで、わたしたちは新婚旅行から帰ってきたら一緒に住むことになり、わたしは自分の新しいワンルームマンションから政人さんのところにちょいちょい通い、週末には泊まったりして過ごした。そして、今日も仲良くお揃いのエプロンをつけて、ふたり並んで夕飯の支度をしている。

　わたしは結婚しても会社を辞めるつもりはないので、政人さんはわたしが楽に暮らせるように今までのようにホームキーパーを外注するというけれど（豪華なマンションは、美しさを維持するのも大変なのですよ！）、在宅仕事をしている政人さんが自分も料理くらいは覚えたい（仕事して疲れて帰ってくる妻を自分の手料理で迎えたいとか、泣けることを言ってくるのだ、このイケメンは！）と言うので、こうやっていつもふたりでキッチンに並ぶ。

「なあ、カンナ。こうしていると俺達、新婚カップルみたいだな」

　我が婚約者殿がいつものように精神攻撃を仕掛けてきたので、わたしはピーマンを取り落とさないようにくっと口を引き結んだ。

　政人さんはわたしに男女交際の経験が少ないのを知っていて、「せっかく付き合うんだから、楽しいことをたくさん教えてやるからな」という名目で、豊富な知識（恋愛小説家としての、ね！）を生かして突然こんな甘い言葉を投げてくるのだ。はじめは真っ赤になって狼狽《うろた》えていたわたしも、さすがに慣れてきて、こうして平静を装うことができるようになってきた。

「ほらほら新婚さんだぜ。カーンナちゃーん、奥さーん」

政人さんがにやにやしながら、わたしの肩に頭を乗せる。

「はい、お料理の邪魔をしない」

「そんなこと言うなよ。新婚さんごっこができるのは今だけだぜ？　すぐに本物の新婚さんになっちゃうからな」

「だから、本物になるのにわざわざごっこ遊びをすることないでしょうが」

「カンナぁ、そこには虚構の醍醐味ってものがあるんだぜ」

肩でイケメンが甘えてすりすりする。

駄目だよカンナ、うっかり『可愛いな』とか思っては駄目！　ここはクールに対処しないと、ごはんを作れずに、変ないちゃいちゃに突入してしまうよ。

「わたしは別に、そんな醍醐《だいご》味は知りたくないからいいよ。だからお料理の邪魔をしないで。今日は酢豚を作るんでしょ」

「結婚したらさ、やっぱ俺のことを『あなた』とか呼んじゃう？　なあ、カンナ、呼んじゃう？　ちょっと練習してみろよ。ほら、『あなた』って」

「あなたと酢豚とどっちが大事？」

「酢豚。ああもう、カンナは冷たいな。このツンデレめ！」

「ひゃっ！」

耳をパクリと咥《くわ》えられた、奇声を発してピーマンを落としてしまった。

「政人さん！」

「大丈夫、包丁を持ってるときにはやらないから」

「当たり前でしょ！　指を切るわ！」

わたしがにらむと、政人さんは不満そうな顔をしてわたしから離れ、「……ツンデレカンナよ、このおとしまえは後でゆっくりつけてやるからな……たっぷりと俺の恐ろしさを……身体に思い知らせて……ふ……」と不穏なことを言いながら、おとなしく玉ねぎの皮を剝《む》き始めた。


「っていう感じの生活をしています」

会社の社食で藺ちゃんに話すと、後輩は頭を抱えて「うきゃあああああああ、このリア充めえええええええうぐおおおおおおおお」と唸りをあげた。

「カンナ様、彼氏なしの寂しい後輩にそんな話をしないでください！　そして、早く旦那さんの友達を紹介してください！　贅沢は言いません、普通のイケメンでいいから、普通のイケメンをひとり！　さあ早く！」

涙目で見つめながら、ちゃっかりおねだりも忘れないところが、しっかり者の藺ちゃんである。

「なによ、藺ちゃんが聞くからわざわざマル秘エピソードを話してあげたんじゃないの。ありがたく拝聴しなさいよ」

わたしは定食のムニエルを突っつきながらぶうたれた。

「ぐあああああああ、そんな話聞きたくねええええええええ」

脇から男の声がする。同期の遠山だ。

「あんたは聞くな！　だいたいなんでわざわざ側に近寄ってくるのよ」

わたしはやはり頭を抱えて叫ぶ、面倒くさい男に言った。

「他に席が空いてるんだからあっちに行きなよ。聞きたくないんでしょ」

「なんだよ、ちょっと婚約したからって同期に冷たくしやがって。カンナはそんな女だったのか、へえ、ふーん」

「……あんた、バカ？　それとも小学生男子？」

単なる同期の仲を踏み越えようと企み、散々悪さをしてきた遠山に、わたしは冷たく言った。

「わたしは遠山にはツンドラ氷結対応でいいと思ってるから」

「はーい、その点はカンナ様に賛成でーす」

藺ちゃんの言葉に遠山は目を剝き「あれ、君は俺の味方じゃなかったの？　応援してくれてると思っていたのに」と言った。

「K先生はかっこいいんで、カンナ様の相手として正式に認めました！」

「うおおおおおそんなあああああああ」

藺ちゃんの手のひら返しに、遠山は再起不能になったようだ。よろよろとわたしたちのテーブルから離れて行った。

「遠山も、早く彼女を作ればいいのにね。あんなやつでも結構女子社員に人気があるんでしょ？」

「はい、ありますね。まだカンナ様に未練があるんじゃないんですか」

「そうだ、藺ちゃんは遠山のことをど」

「パス！」

ものすごく早くパスがきたよ！

残念だったね、遠山。


「そうか、あの野郎はまだカンナにつきまとってるのか……」

政人さんが「会社ではどうなんだ？　あのしつこい同期はどうしてる？」なんて聞くから、夜ののんびりタイムに話したら、彼は不機嫌そうに言った。

「同じ会社だから、つきまとうつもりじゃなくても会っちゃうよ」

「そんなことはないだろう、あいつは絶対カンナにつきまとってる！」

経済力もルックスも遠山に勝っているはずの政人さんだが、なぜだか非常に遠山のことを気にするのだ。

「カンナ、やっぱり転職するか？　寿退社してもいいんだぞ？　俺、がんばって働くから、やっぱりお前は会社を辞めて専業主婦になれ」

「いやいやそれ以上がんばらなくていいよ。それに、わたしの仕事については話し合ったでしょ？」

政人さんがフリーの仕事をしているので、正社員の仕事を続けて経済力を安定させようということになったのだ。マンションもたくさんの貯金もあるのに、政人さんは石橋を叩いて渡る性格のようである。

「……俺のカンナなのに」

子どもみたいにやきもちをやく姿がおかしくて、わたしは思わず吹き出してしまった。

「なに笑ってんだよ。お前まさか、まだあの同期のことを……」

「まだもなにも、はなから遠山のことなんて相手にしてないよ」

「じゃあなんで楽しそうな顔するんだよ！」

おやおや、この俺様王子様はとんでもない言いがかりをつけてきましたよ。

「全然楽しくないよ、遠山はうっとうしいだけの存在だよ」

わたしが楽しそうなのは、政人さんが可愛いからですよ。なあんてね。

しかし、わたしの内心の呟きが聞こえない政人さんは、鋭い視線でわたしを見つめて、声優さんかと思うくらいによく響く低い声で言った。

「他の男の名前を呼ぶな」

「きゃあ！」

声を聞いて『ひゃあ、かっこいい』とうっとりしていたわたしは、突然政人さんに抱え上げられて悲鳴をあげた。

「カンナは俺のものだ。他の男には渡さない。そんなに同期が気になるなら」

ドＳなイケメン小説家は、妙な色気をほとばしらせてニヤリと笑った。

あ、これ、ヤバいパターンだ。

「ＯＬとリーマンごっこをしようぜ」


職業柄なのか、政人さんは妄想力が旺盛というか、変なプレイが得意なのだ。

「政人さん、ちょっと、なにこれ」

「浅倉くんが逃げたりしないように、ちょっと縛らせて貰ったよ」

政人さんは高そうなネクタイを使って、わたしの手をベッドにくくりつけてしまったのだ。彼は「本当ならふたりともスーツに着替えたいところだけど、まあいいか。それは次回で」なんて言ってるけど、次回はないよ！

「政人さん！　変なことしないで！」

「変なことなどしない。ただ少し、浅倉さんの身体に聞きたいことがあるだけだよ……いい子にしていれば、お仕置きはしない」

うわあん、わたし、全然悪いことしてないのに！

もうお風呂上がりで、わたしは前開きのパジャマを着ていた。そのボタンを、政人さんの指がひとつずつ外していく。

「ブラウスに着せ替えるか……いや、せっかく脱がせたのに……」

「えっち！　やめて！　政人さん！」

「会社では『木原課長』と呼ぶように言ってあるだろう。浅倉くん、こんなにおっぱいの先を尖《とが》らせていないできちんと呼びなさい」

政人さんの手がわたしの胸の膨らみを包むようにして、むにむにと揉む。

「どこの誰が木原課長よ、それはリーマンっていうより上司とOLじゃない、ああっ、いやあん！」

両手を拘束されて無防備なわたしの姿を見て満足そうに笑いながら、政人さんは舌の先で感じやすい尖りをちょろちょろとくすぐった。

「浅倉くんの乳首は感じやすいいやらしい乳首だね。ほら、こんなに赤くなって、しゃぶってくださいとおねだりしているようだ」

政人さんは路線を変えて、官能小説家に転向した方がいいと思うよ！

「してない！　してないから、早くこれをほどいてよ！」

「上司に対してなんていう口のきき方だ。浅倉くんはもっときちんとした接遇を学びなさい。そら、わたしが特別に身体に教えてやろう」

「ひゃあああん！　やあん、ああん、駄目ぇ、そんなことしちゃ、ああっ！」

政人さんが大きく口を開けて胸の先にむしゃぶりつき、舌で尖りを転がしたりちゅうちゅう吸ったりしていたぶってくるので、わたしのお腹の中までびりびりと官能の刺激が走り、嬌声《きょうせい》をあげてしまった。

「美味しくて可愛いな。わたしはずっと浅倉さんのおっぱいを味わいたいと思っていたんだ。それに、ここも……」

「あっ、やん、そっちは触っちゃ駄目」

下着の中に手を入れられて、わたしは身をよじった。

「やめて、ああん！」

政人さんの長い指の先がわたしの閉じた足の間に滑り込み、スリットを直になぞる。悔しいことに、すでに女性として反応してしまっていたそこを、指がぬるりと滑る。刺激で甘い声を出してしまったわたしを見た政人さんが唇に笑みを浮かべて指を増やし、かき回した。

「ああ……こんなに濡らして。わたしの指が浅倉くんのえっちな汁でびちょびちょだ。気持ちがいいんだな。君の身体は正直でいいな、そこは高く評価しよう」

政人さんは下着から手を抜くと、わたしに見せつけるようにそれを口に含んで見せて、真っ赤になって「やだやだ変態、舐《な》めちゃやだ！　もう！」とじたばたするわたしの様子を楽しそうに見た。そして、左手をわたしの腰の下に入れてひょいと持ち上げると、パジャマのズボンを脱がしてしまった。そして、両膝を手で押し広げた。

「身体は正直なのに、お口は嘘つきなのが君のいけないところだな。下着がこんなになるまで濡らしてしまっているくせに。ほら、お漏らしをしてしまったくらいに濡れて布の色が変わってしまっている」

そう言いながら、政人さんはショーツのスリット部分を五本の指でもぞもぞとくすぐり、布の上からそこをいじめる。

「なんだ、このコリッと硬く尖った部分は？　浅倉くん、君はここをいじられたくて、こんなに大きくしてしまったのか？」

「ち、ちが、はあん、うふぅっ」

指先で布越しにくるくるといじり回されて、無意識に腰を振りながらいやらしい声を漏らしてしまう。

「や、あ、そこ、駄目ぇ」

「よし、ここがどうなったか、わたしが上司としてチェックしてあげよう」

親切ぶった木原課長はショーツを脱がして、もう恥ずかしい液がしたたり落ちるそこに顔を近づけた。そして「大変だ、こんなに溢れてきている。蓋をしてやらなければ」とわけのわからないことを言って、秘密の場所に指を差し込んだ。

「ああん！」

「この、すでに少し皮がむけている粒が浅倉くんの弱いところだな。ここを鍛えてやろう」

「結構です政人さん、どうかお気づかいなく、ああっ、いやあっ、そこは駄目だってば、あああん！」

　中をくちゅくちゅと音を立ててまさぐりながら、感じやすい花芯を舌で転がされて、わたしは下半身が痺れるような快感でベッドをのたうち回った。両手を縛られ、くくりつけられているので何も抵抗ができず、そのことでなぜだか余計に身体が敏感になってしまう。

「やっ、政人さん、駄目」

「会社では、木原課長と呼びなさいと言っているのがまだわからないのか。浅倉くん、これはお仕置きだ、恥ずかしい場所をいたずらされてイってしまいなさい」

　政人さんの責めが激しくなり、わたしは蜜を溢れさせながら鳴き声をあげた。

「ああっ、いやっ、そこはいやっ、やっ、あっ　ひゃあああああああん！」

　膨らんだ粒を吸われ、甘く噛まれて、わたしはのけぞりながら絶頂に達してしまう。非常に口惜しいのだが、研究熱心で、王子様的イケメンな見た目に合わず、やることがいちいちやらしい政人さんの『可愛がり』に、わたしの身体はすっかり開発されてしまっているのだ。

　わたしが口をだらしなく開いて脱力していると、政人さんは素に戻って「カンナ、可愛い」と唇にちゅっとキスして、すぐにドS上司の木原課長に戻った。

「さあ浅倉くん、君は上司の言うことが聞けないいけない部下だから、わたしの特別な教育を受けなければならない」

　そういうと、政人さんは自分のパジャマを脱ぎ捨てた。彼の武器をちらりと見ると、防具が装備されたそれはすでに興奮して屹立している。彼はわたしの両足を抱えると、脚の間に満ちた液体を彼自身になすりつけるようにして、前後に腰を振った。その度に、すっかり腫れて敏感になったわたしの硬い膨らみがぬるぬると刺激され、一度達したこともあって素直に快感を拾ってしまう。

「どうだ、浅倉くん。気持ちがいいか？　きちんと報告しなさい」

「あん、い、いい」

「君は社会人だろう。そんな口調で報告する奴があるか。『木原課長、気持ちがいいです。もっとこすってください』と言いなさい」

「い、いや、言えない」

「言えないならもう君のことは見限るぞ。いいのか？　これが欲しくないのか？　ここにずっぽりと入れて欲しいんだろう？　もうヒクヒクしてるぞ」

「へ、変態！」

わたしは涙目になって、見た目はイケメン、中身は変態の恋愛小説家をにらみつけた。

ドS課長はいやらしく笑いながら、怒張の先をわたしの濡れそぼった部分に当てて、少しだけ差し込んでは腰を引く。その度にわたしはそれを飲み込もうとすがり、激しく疼いた。やがて、政人さんの呼吸が荒くなり、滴るような色気に満ちた瞳がわたしを見た。

「……あ……浅倉、くん。君の意志の強さは……うん、なかなか、賞賛に値する……ん……ヤバ……わ……入っちゃう」

　政人さんは、両手をバンザイにしているわたしの顔の両側に、手をついた。ベッドドン状態というやつである。

「カンナ！　木原課長はもう限界！　入れてもいいか？　いや、入れるぞ」

「駄目っていったら？」

「犯す！」

「変態！　きゃああああああああああああっ！」

　硬く張り詰めた政人さんの分身がわたしの融けきった身体を一気に貫き、わたしは一撃でイってしまい、目の前が真っ白になった。

「カンナ、カンナ、可愛い、好きだ、愛してる」

　まあ、その後は……デロデロに甘い政人さんに、いつものようにたっぷりと愛されてしまったのであった。

「カンナ、今回の敗因はスーツを着用しなかったことにあると思う。今度はふたりともきちんとスーツを着てからリベンジ……」

「おバカ！」

あとがき

いつもお世話になっております。葉月クロルです。そして、お初にお目にかかる方、初めまして。よろしくお願いいたします。

普段は剣と魔法の異世界ファンタジーラブコメ（甘口の溺愛）を書いています。お姫様ではなく、現代の女性をヒロインにするのは初めてでしたが、書いていてとても楽しかったお話です。

主人公のカンナは、福利厚生のよい優良企業に勤めるＯＬですが、同期は寿退社でひとりふたりと抜けていき、気がついたら『スーパーお局のカンナ様』と呼ばれる大物になっていました。結構綺麗なお姉さんなのになぜだかモテないカンナが、ひょんなことからもっさりした男子を拾ったら、これがびっくり、ハイスペックなイケメンで……という、甘くてドキドキするお話です。

よくあるシンデレラストーリーの様ですが、実はこのふたり、トラウマを抱えていまして、お互いにその奥にある人間性に気づき、本当の恋が始まっていくんです。うん、一番大事なのは、中身！

この本を出版するにあたりまして、ご尽力くださった皆様、そしていつも応援してくださる読者様に感謝を申し上げます。

美しいイラストを描いてくださった田中琳先生！　大ファンの田中先生にカンナと政人を描いていただけて、もう言葉もありません。ありがとうございます。間違いなくイケメンの政人、最高です。

そして、このお話を書くにあたりまして、カンナと政人の初デートシーンのための取材にお付き合いくださいましたT先生！　ありがとうございました。おかげでロマンチックな雰囲気が出たと思うんですけれど……どうでしょうか？

このお話を読んだ方が明るくポジティブな気持ちになって、これからイイコトがありそう！　なんて思っていただけたなら、幸せです。それでは皆様、またお会いいたしましょう。

葉月クロル

拾った地味メガネ男子はハイスペック王子！
いきなり結婚ってマジですか？

２０１７年７月２９日　初版第一刷発行
２０１７年８月３１日　初版第二刷発行

著……………………………………………… 葉月クロル
画……………………………………………………… 田中琳
編集………………………… 株式会社パブリッシングリンク
ブックデザイン…………………………………… カナイ綾子
（ムシカゴグラフィクス）
本文ＤＴＰ………………………………………………… ＩＤＲ

発行人……………………………………………… 後藤明信
発行……………………………………………… 株式会社竹書房
〒102-0072　東京都千代田区飯田橋２－７－３
電話　03-3264-1576（代表）
03-3234-6208（編集）
http://www.takeshobo.co.jp
印刷・製本……………………………… 中央精版印刷株式会社

ISBN978-4-8019-1147-5　C0193
Printed in JAPAN